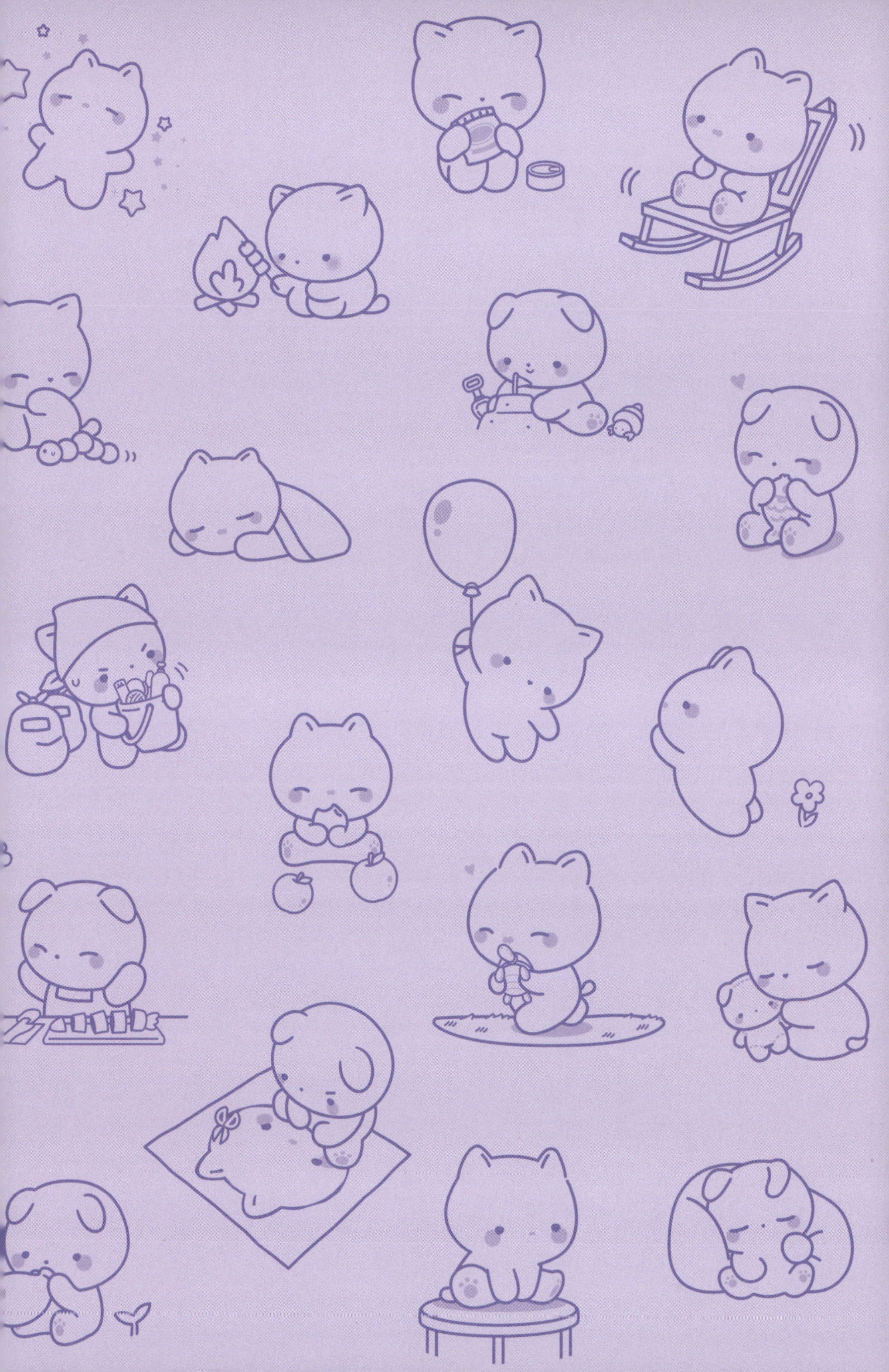

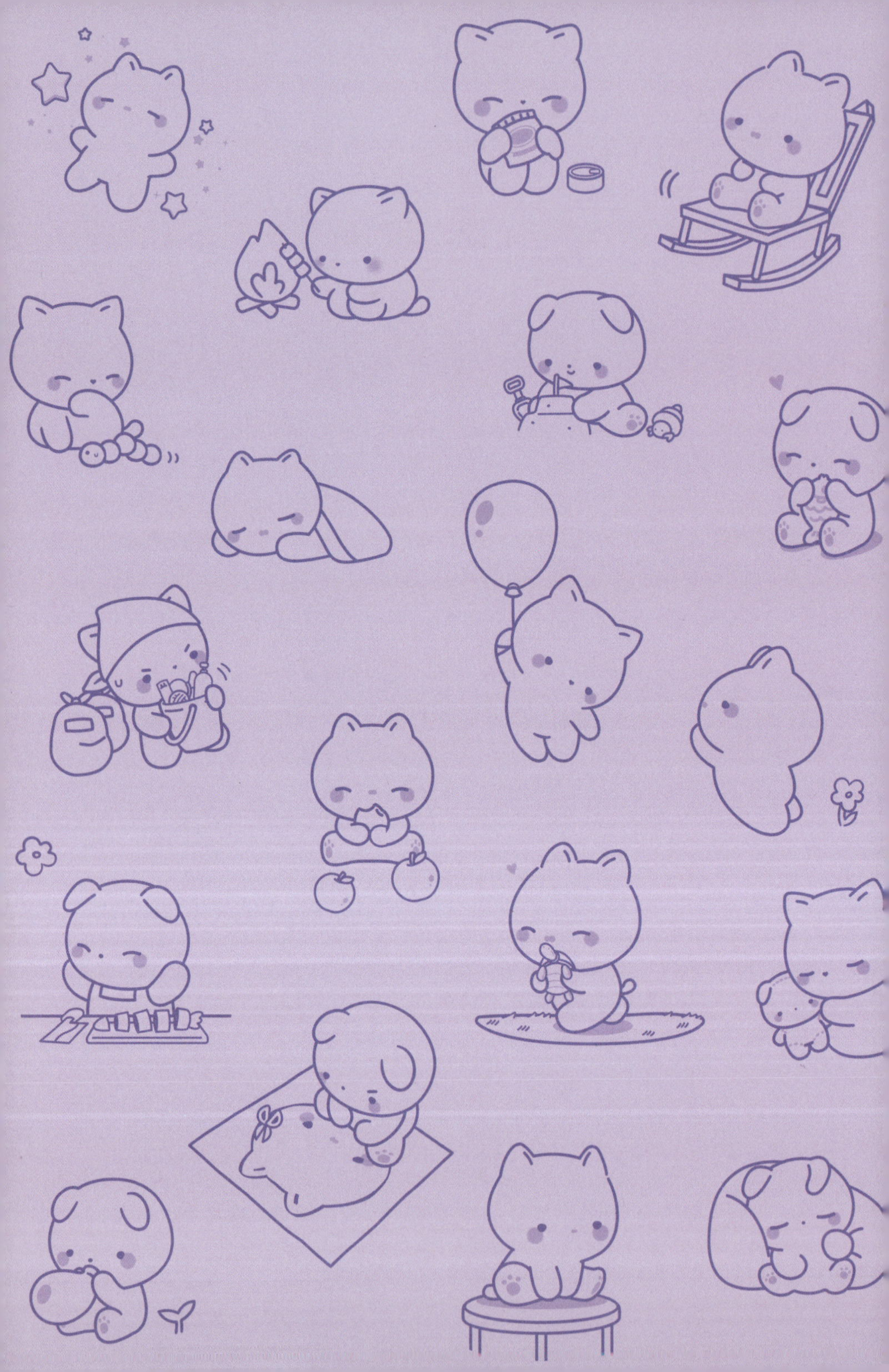

나는 꽤 귀여우니까

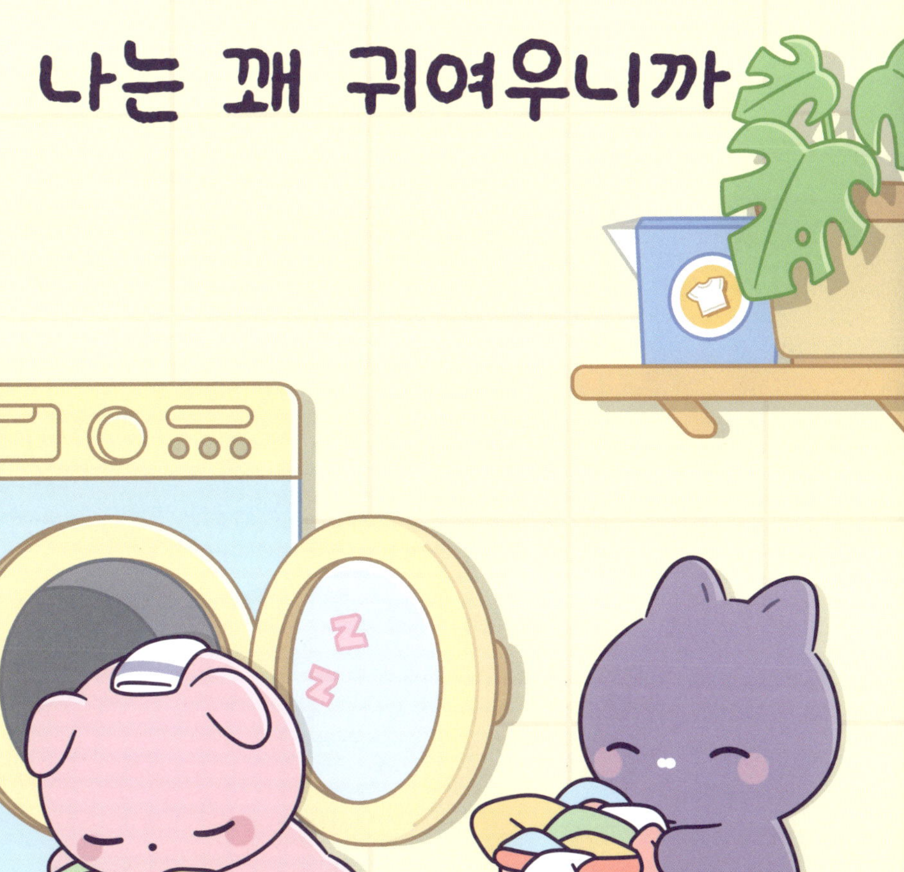

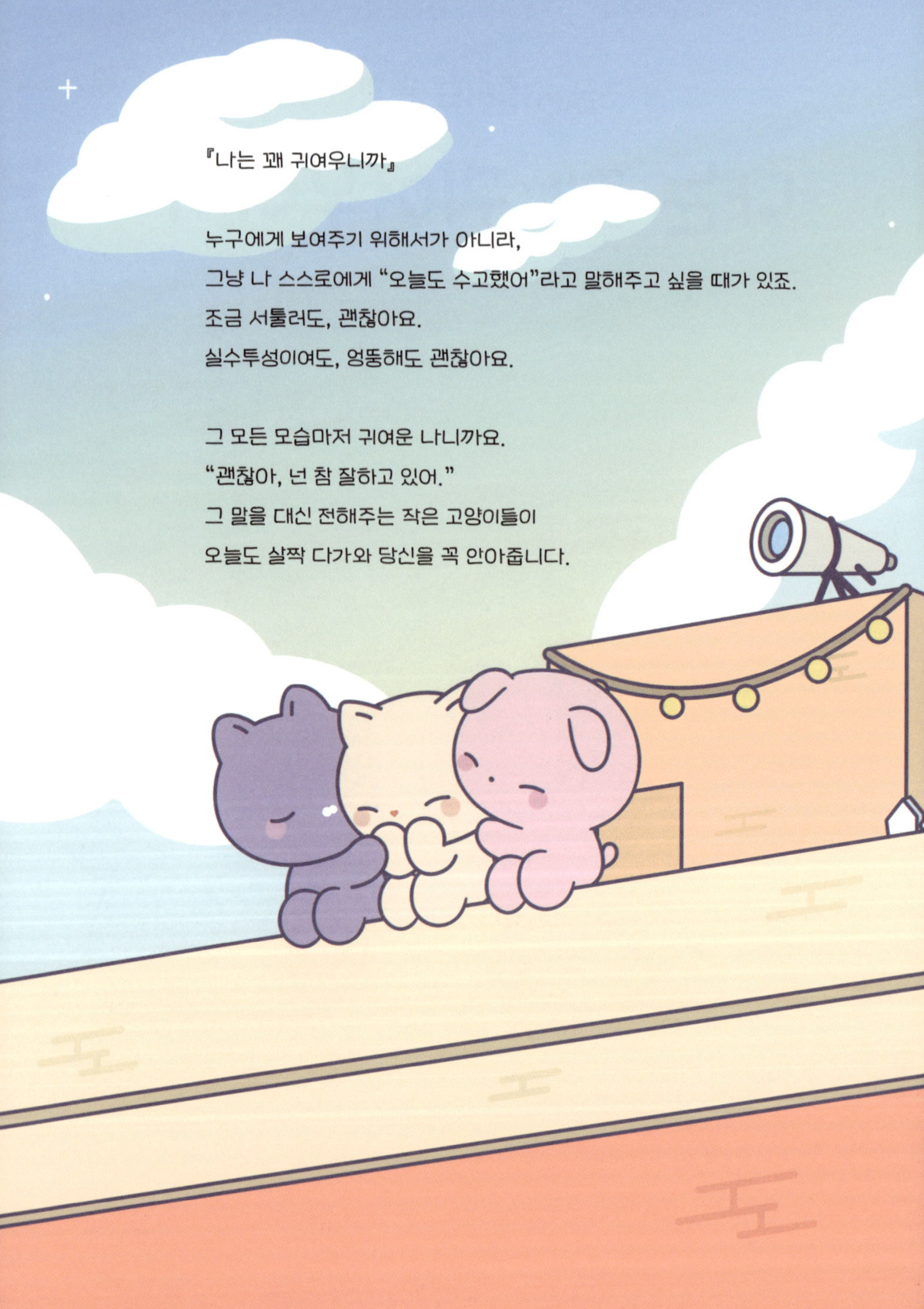

『나는 꽤 귀여우니까』

누구에게 보여주기 위해서가 아니라,
그냥 나 스스로에게 "오늘도 수고했어"라고 말해주고 싶을 때가 있죠.
조금 서툴러도, 괜찮아요.
실수투성이여도, 엉뚱해도 괜찮아요.

그 모든 모습마저 귀여운 나니까요.
"괜찮아, 넌 참 잘하고 있어."
그 말을 대신 전해주는 작은 고양이들이
오늘도 살짝 다가와 당신을 꼭 안아줍니다.

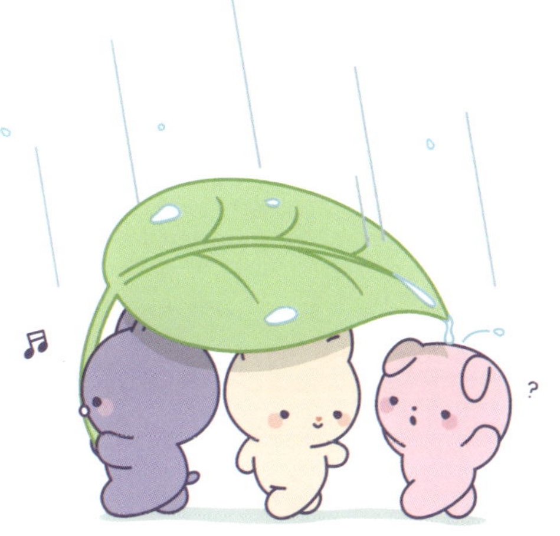

조금 서툴러도 괜찮아.
넘어져도 다시 일어나면 돼.
나는 꽤 귀여우니까!"

글·그림 메리버스스튜디오
하움출판사

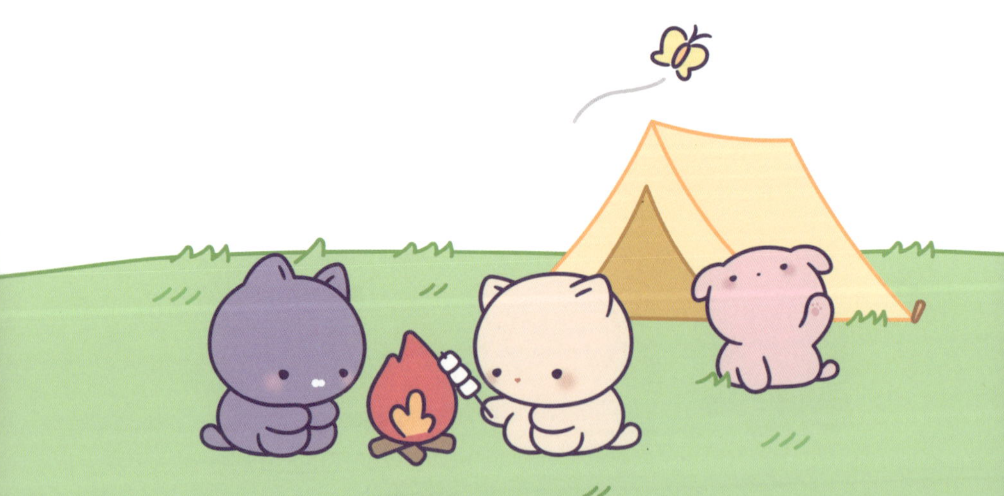

지은이의 말

이 책은 조용히 나를 안아주는 연습에서 시작되었습니다.
엉뚱하고 서툰 고양이 친구들의 작은 행동들이
어느 날은 생각보다 큰 위로가 되어주었어요.

누구에게 잘 보이기보다
내 마음을 먼저 쓰다듬어주는 연습.
조금 느려도, 자주 넘어져도 괜찮다고
고양이들이 조용히 속삭여줍니다.

이 책이 당신의 마음을
천천히, 다정하게 채워주는 시간이 되기를 바랍니다.

차례

CHAPTER 1. 나의 마음
: 어쩌면 가장 소중한 건, 눈에 보이지 않는 내 마음일지도 몰라

CHAPTER 2. 천천히 자라는 중
: 조금 느려도 괜찮아. 나만의 속도로 나를 키워가는 중.

CHAPTER 3. 괜찮아, 어떤 모습이어도
: 무너지든, 무너지지 않든 괜찮아. 내 마음을 돌보는 게 먼저야.

CHAPTER 4. 소란스러운 일상 속에서
: 소란스러운 하루 속에도, 마음은 조용히 무언가를 말하고 있어.

CHAPTER 5. 나를 안아주는 법
: 조금 더 다정하게, 나를 꼭 안아주는 연습.

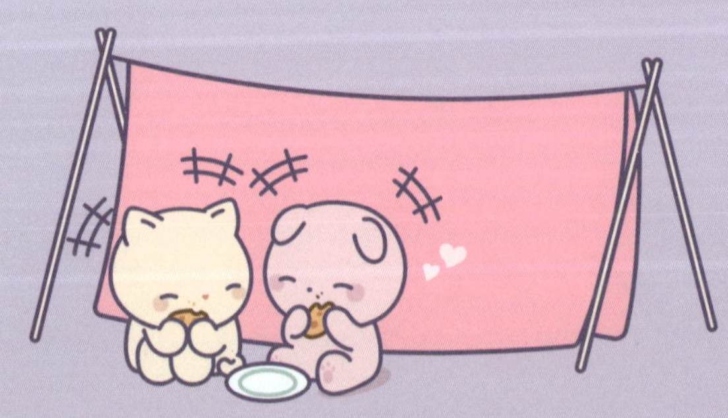

어쩌면 가장 소중한 건, 눈에 보이지 않는 내 마음일지도 몰라

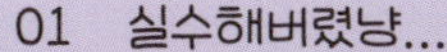

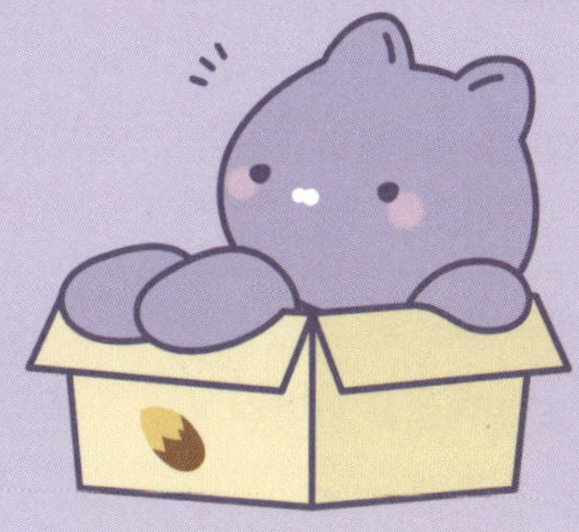

조금 느려도 괜찮아. 나만의 속도로 나를 키워가는 중.

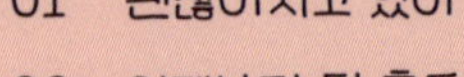

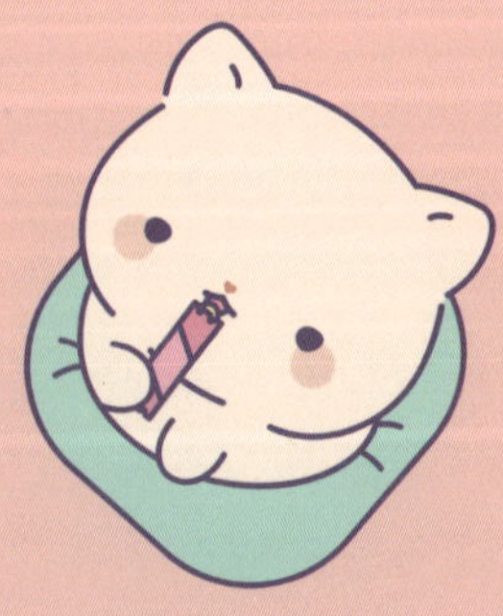

CHAPTER 3 괜찮아, 어떤 모습이어도

무너지든, 무너지지 않든 괜찮아. 내 마음을 돌보는 게 먼저야.

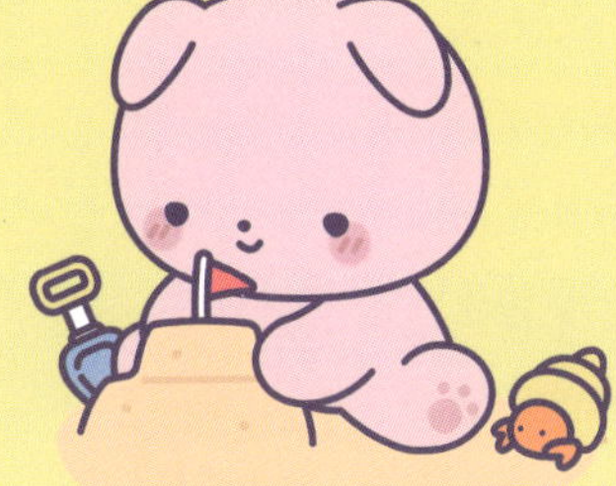

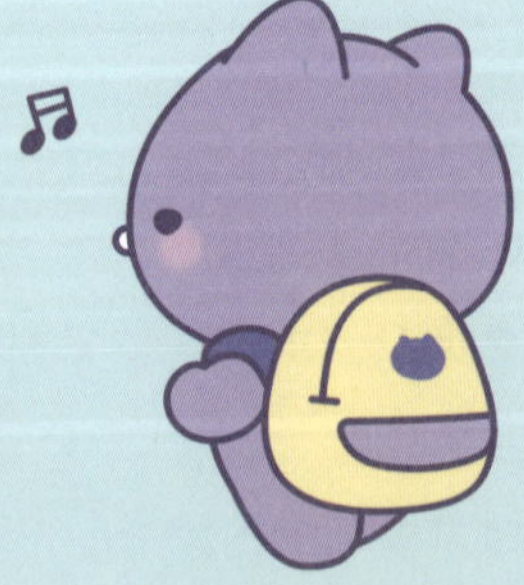

조금 더 다정하게, 나를 꼭 안아주는 연습.

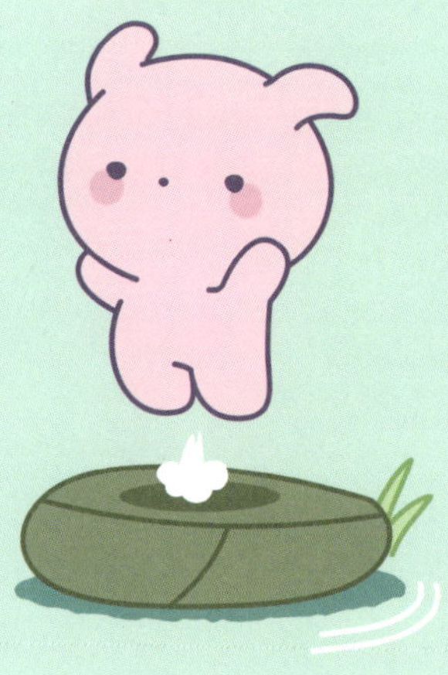

어쩌면 가장 소중한 건, 눈에 보이지 않는 내 마음일지도 몰라.

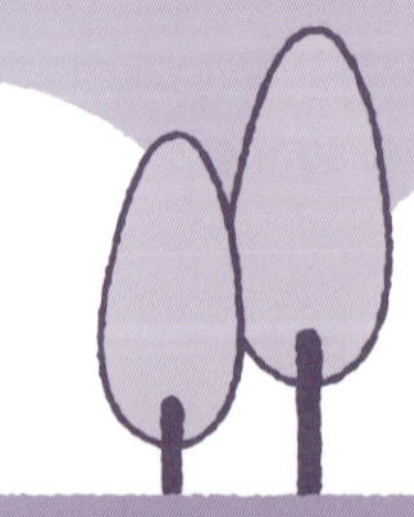

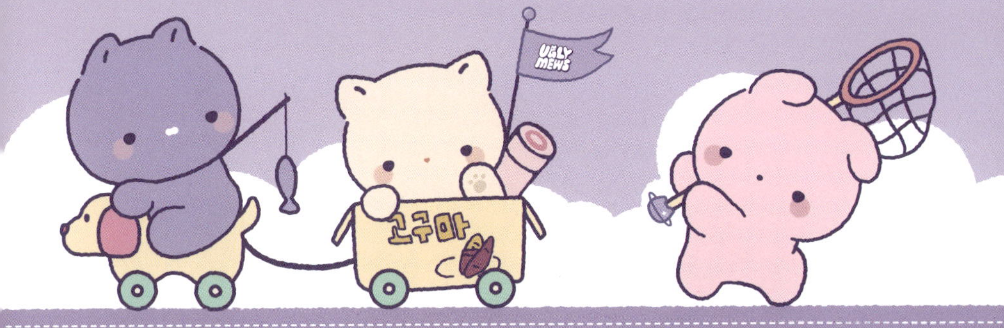

UGLY MEWS
고구마

01 실수해버렸냥...

실수도 오늘의 나니까 괜찮아.

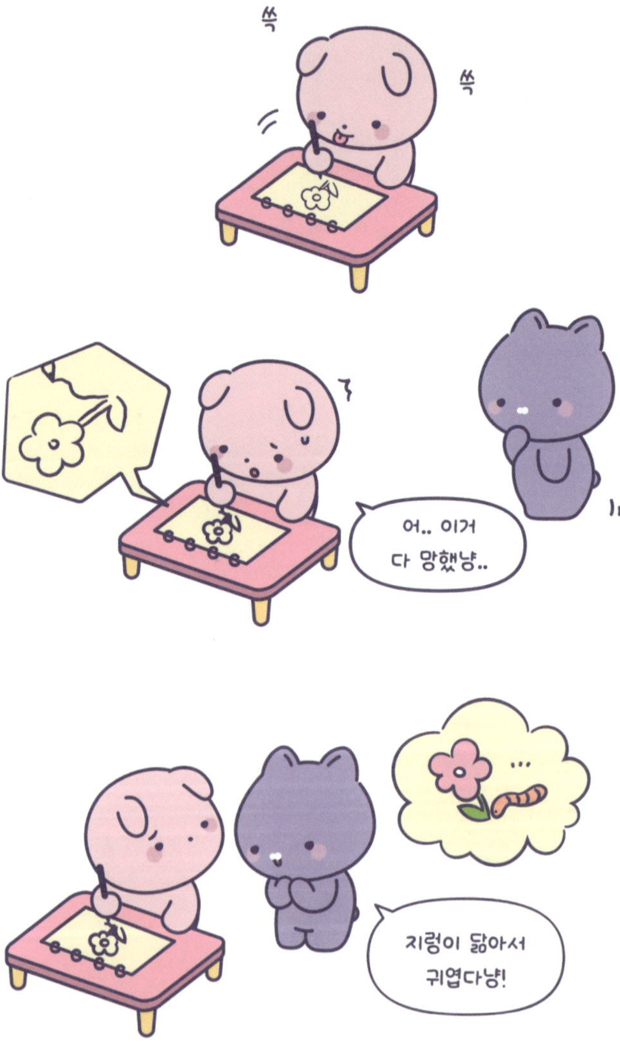

가끔은 뜻대로 안 되고
모양도 마음도 엉뚱할 때가 있어.

그래도 그런 날이 쌓여서
지금의 내가 되는 거야.

조금 이상해도 괜찮아.
그건 오늘의 나니까.

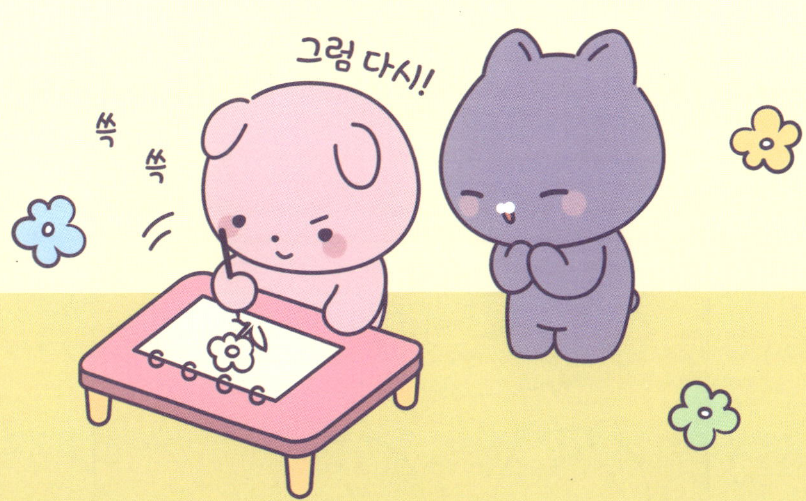

02 오늘은 조용한 날

혼자 있는 시간도 중요해.

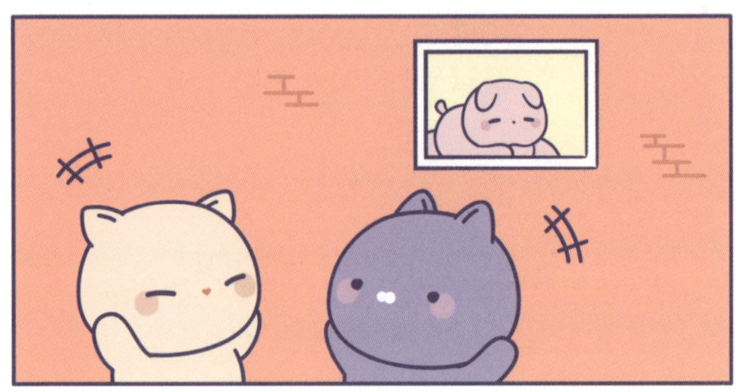

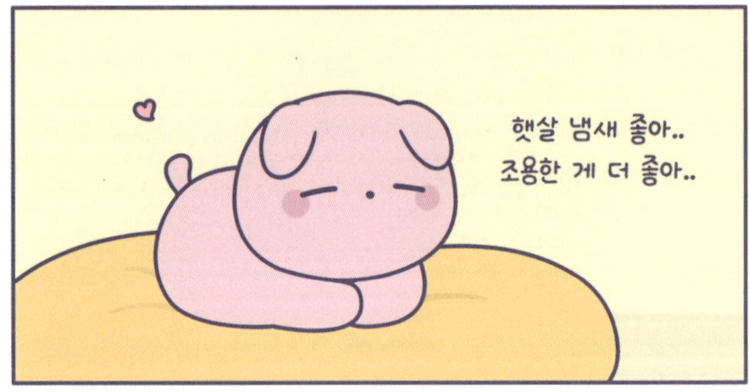

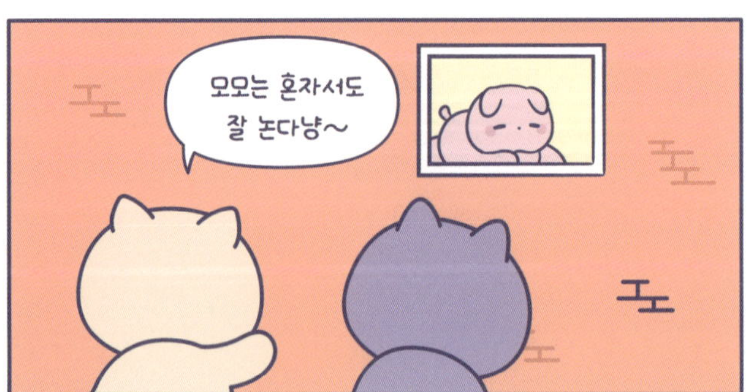

가끔은 혼자 있는 시간이
내 마음을 더 잘 들여다보게 해.

아무 말 없어도 괜찮은 순간이
오히려 더 따뜻하게 다가올 때가 있어.

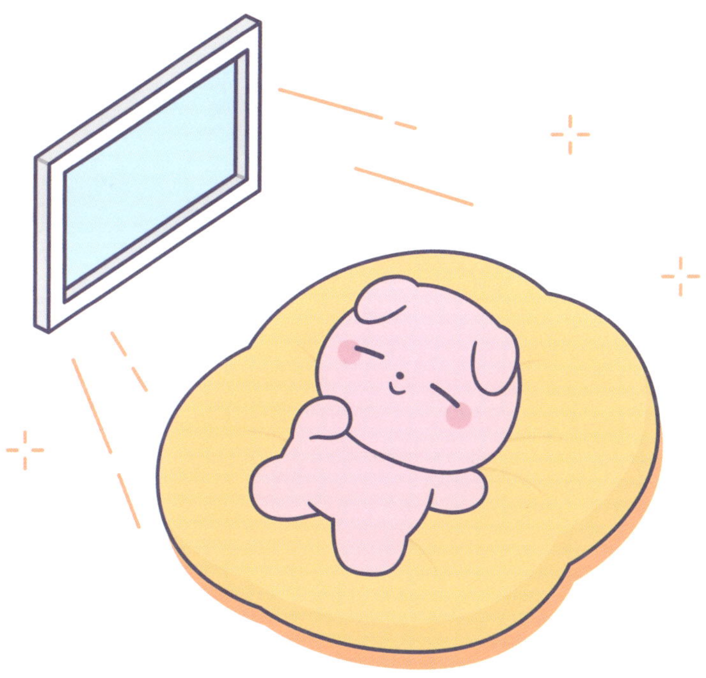

시끌시끌한 하루도 좋지만,
가끔은 조용한 햇살이 더 좋아.

03 내가 좋아하는 거니까

내가 좋아하는 나를 믿어줘.

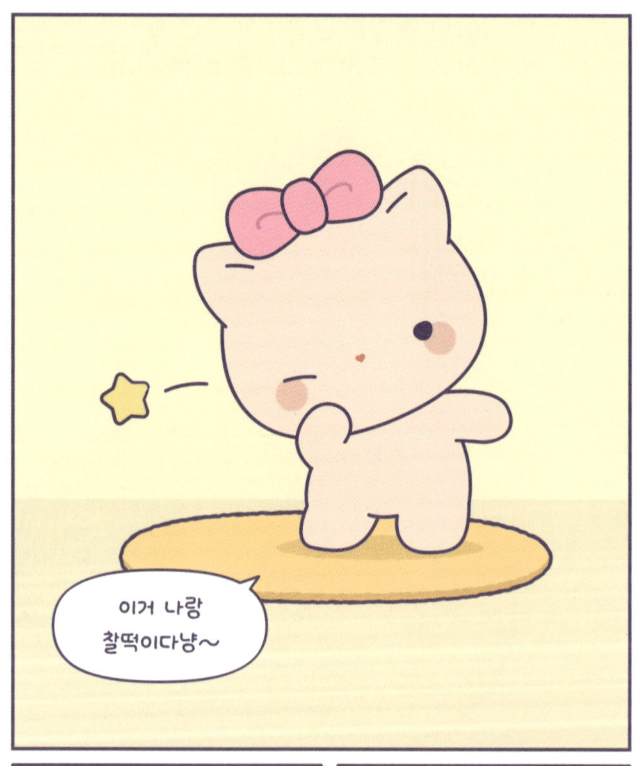

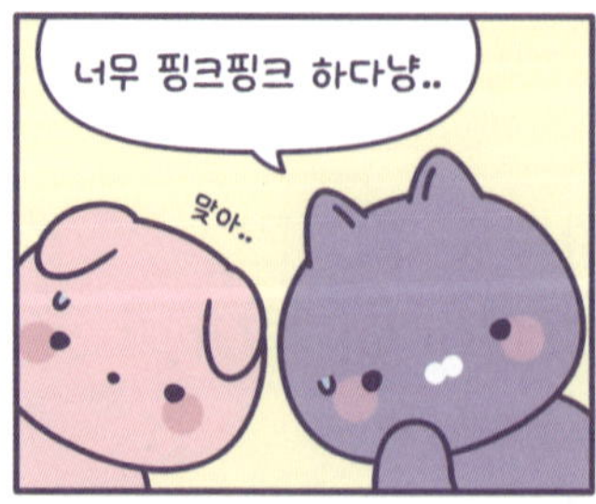

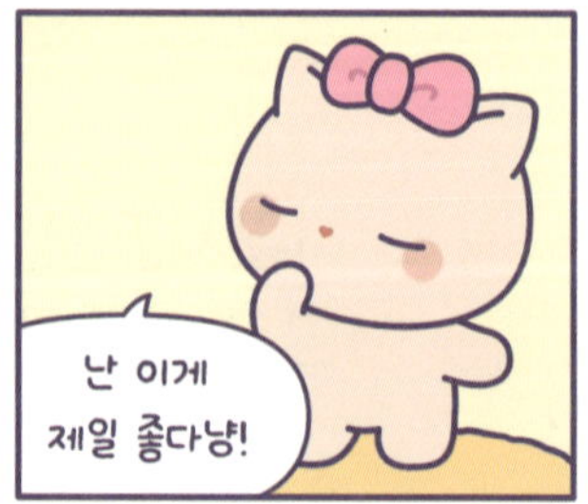

모두의 취향에 맞출 필요는 없어.
내가 좋아하는 걸 스스로 인정할 때

마음이 제일 반짝이거든.
내가 좋아하는 나를 믿어줘.

**누가 뭐래도,
내가 좋아하는 걸 좋아해.**

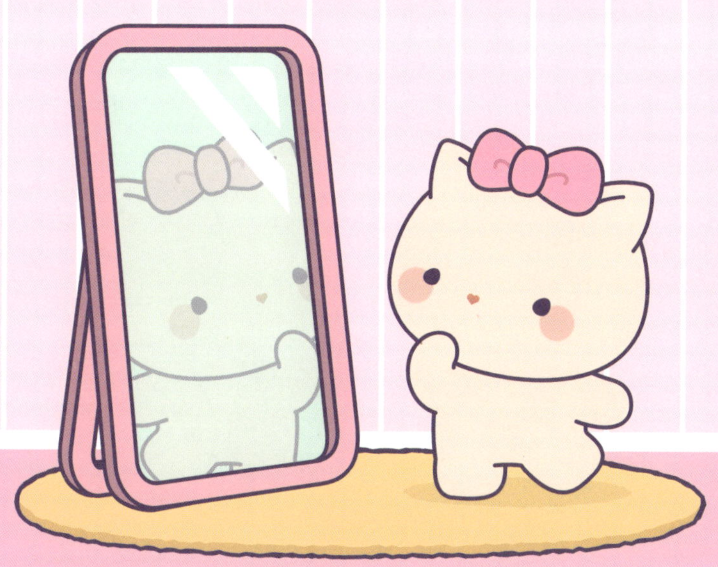

04 울어도 되는 날

눈물도 나의 마음이야.

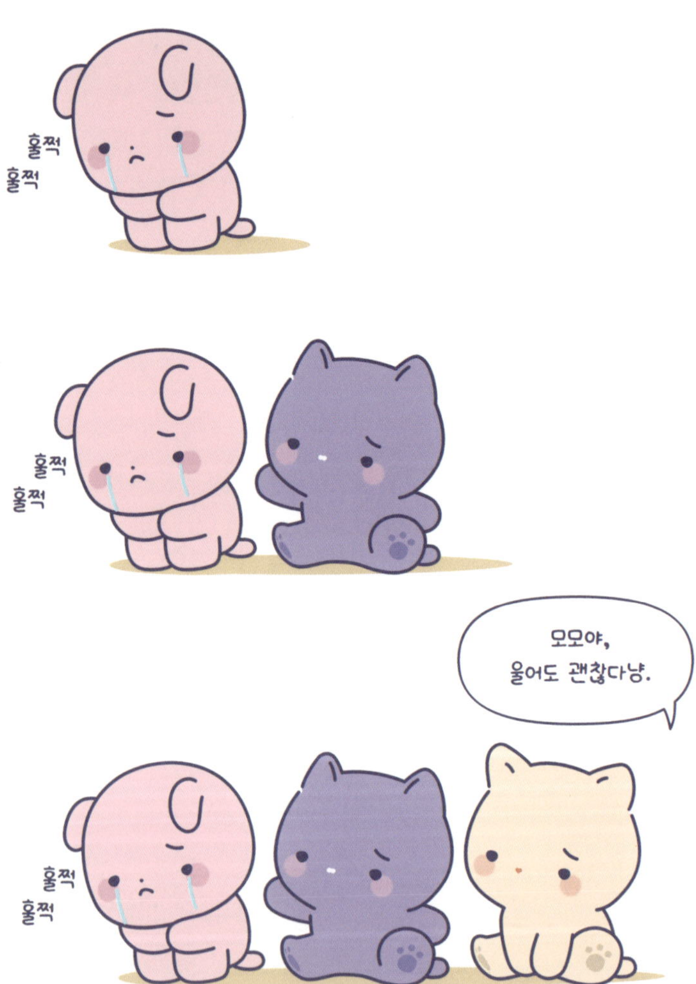

때로는 말보다 눈물이
진심을 더 잘 전할 때가 있어.

감춰도 사라지지 않는 마음은
그저 조용히 흘러나올 뿐이야.

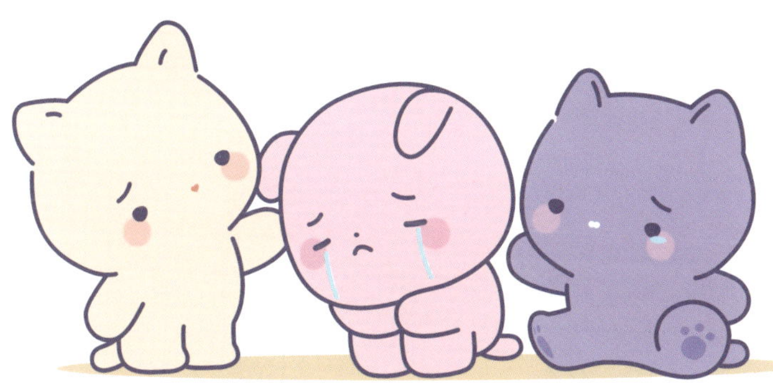

울어도 돼.
그건 내 마음이 하는 말이니까.

05 나는 오늘도 자라는 중

천천히 자라도 괜찮아.

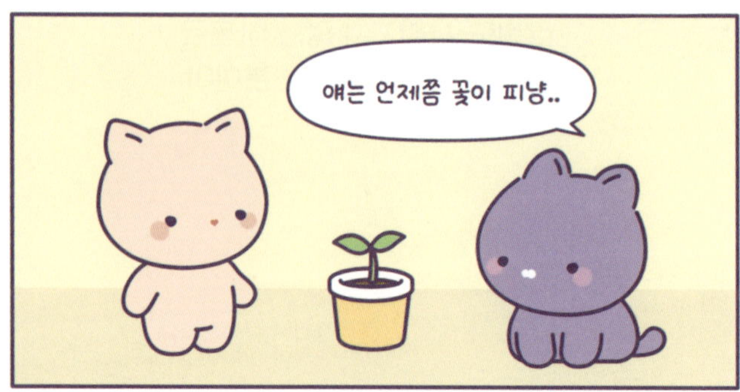

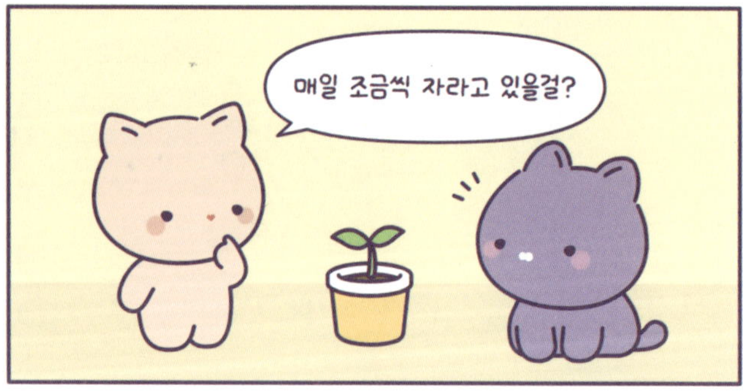

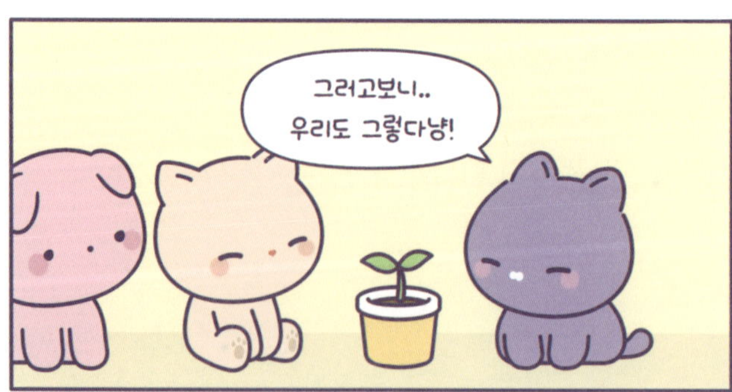

누구보다 느리다고 느껴질 때도
내 안의 작은 변화는 계속되고 있어.

조금 늦어도 괜찮아.
나만의 속도로 가는 중이니까.

보이지 않아도,
나도 매일 조금씩 자라고 있어.

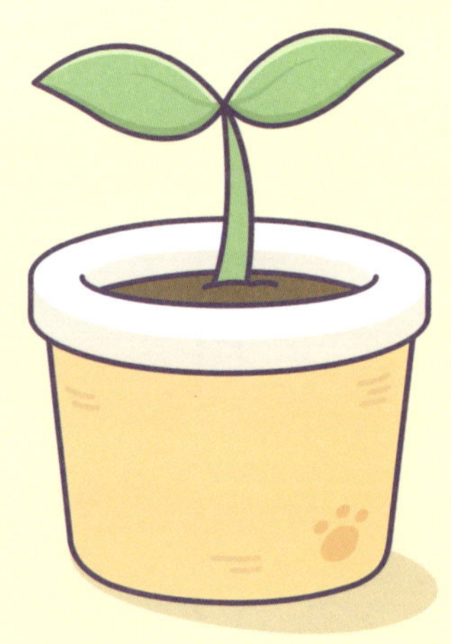

06 다시 시작하면 돼

넘어져도 다시 일어나면 돼.

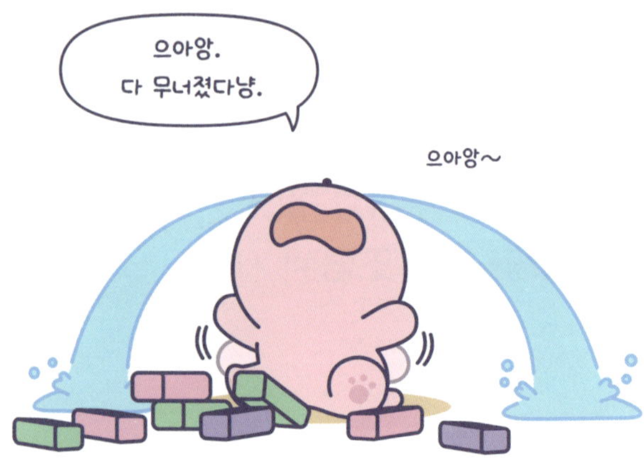

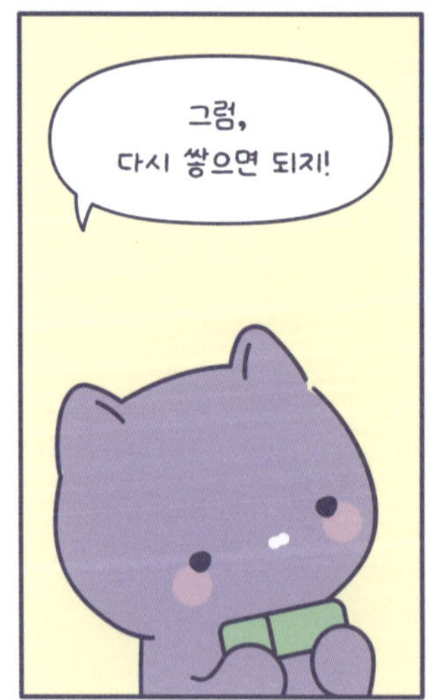

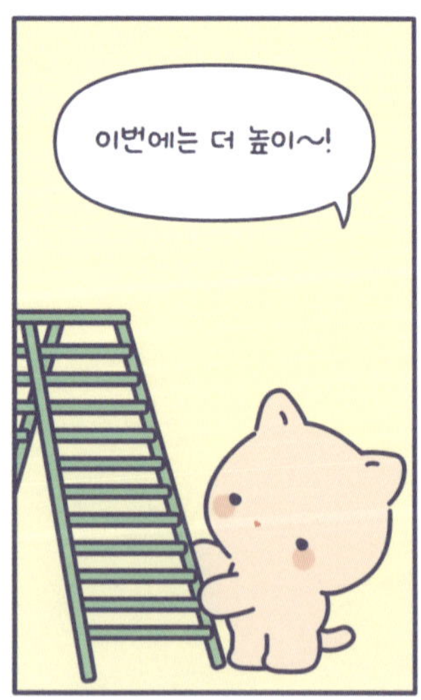

실수해도, 망가져도 괜찮아.
처음처럼 완벽하지 않아도

다시 해보려는 마음이
가장 단단한 시작이니까.

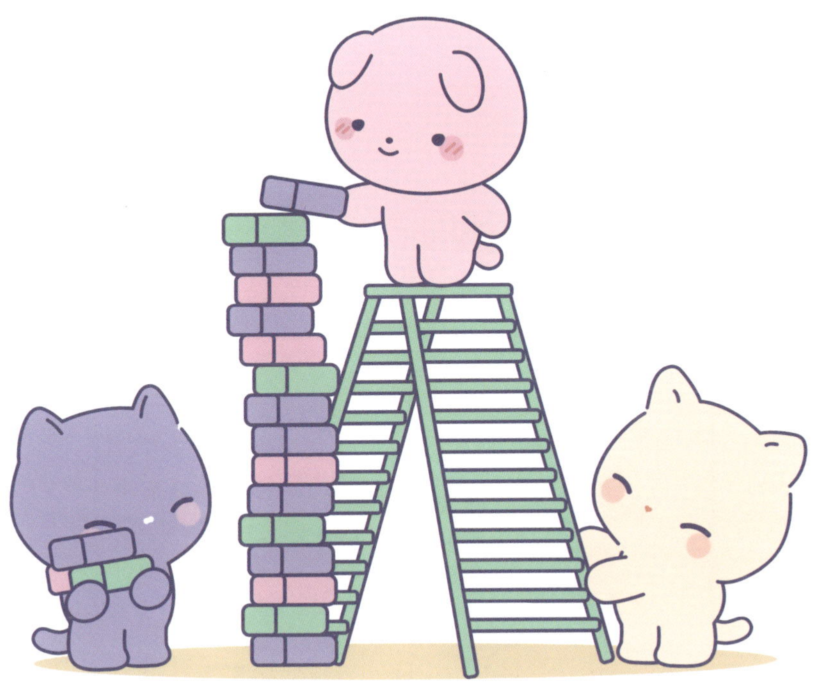

무너져도 괜찮아. 다시 쌓을 수 있으니까.

07 작은 발로도 걸을 수 있어

조금 느려도 괜찮아.

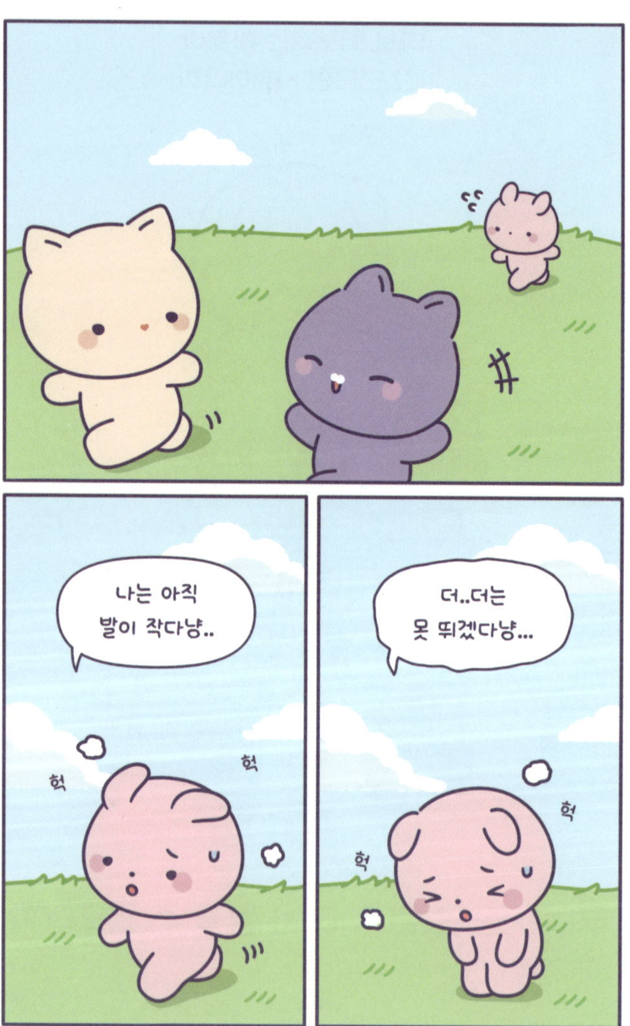

빠르지 않아도 괜찮아.
조금 늦더라도 나만의 길이 있어.

지금의 속도는
내 마음이 정한 걸음이니까.

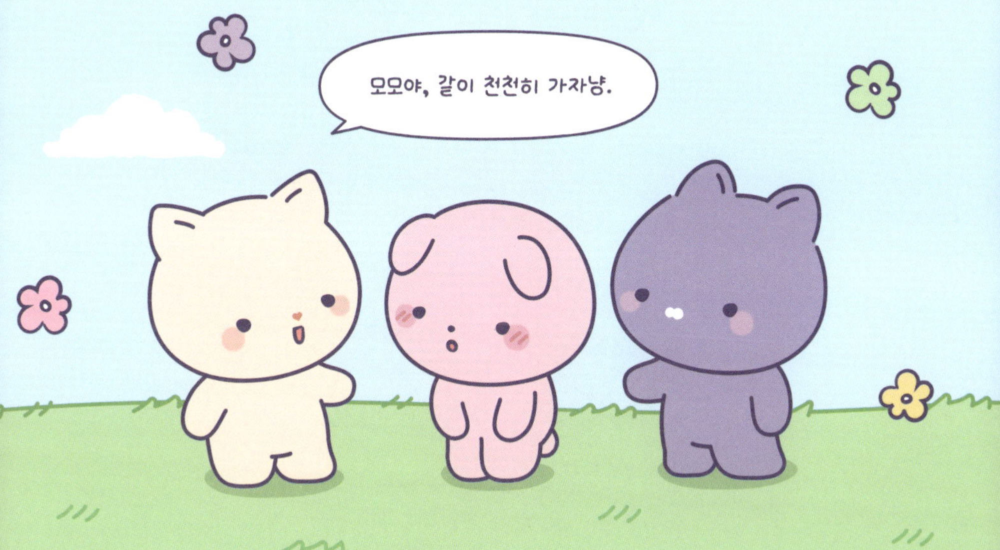

나는 나의 속도로
천천히 걸어가고 있어.

08 깨끗하게 비우는 시간

가끔은 멍~하게 있는 것도 괜찮아.

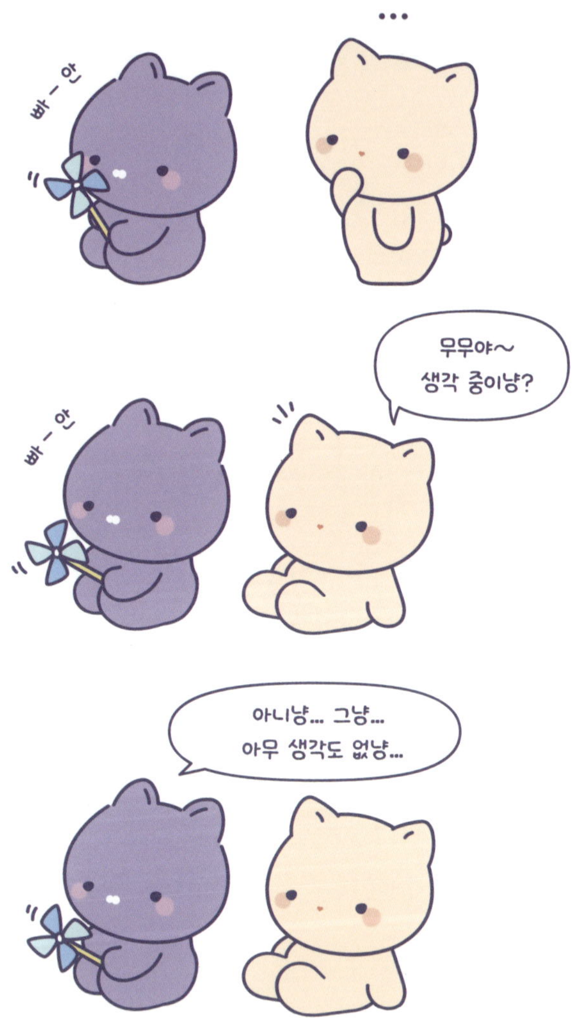

머릿속이 복잡할 땐
아무것도 안 해도 괜찮아.

그냥 바람을 맞고, 가만히 있는 시간도
마음을 쉬게 하는 방법이니까.

생각이 많을 땐,
아무 생각 안 하는 게 제일 좋아.

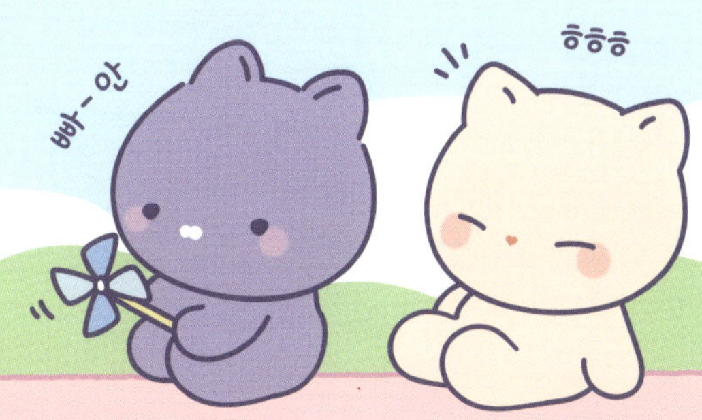

16

09 나눠 먹으면 더 맛있다냥

작은 것도 나누면 기분이 좋아져.

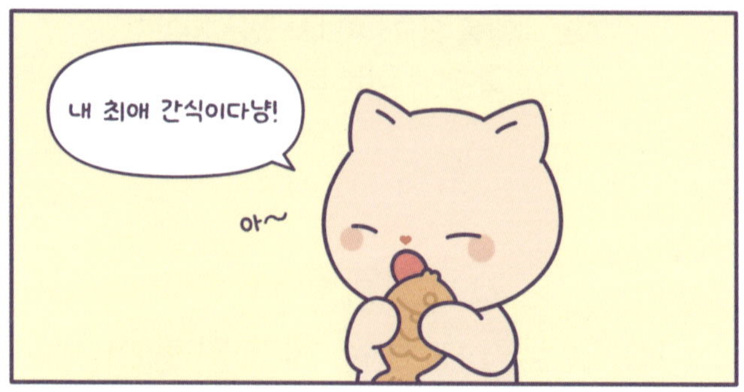

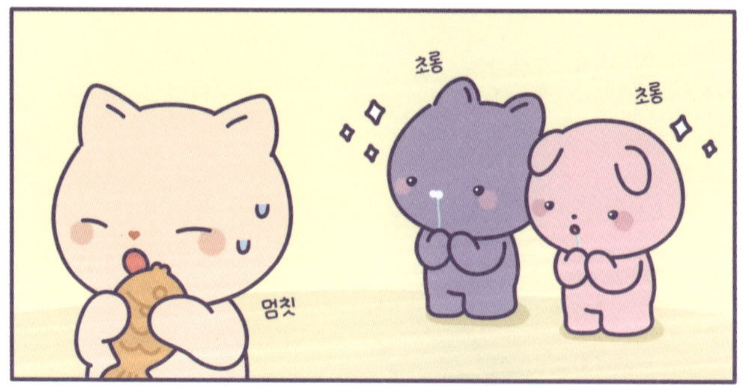

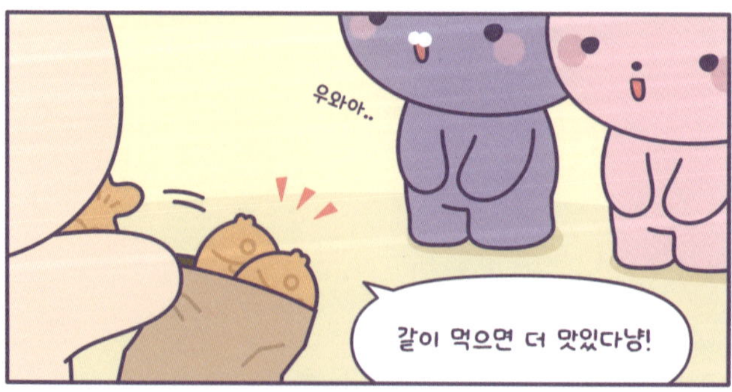

조금밖에 없어도
함께 나누면 마음이 풍성해져.

작은 빵 한 조각도
웃음을 나누는 이유가 되니까.

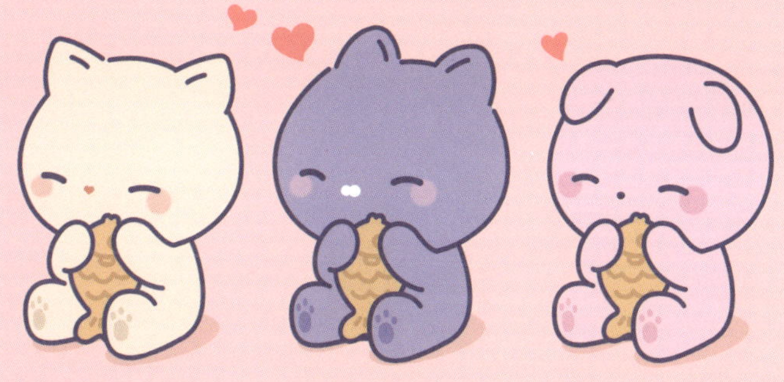

좋은 건 나누면 더 좋아져.

10 오늘도 괜찮은 하루였어

작은 일상도 나를 자라게 해.

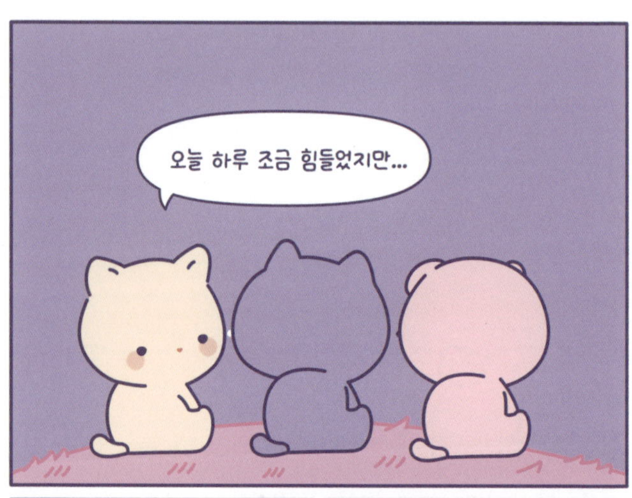

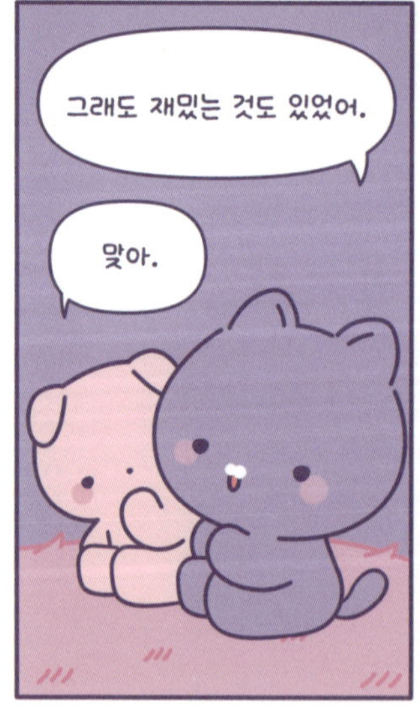

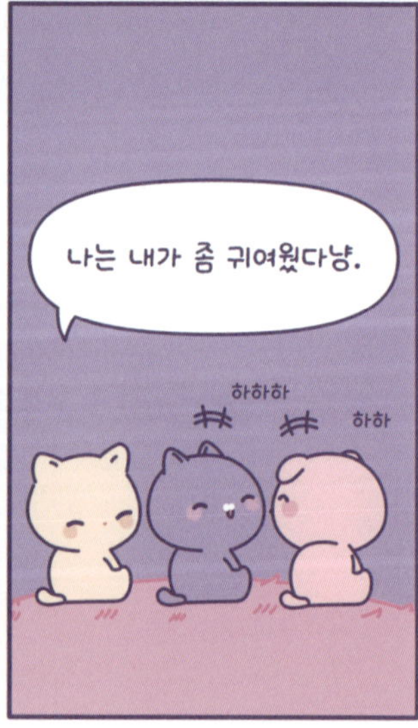

특별한 일이 없어도
매일의 순간들이 나를 만들어.

웃고, 지치고, 다시 웃는 하루가
내 마음을 조금씩 키워주니까.

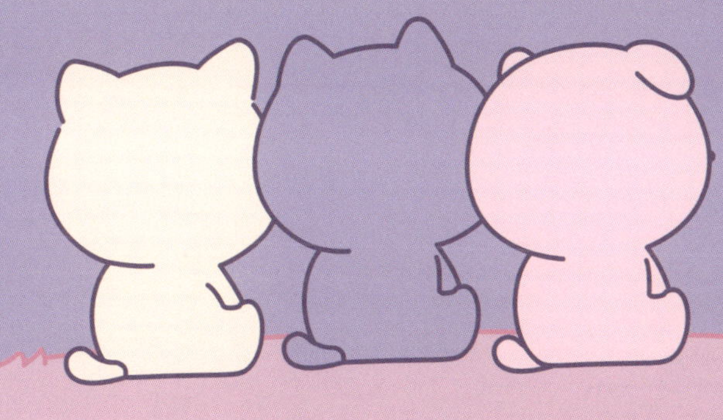

소소한 하루가 쌓여,
나는 귀여운 나로 자라고 있어.

11 말하지 않아도

아무 말 없어도 느껴지는 마음이 있어.

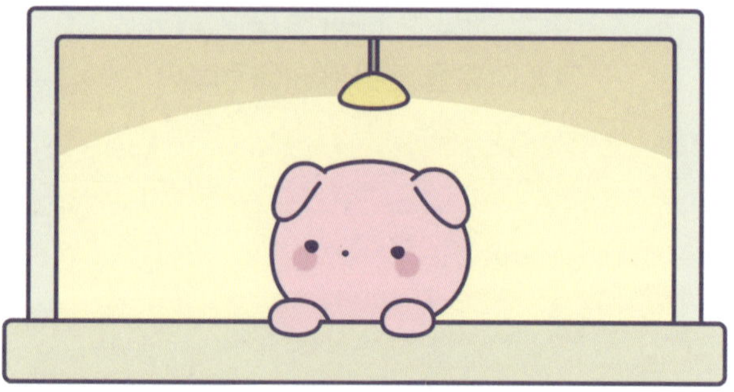

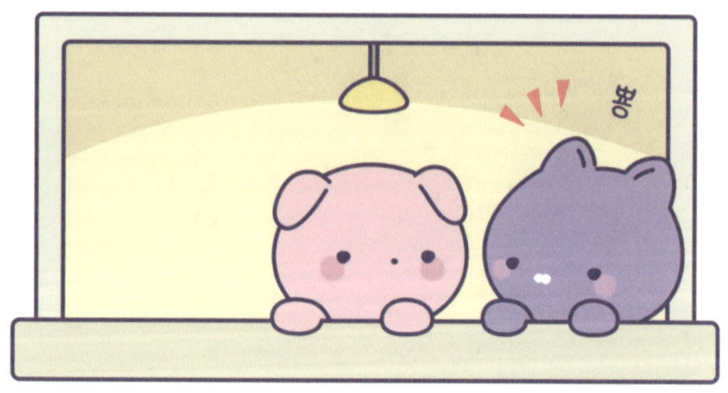

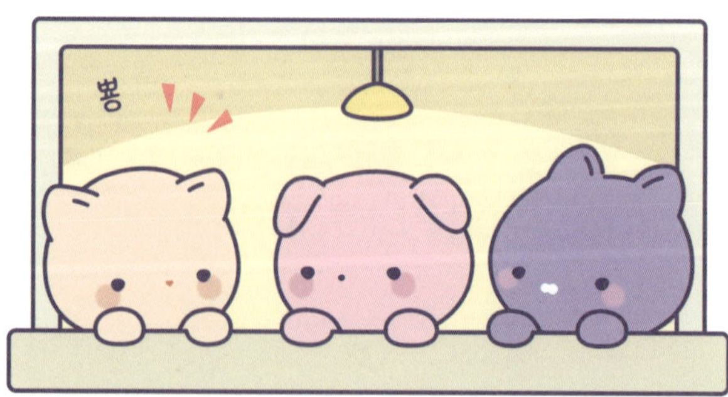

가끔은 말보다
침묵이 더 깊게 닿을 때가 있어.

아무 말 없이 옆에 있어주는 마음.
그게 제일 따뜻하더라.

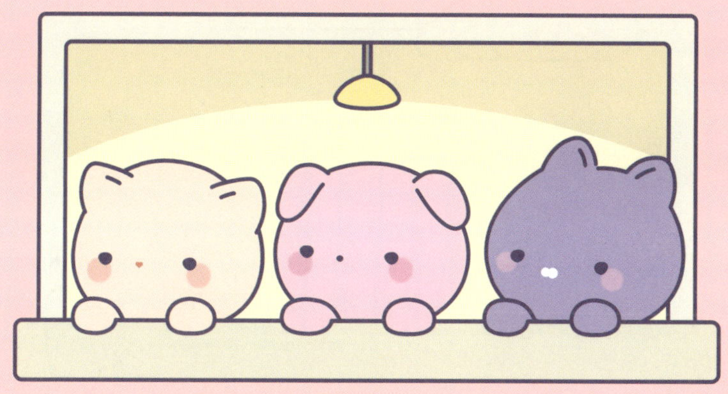

말하지 않아도 괜찮아.
마음은 다 느껴지니까.

12 그냥 그런 날

별일 없던 하루도 내겐 소중해.

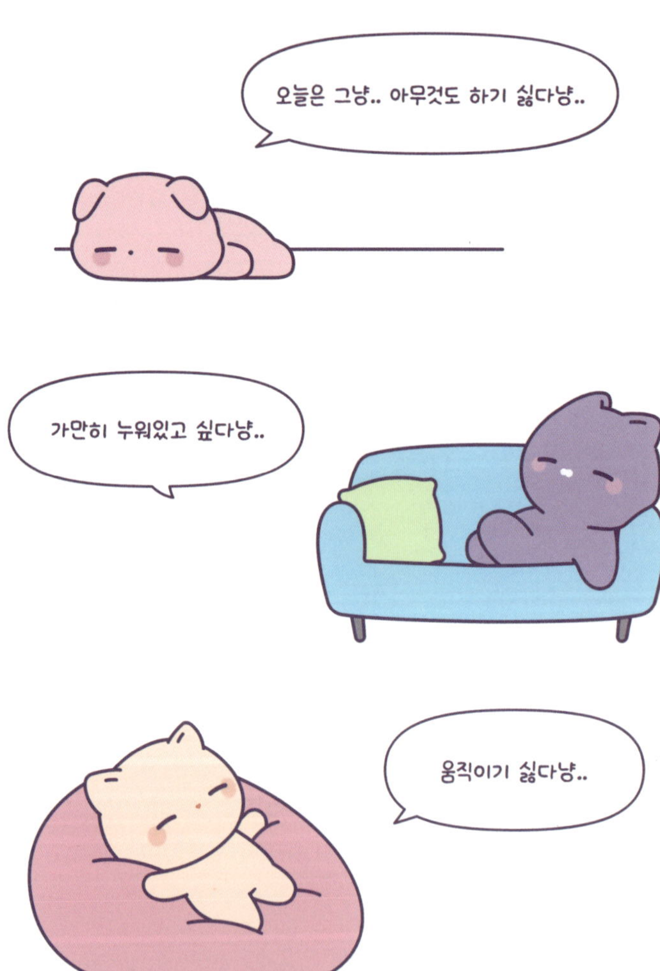

특별한 일 없는 하루도
나를 쉬게 해주는 선물이야.

쓸쓸하지 않고 조용한 이 시간,
그냥 그런 날이 고마워.

그냥 그런 날도
내 마음을 쉬게 해.

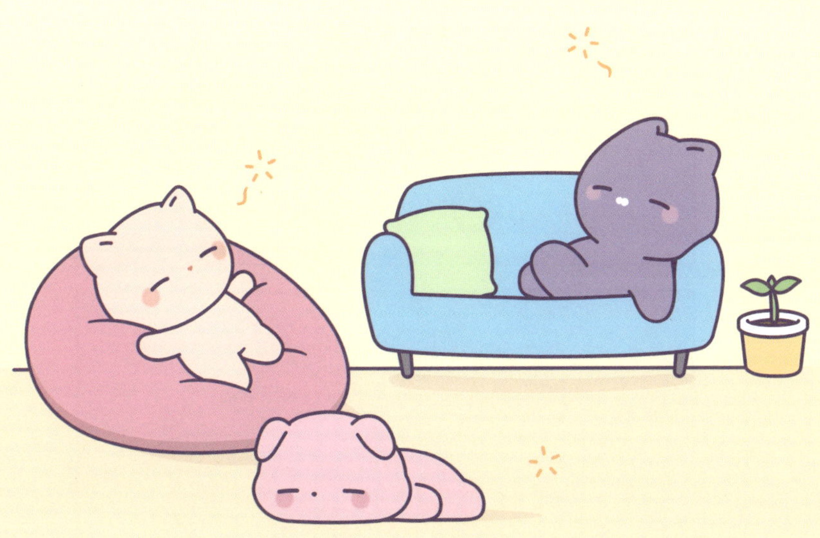

13 힘이 빠져도 좋아

지친 날은 멈춰도 괜찮아.

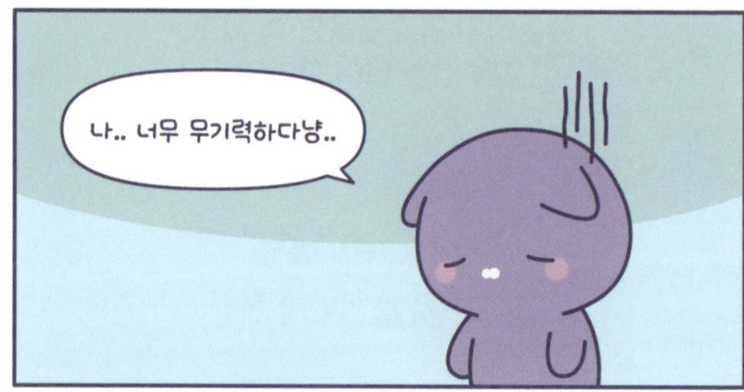

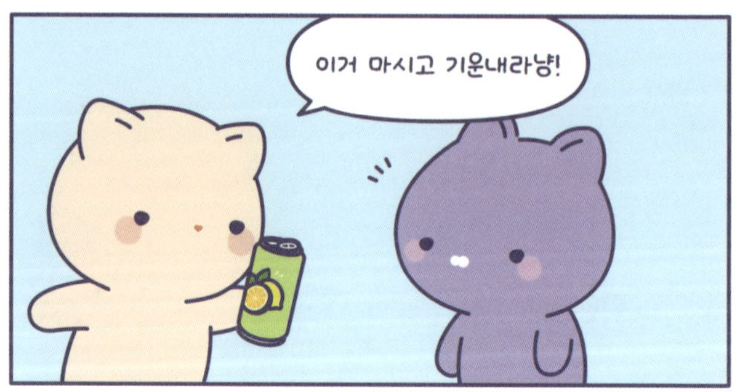

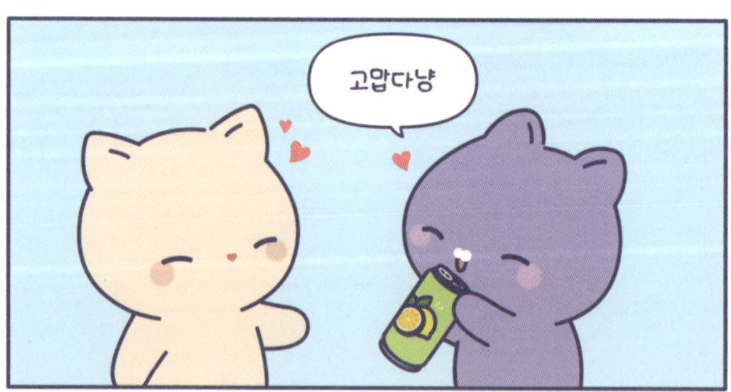

힘이 빠졌다는 건
그만큼 열심히 살아왔다는 뜻이야.

멈춰 서는 것도
괜찮은 하루의 일부야.

**오늘의 무기력도
충분히 의미 있어.**

14 마음이 주저앉을 때

괜찮다고 말하기 힘든 날도 있어.

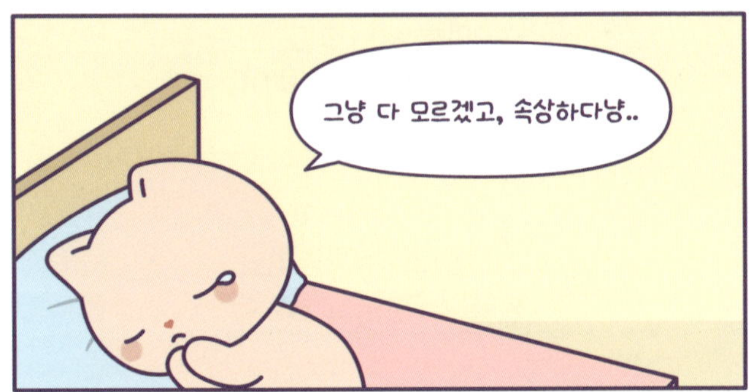

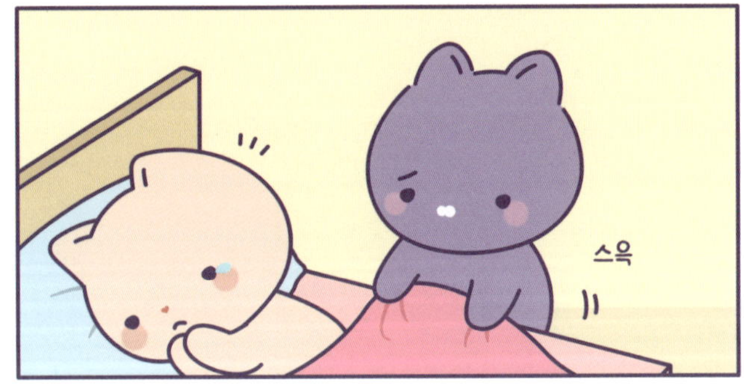

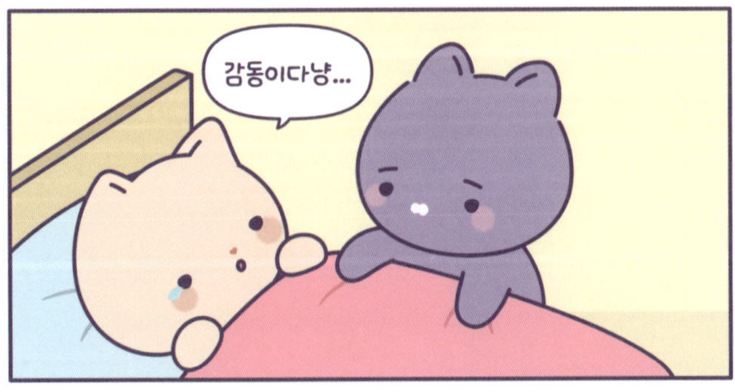

주저앉고 싶은 날도 있어.
그럴 땐 누군가의 조용한 다정이
마음 깊숙한 곳에 닿는 것 같아.

눈물 속에 따뜻함이 섞일 때,
비로소 괜찮아져.

마음이 무너지는 날에도
다시 웃을 수 있어.

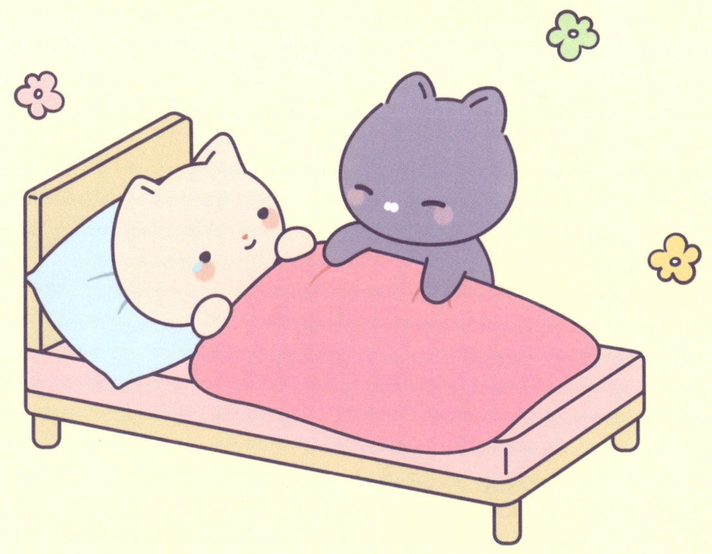

15 아무도 모르게 애썼지

아무도 몰라도 나는 알고 있었어,
내가 참 고생했단 걸.

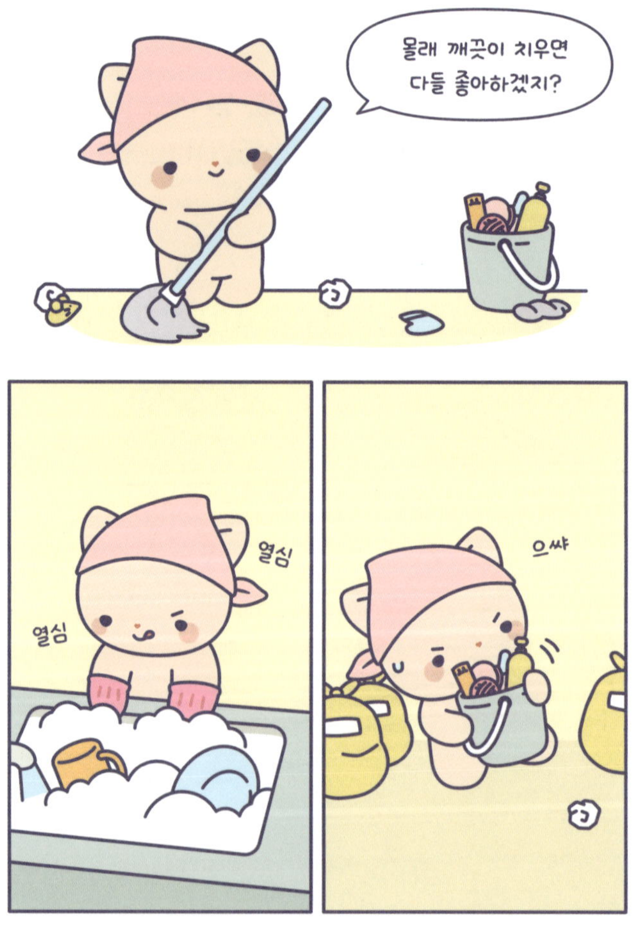

누구도 몰랐지만
나는 알고 있었어.

조용히, 묵묵히
참 많이 애썼던 나를.

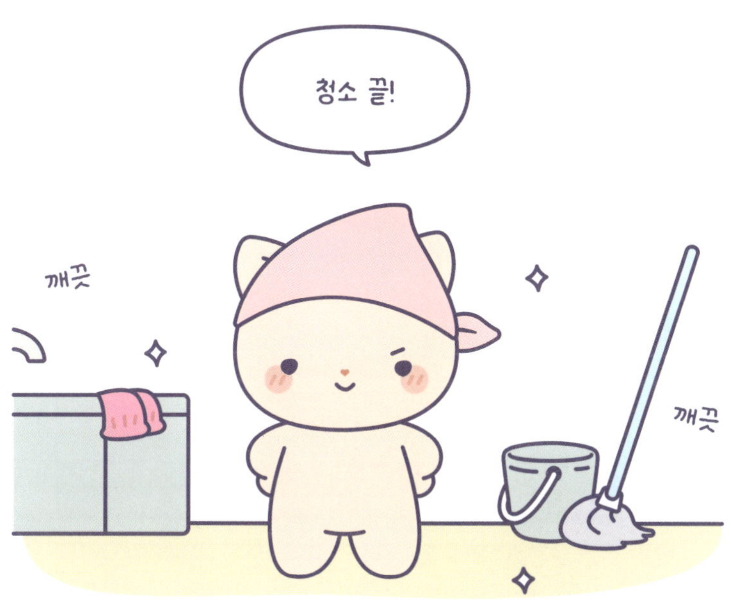

아무도 모르게 애쓴 날들,
내가 나에게 고맙다고 말해줘야 해.

16 조용히 사라지고 싶었던 날

그 누구의 시선도 받고 싶지 않았던 하루.

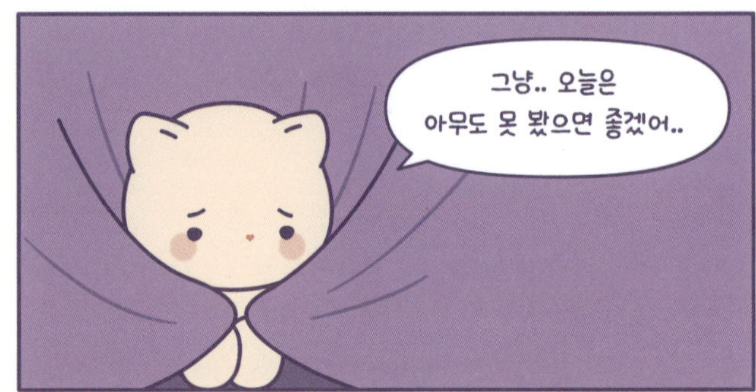

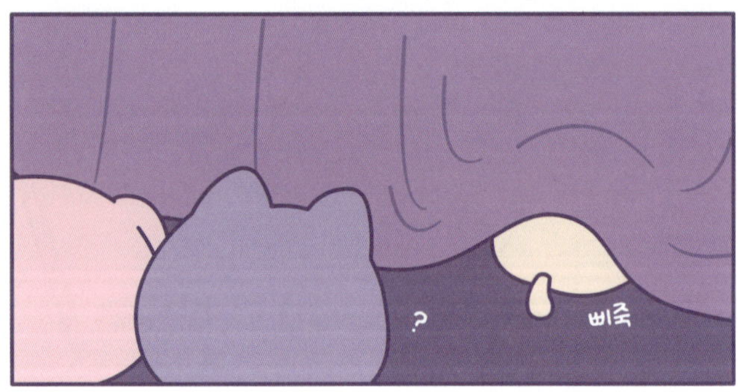

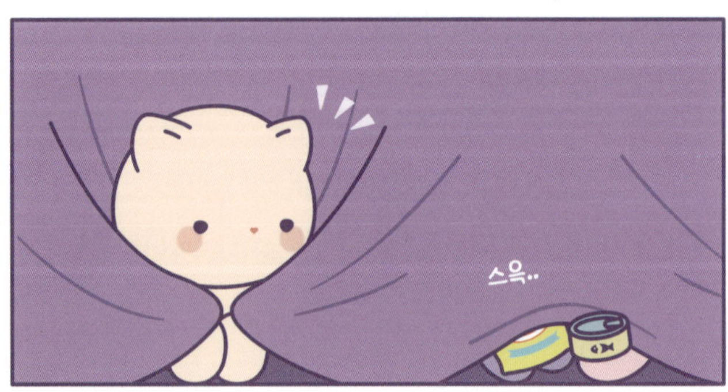

누구의 눈에도 띄고 싶지 않은 날,
내가 아무 말도 하지 않아도

살며시 곁에 있어주는 존재가
세상에서 가장 큰 위로가 된다.

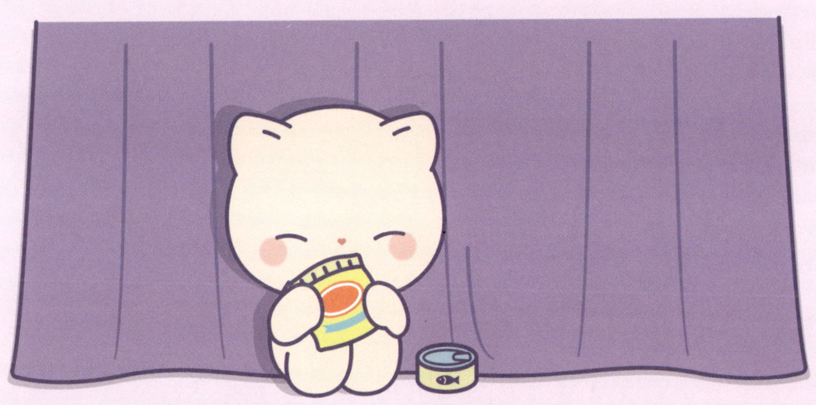

말없이 건네는 다정함이,
오늘 나를 다시 붙잡아줘.

17 잠깐 숨 좀 돌릴게

멈춘 게 아니라 잠깐 쉬는 중이야.

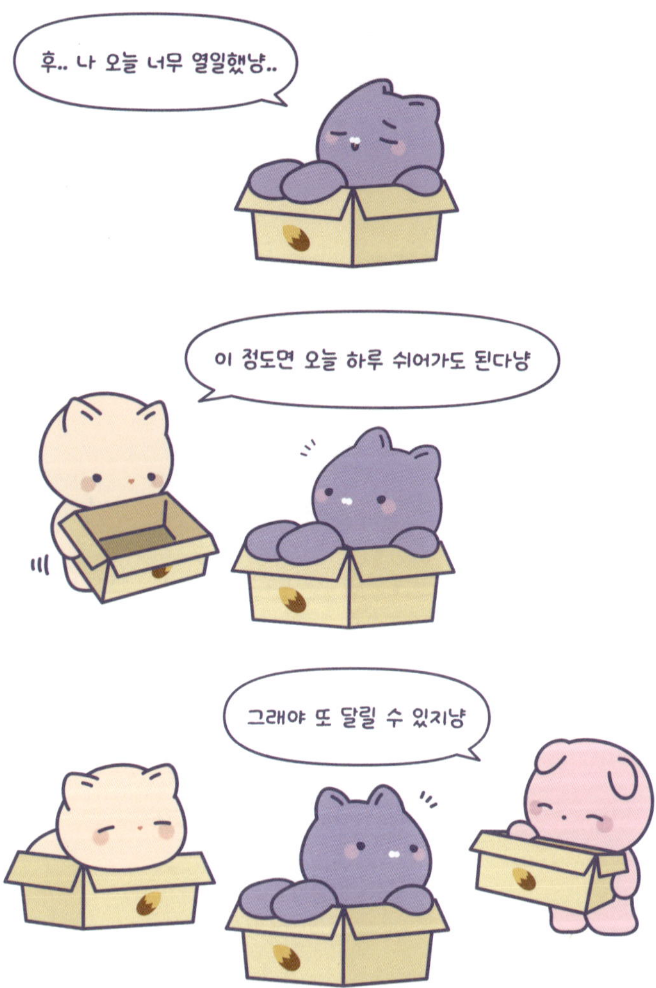

가끔은 너무 애썼다는 생각에
멈춰 서서 숨을 고르게 된다.

잠시 쉬는 동안
내 마음도 다시 부풀어 오른다.

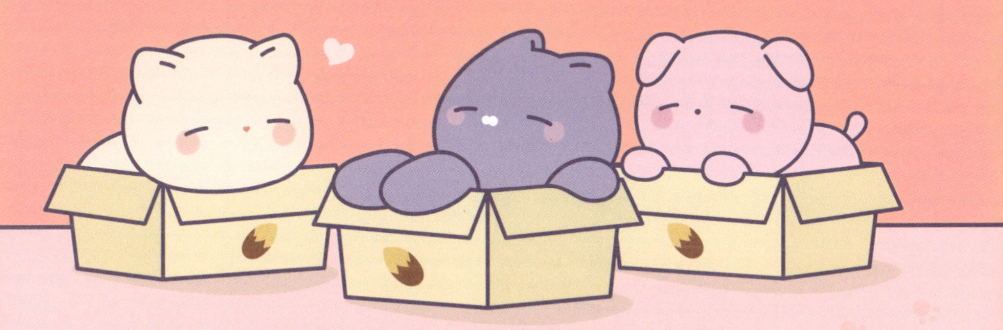

잠깐 멈춰도 괜찮아.
내일의 나를 위한 숨 고르기니까.

18 아무 일도 없어서 다행이야

조용하고 평범한 하루가 나를 지켜줬어.

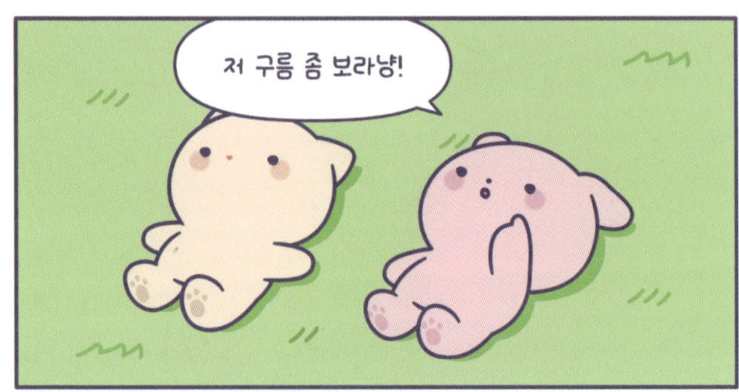

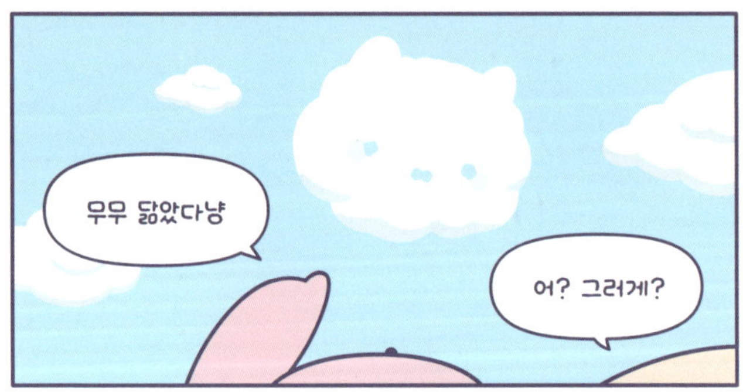

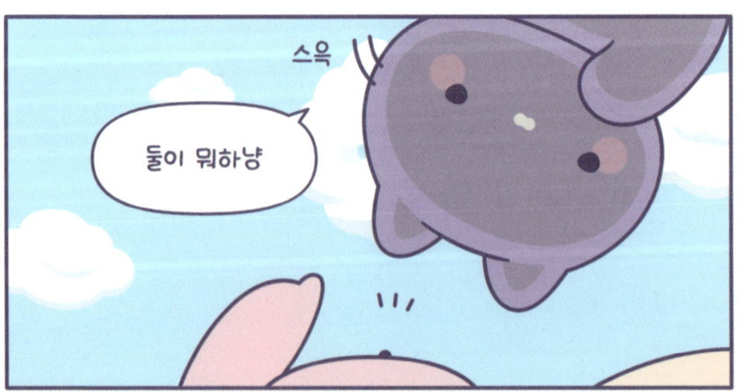

아무 일도 없었던 하루,
조용한 햇살과 작은 숨결 속에서

무사히 지나간 오늘이
참 고맙고 다행이었어.

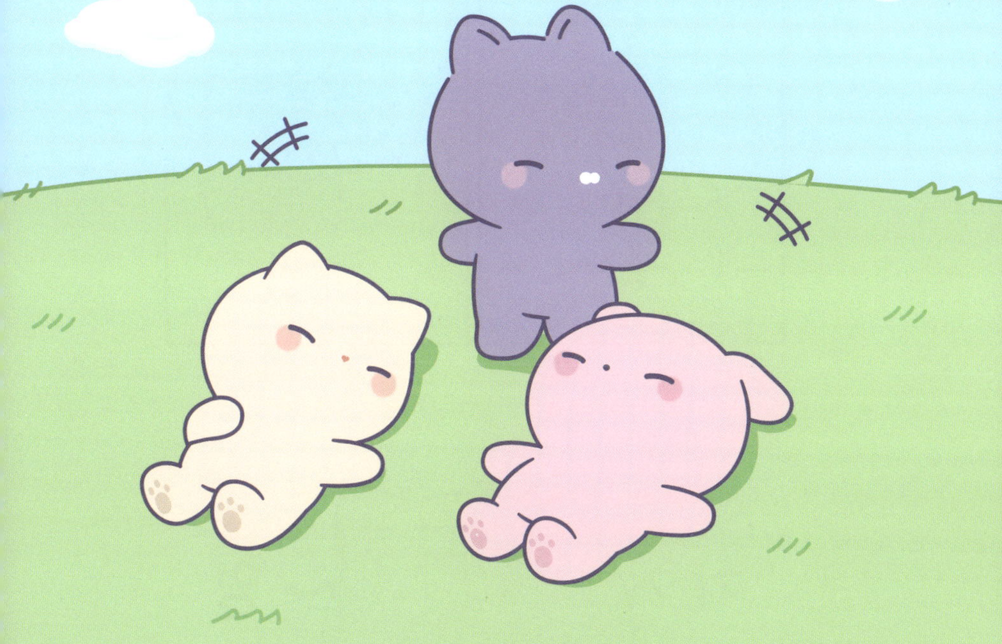

평범한 하루가
오늘 내 마음을 지켜줬어.

19 살짝 울컥했던 순간

괜찮다고 하려다,
괜찮지 않아서 울컥했던 그때.

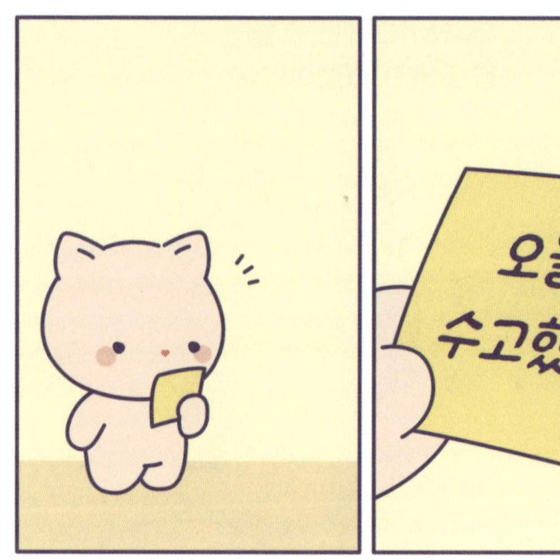

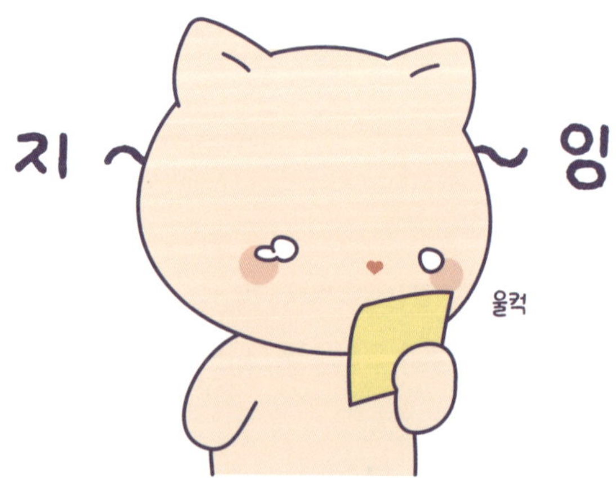

괜찮은 척했지만
그 한마디에 마음이 무너졌어.

다 안다고 말해주는 눈빛에
조용히 울컥했던 순간.

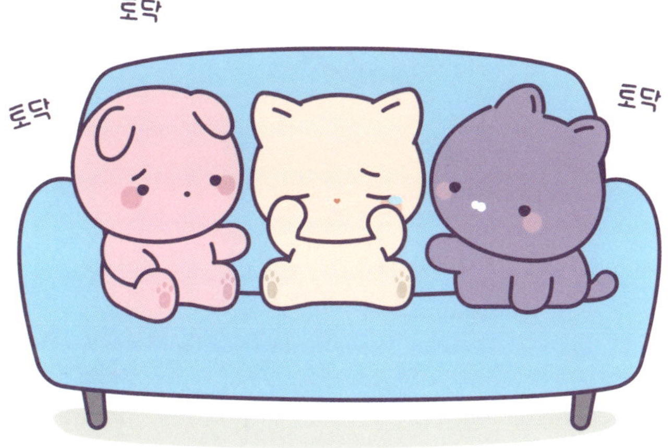

말 한마디에
마음이 다 풀어질 때가 있어.

20 어제보다 조금 괜찮아

조금 나아졌다는 게 얼마나 고마운지 몰라.

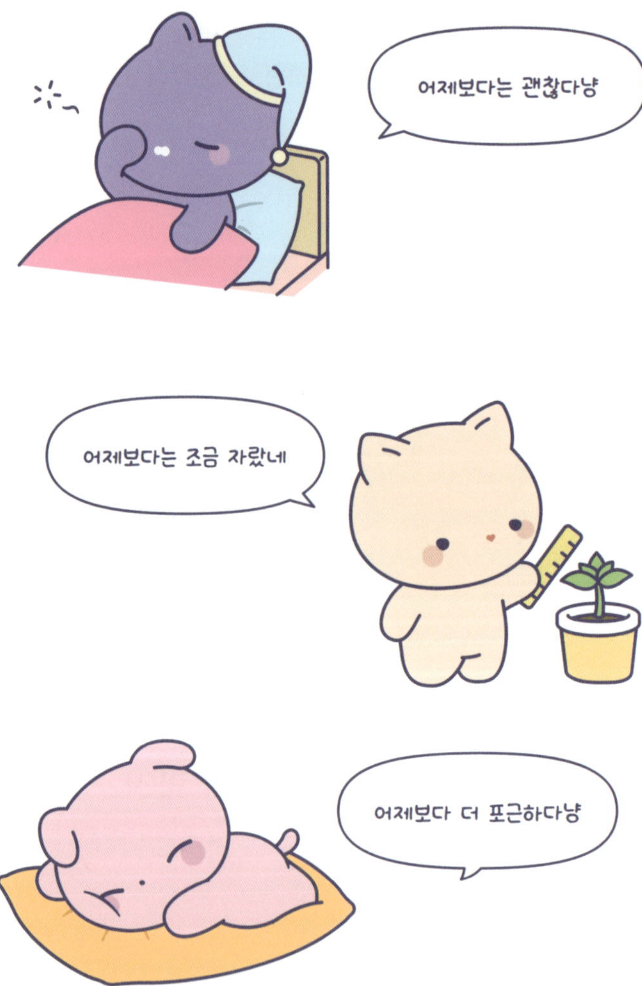

아무 일 없는 하루였지만
어제보다 조금 웃었고

어제보다 조금 덜 아팠고
그게 참 다행이었어.

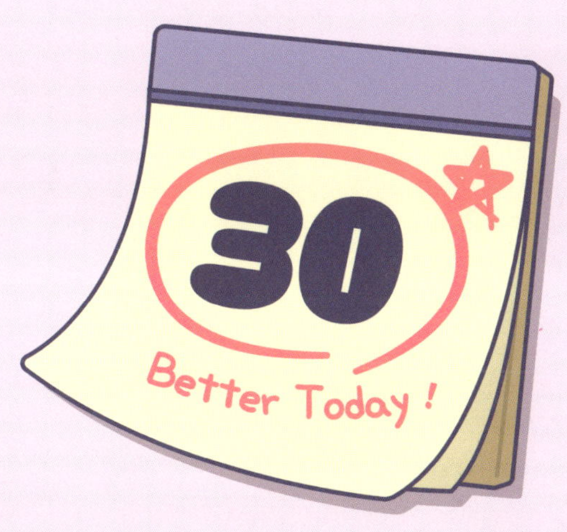

많이 나아지지 않아도 괜찮아.
조금 괜찮아진 오늘이니까.

나를 지켜준 마음과 행동을 떠올려봐.
작은 것도, 사소한 것도 괜찮아.
너는 이미 충분히 잘하고 있어.

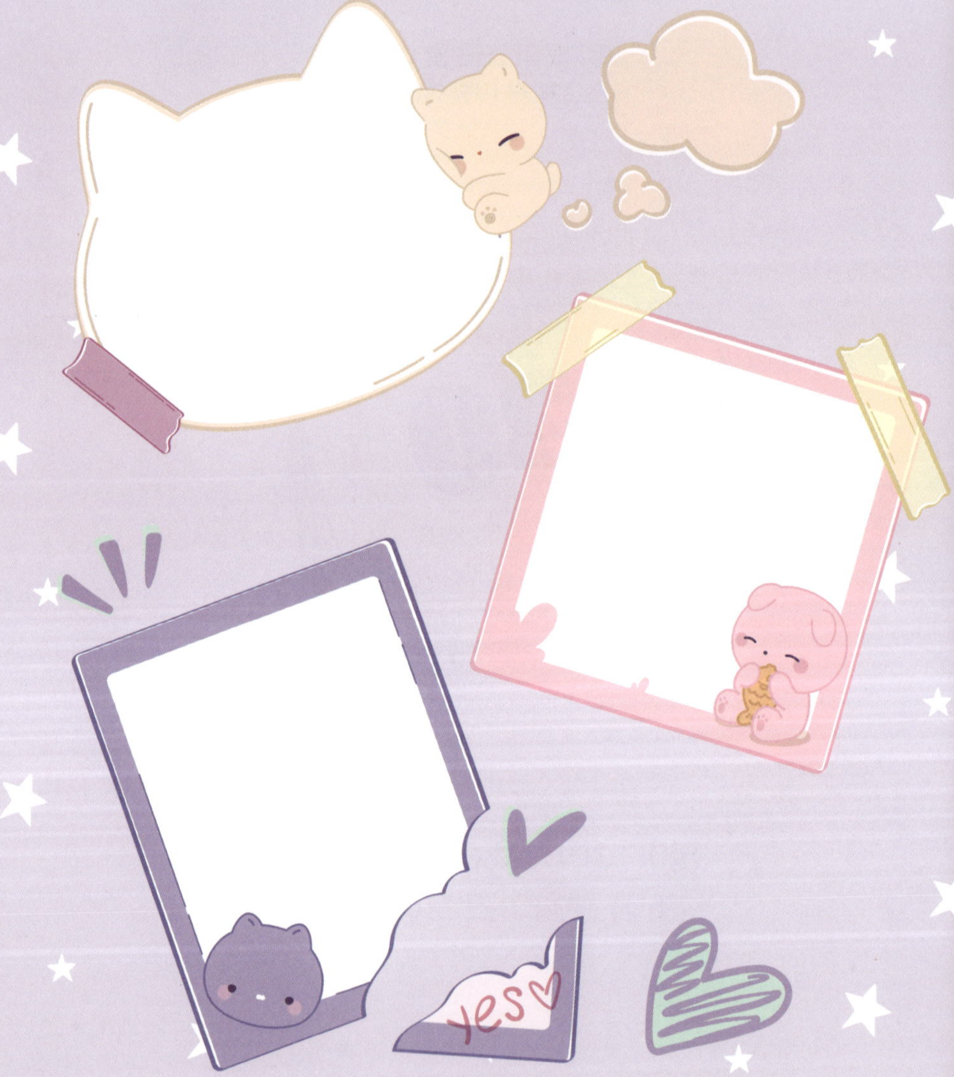

오늘 내가 잘한 순간을 한 줄로 적어봐.
이 문장은 나를 위한 상장이야.

YOU DID AMAZING

CHEER FOR ME TODAY. WELL DONE.

YOU DID AMAZING

CHEER FOR ME TODAY. WELL DONE.

YOU DID AMAZING

CHEER FOR ME TODAY. WELL DONE.

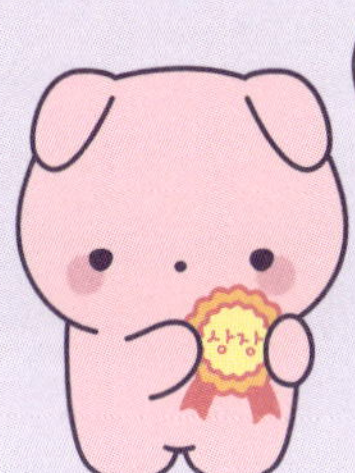

마음이 전해주는 색을 골라, 천천히 칠해보세요.
오늘의 감정이 부드럽게 번져갑니다.

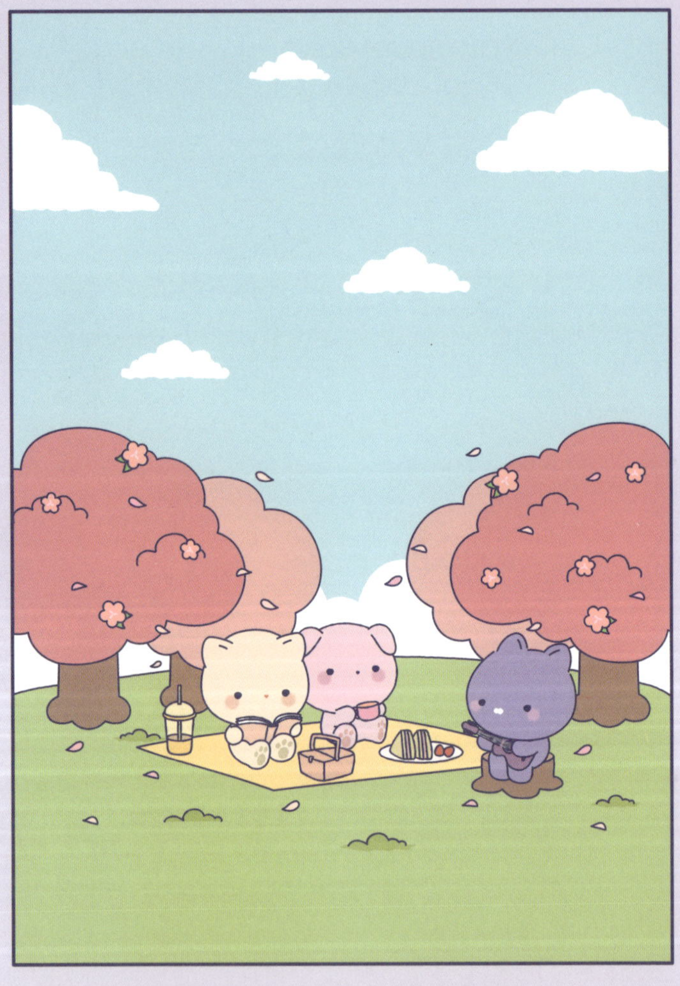

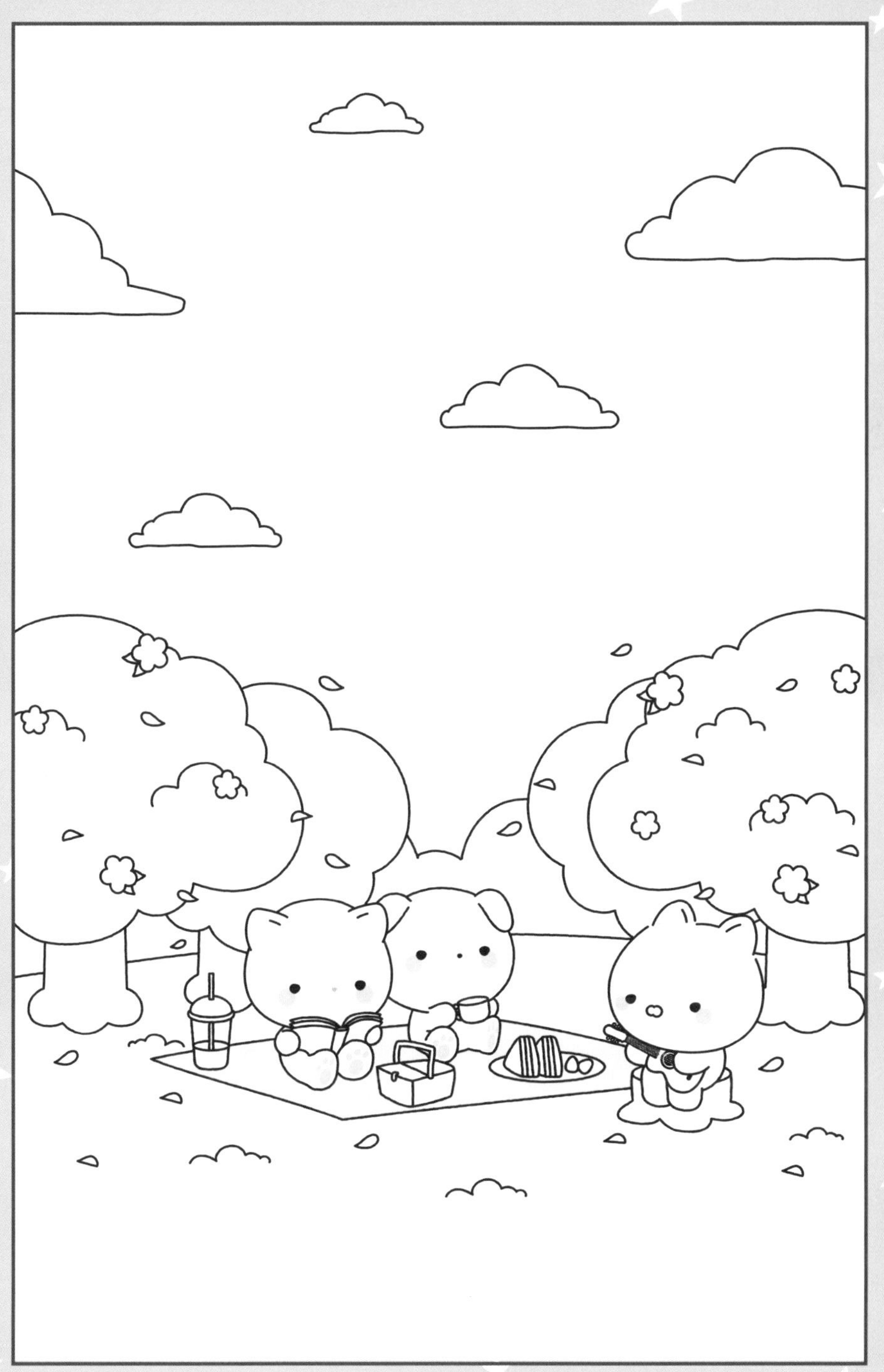

조금 느려도 괜찮아. 나만의 속도로 나를 키워가는 중.

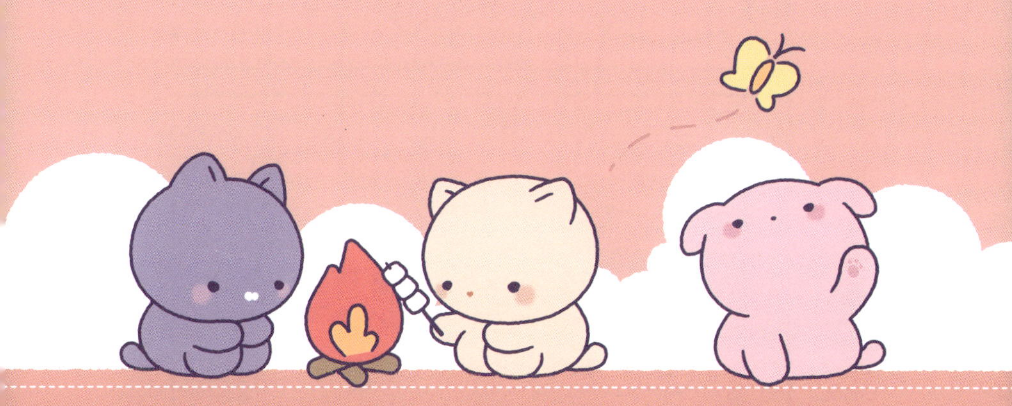

01 괜찮아지고 있어

속도가 느리더라도,
조용히 회복 중인 나를 응원해.

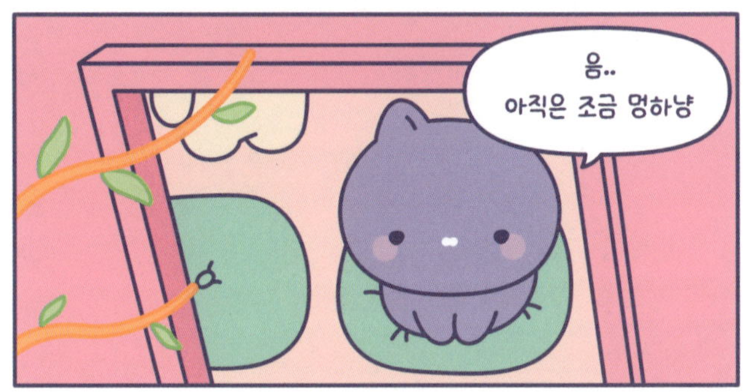

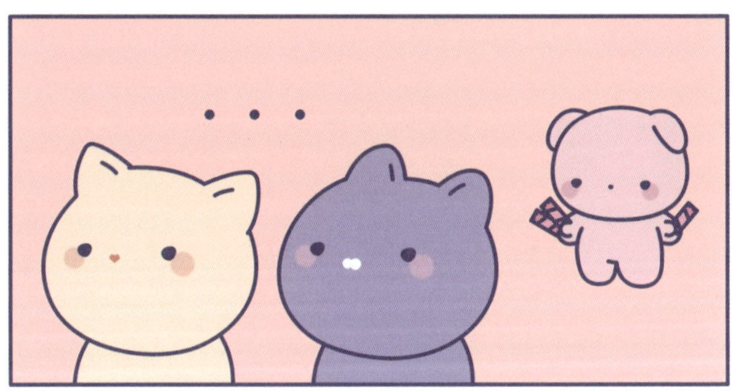

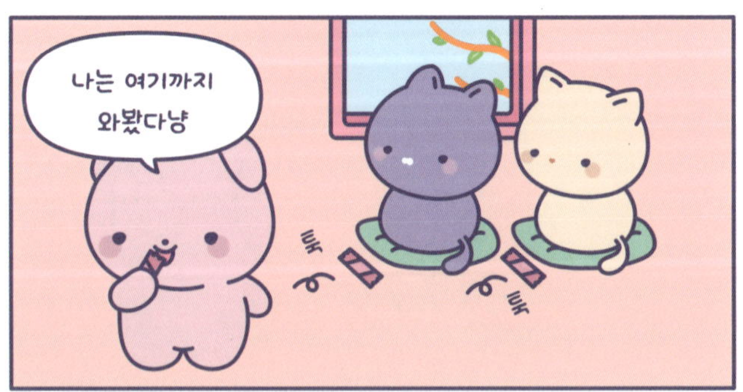

별일 아니었던 하루에도
괜히 마음이 지칠 때가 있어.

아무 말 없이 옆에 있어주는
그 마음이 큰 힘이 돼.

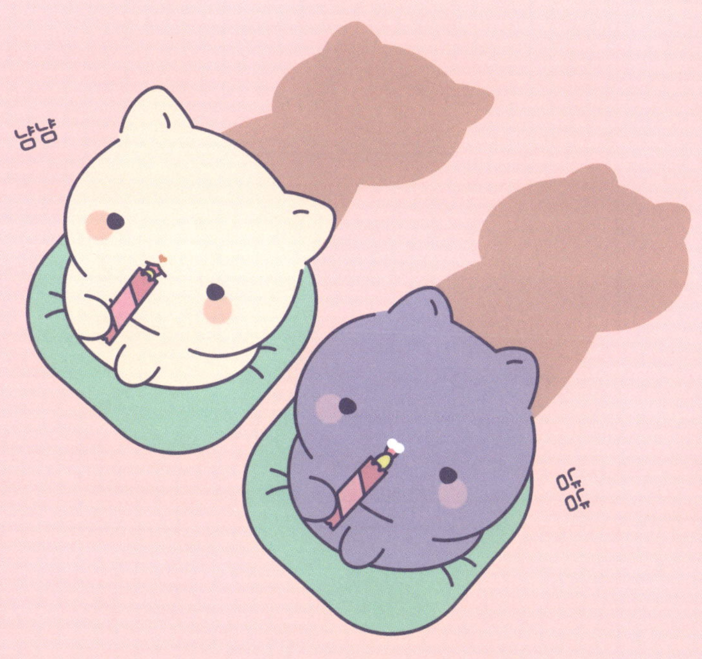

조금씩 괜찮아지는 중이야
오늘도 충분히 잘했어.

02 어제보다 덜 흔들려

어제보다 덜 흔들린 마음이면,
잘하고 있는 거야.

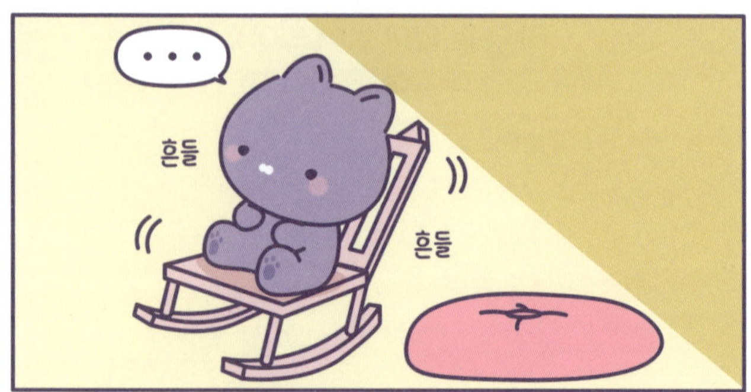

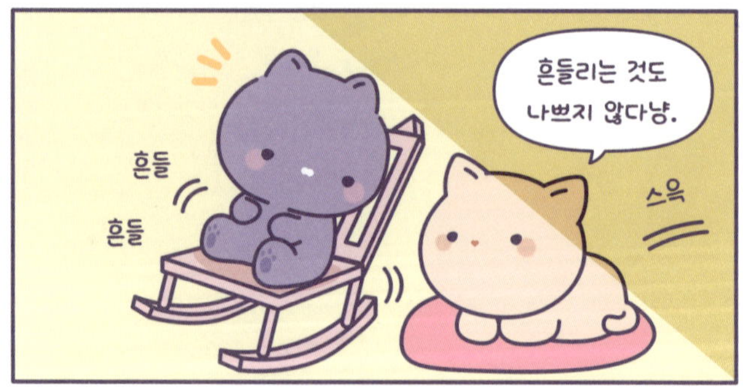

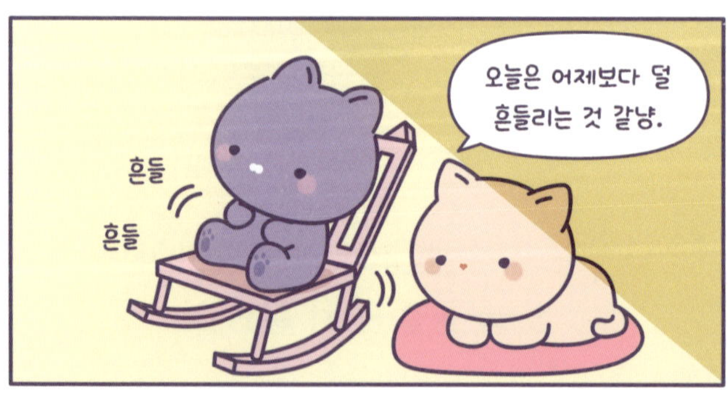

처음엔 마음이 크게 흔들렸지만
곁에 누군가 있다는 것만으로,

조용히 잦아드는 마음의 파동이
오늘을 조금 더 견디게 해줘.

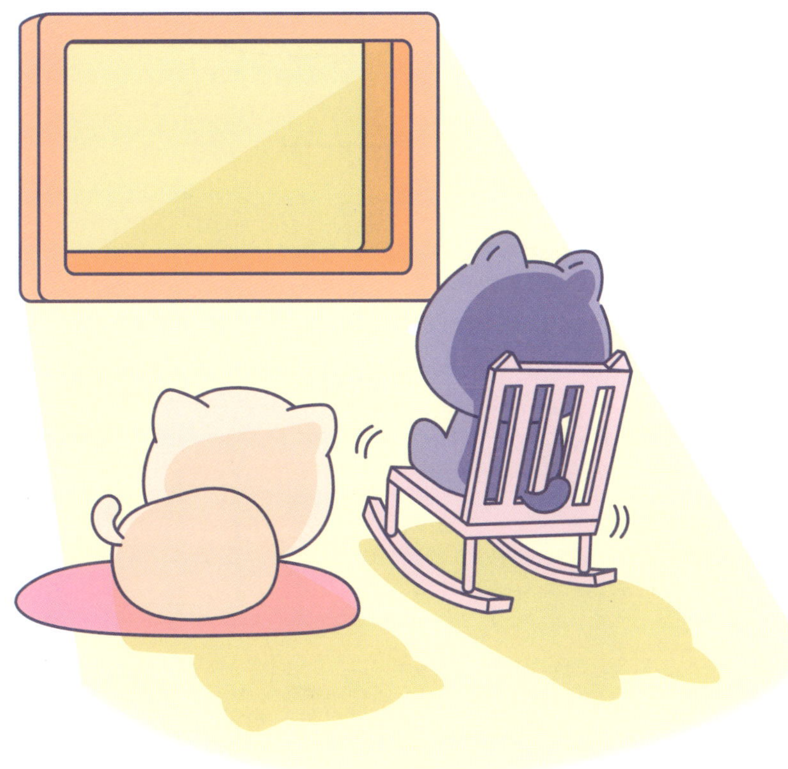

조금 덜 흔들렸다면, 그만큼 마음도 자란 거야.

03 아직은 반쯤

다 마시지 못해도 괜찮아.
오늘은 여기까지가 내 전부니까.

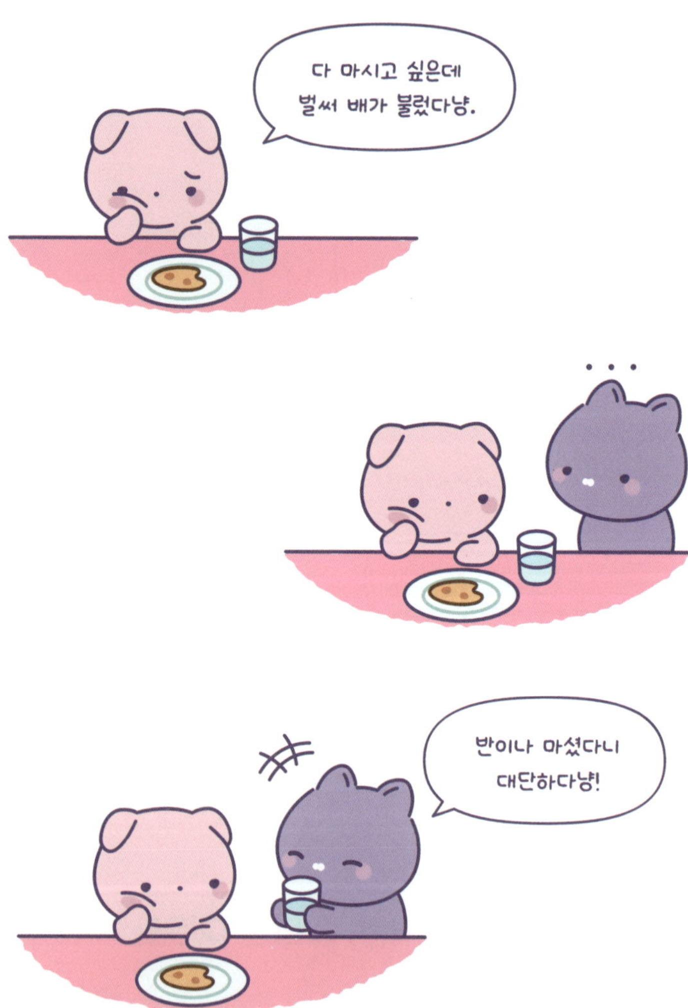

아직 다 해내진 못했지만
내가 한 만큼을,

기특하게 바라봐주는 누군가가
나를 다시 일으켜줘.

반쯤뿐이지만,
그만큼은 충분해.

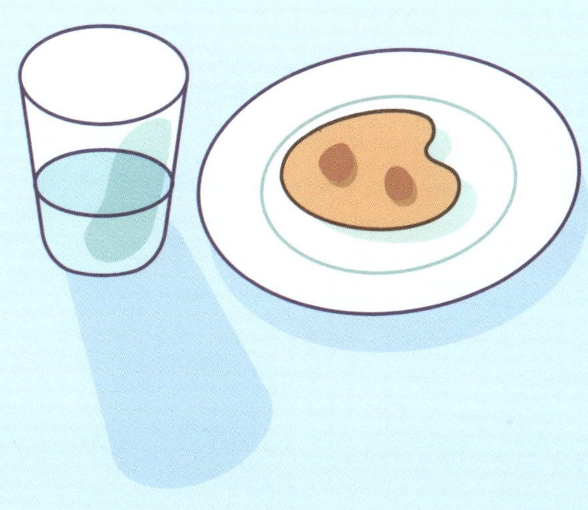

04 실수도 성장이라면

실수도, 상처도
나를 키우는 성장의 일부야.

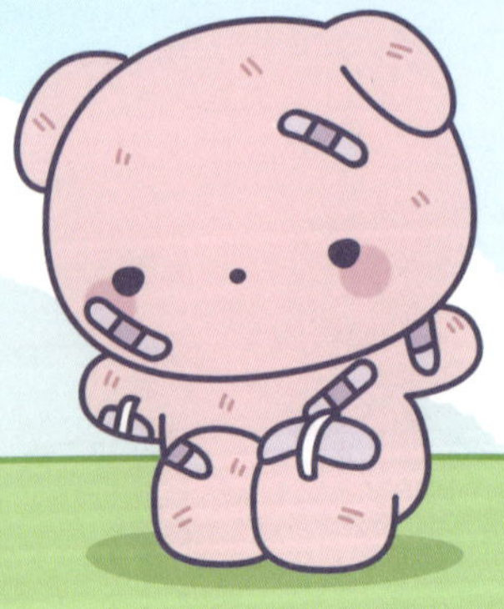

자꾸만 넘어졌던 날들이
그냥 헛된 날은 아니었어.

매일 다시 일어섰으니까
오늘의 나도 조금 더 높이 뛰는 거야.

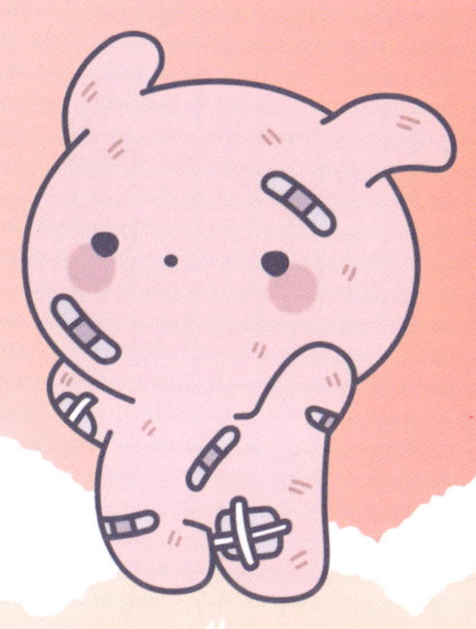

반창고로 덮인 무릎만큼
나도 자라고 있었어.

05 내 속도로 걷는 중

남들과 비교하지 않아도
내 걸음이면 괜찮아.

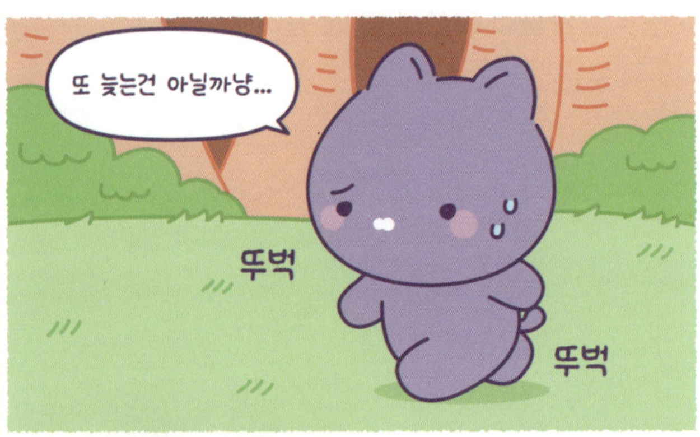

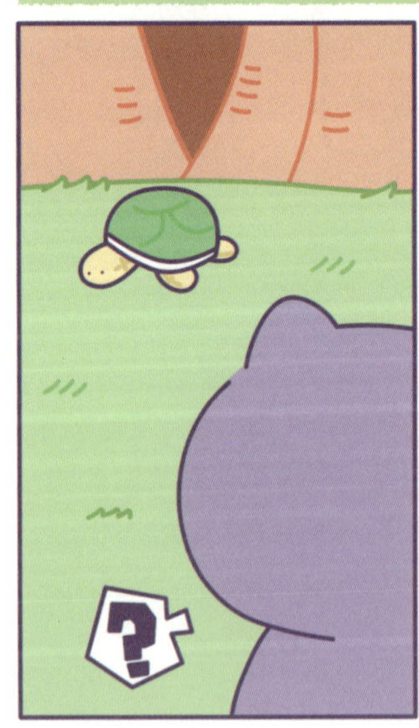

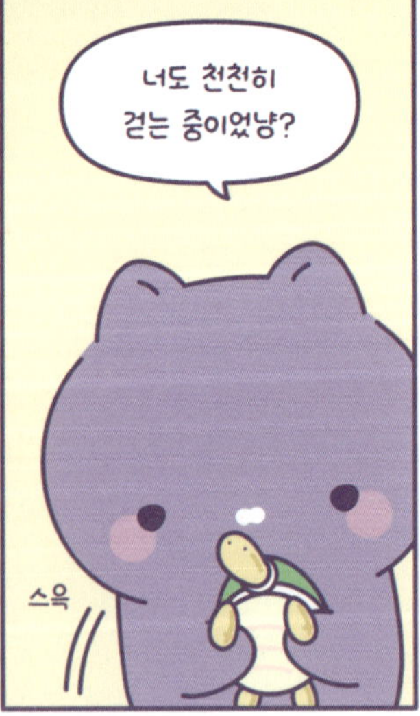

자꾸만 뒤처지는 것 같아
마음이 조급했던 날들.

하지만 오늘은 나를 믿고
나만의 속도로 걸어가.

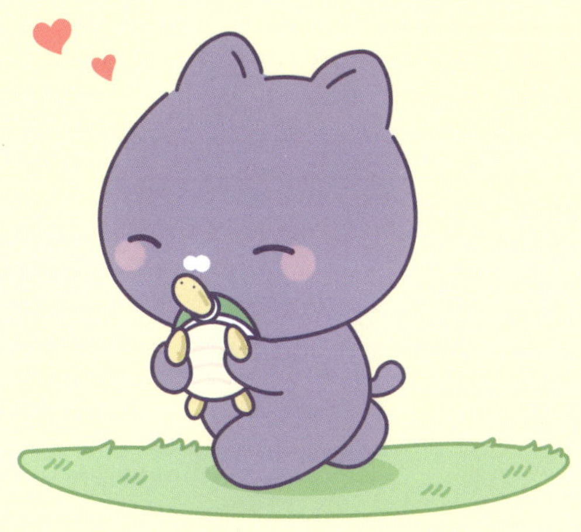

빠르지 않아도 괜찮아.
나는 내 속도로 가는 중이야.

06 조금 늦어도 좋아

아직 초록빛이라도,
언젠가는 나도 달콤해질 거야.

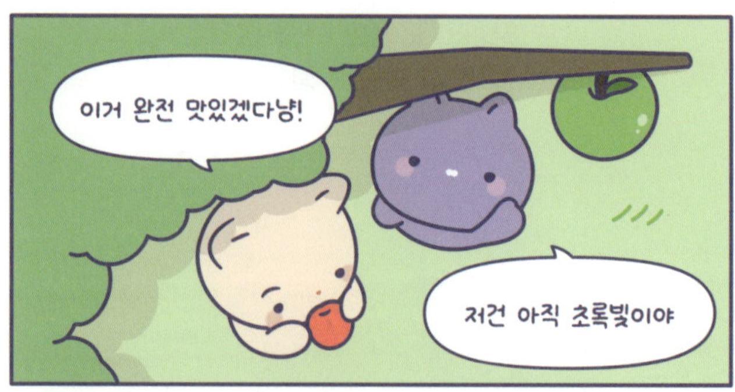

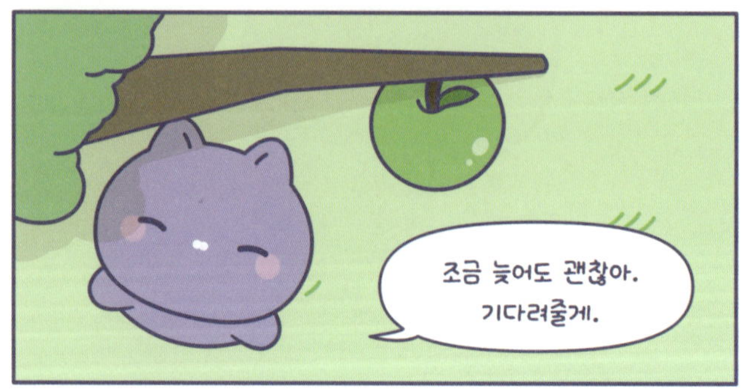

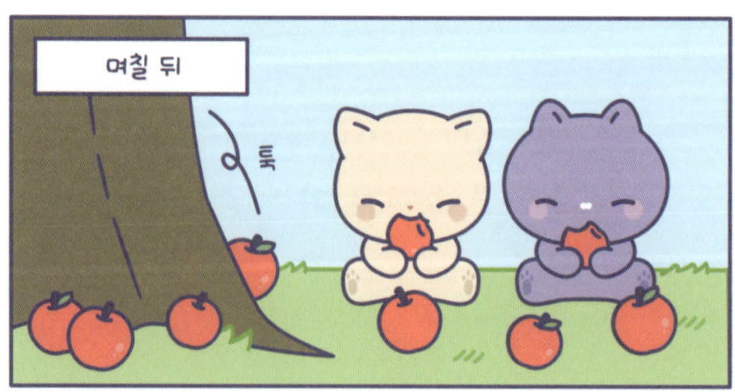

빨리 익는 사과도 있고
천천히 익는 사과도 있어.

나는 아직 초록빛일 뿐,
언젠가는 꼭 달콤해질 거야.

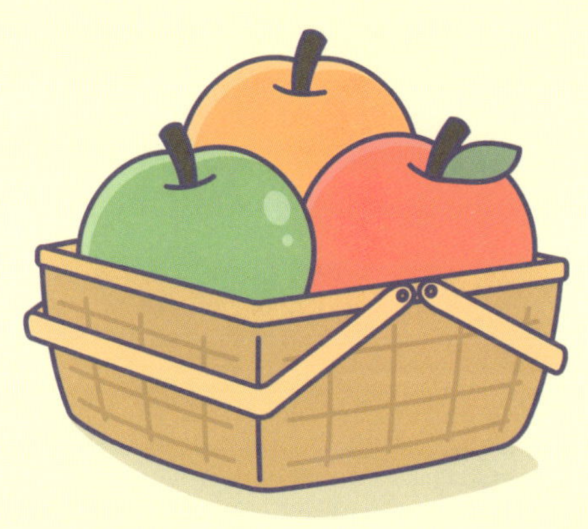

지금의 나도 괜찮고,
기다려주는 마음도 괜찮아.

07 그늘 아래 쉬어가는 중

쉬어가는 시간도, 자라는 중이야.

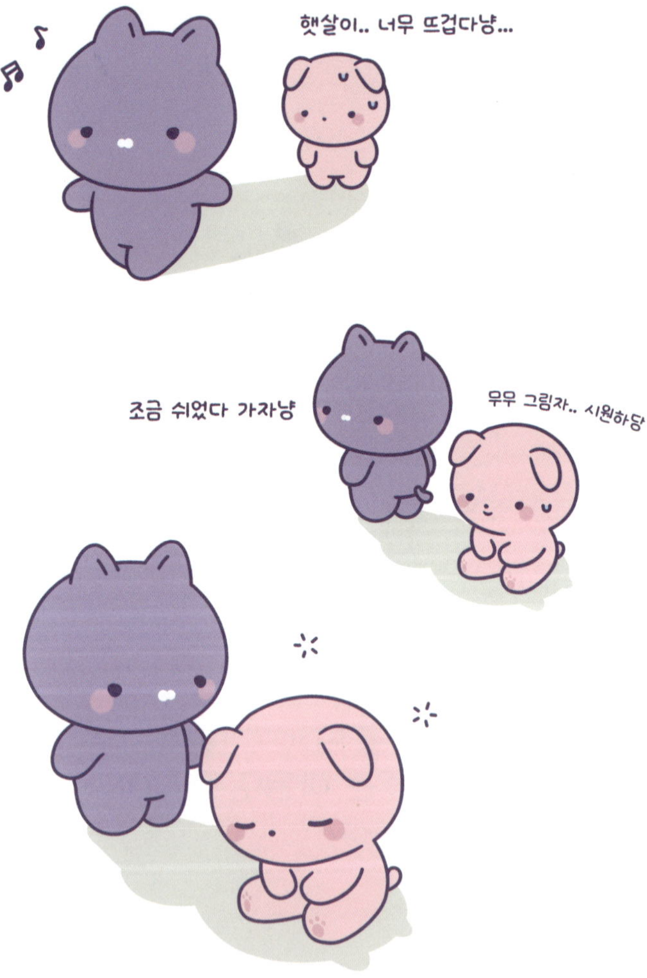

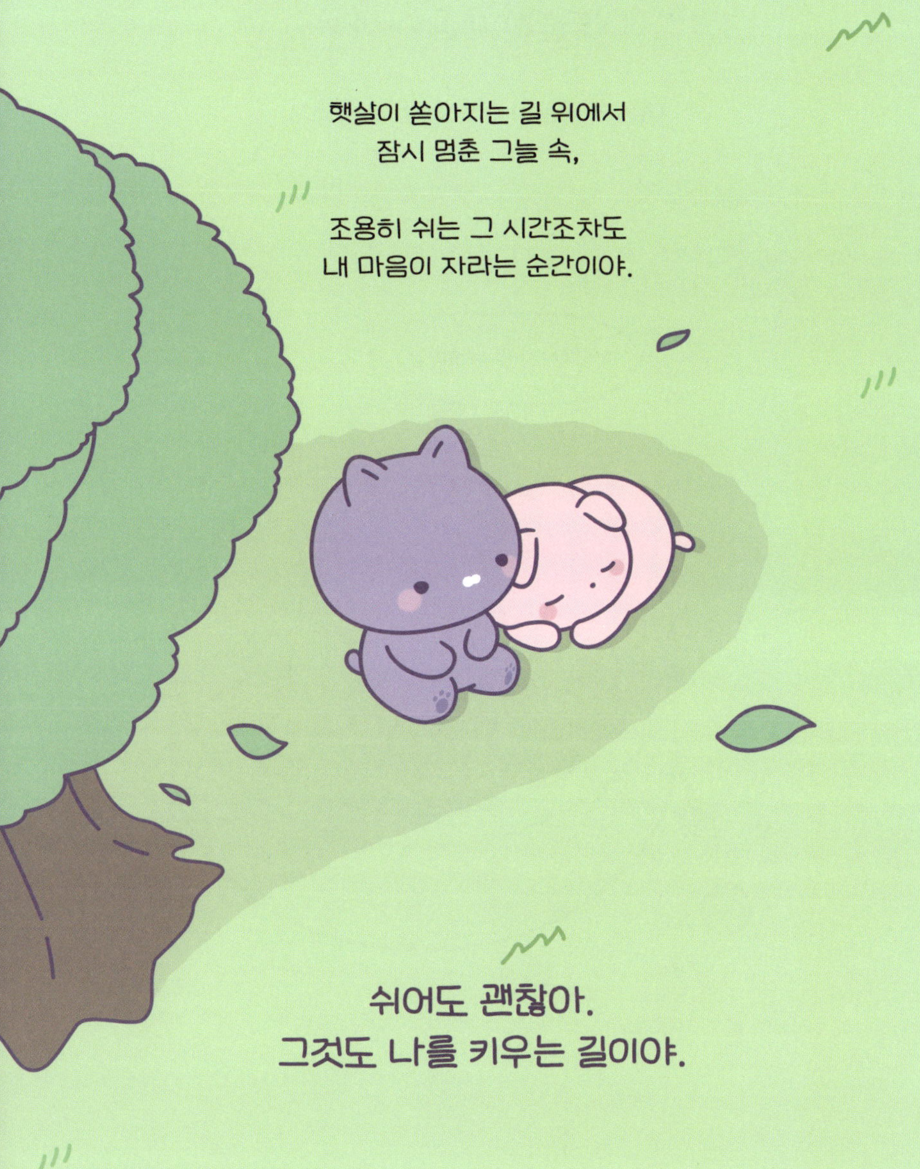

햇살이 쏟아지는 길 위에서
잠시 멈춘 그늘 속,

조용히 쉬는 그 시간조차도
내 마음이 자라는 순간이야.

쉬어도 괜찮아.
그것도 나를 키우는 길이야.

08 괜히 마음이 바빠

마음속 공들이 너무 바쁘게 굴러가.

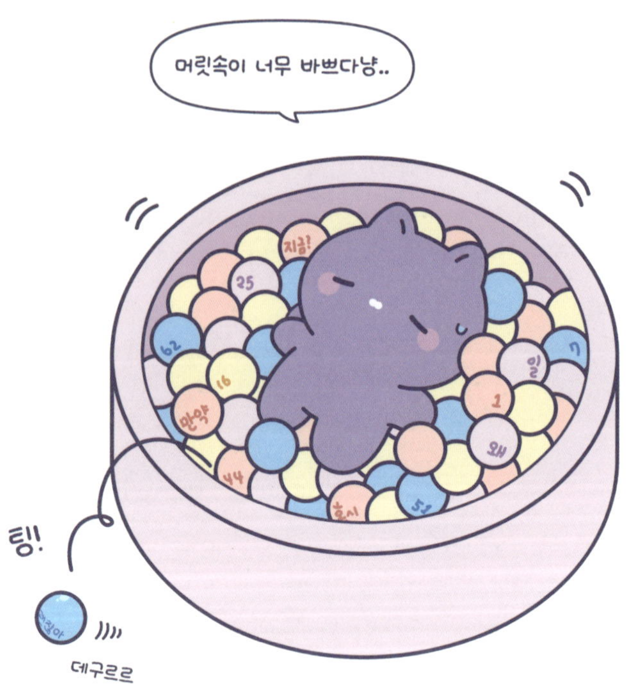

생각은 끊임없이 떠오르고
머릿속은 볼풀장처럼 북적이는데,

가만 보면
지금 당장 해야 할 일은 없더라.

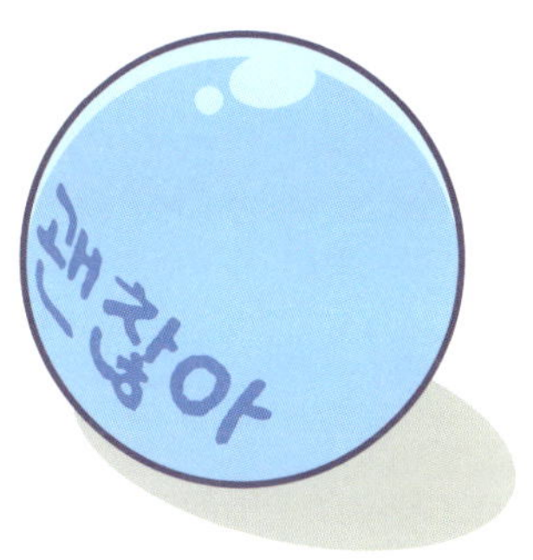

분주한 마음엔
잠깐의 멈춤이 필요해.

09 서툰 하루도 나니까

서툰 하루였지만, 오늘도 나니까 괜찮아.

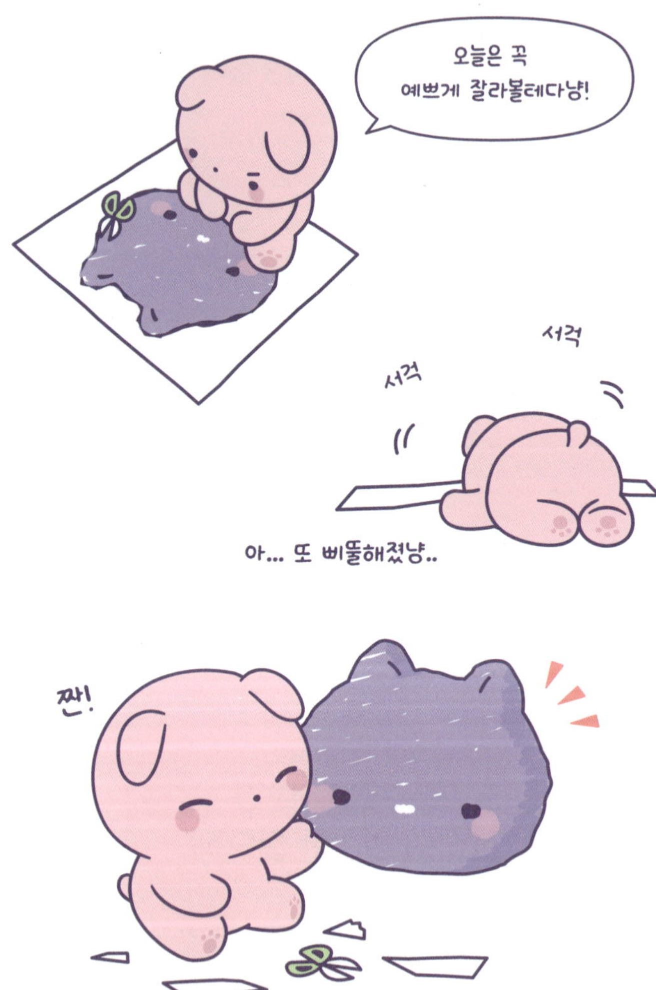

서툰 손길로 삐뚤빼뚤했던 하루.
생각처럼 되진 않았지만,
그 모든 순간이 모여
지금의 나를 만들었어.

서툴렀던 오늘,
그건 나에게 꼭 필요한 하루였어.

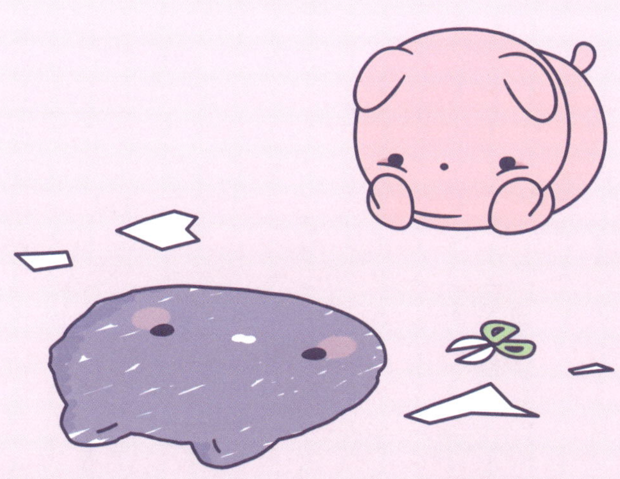

10 아무도 모르게 자라는 중

겉으론 몰라도,
나만 아는 성장이 있어.

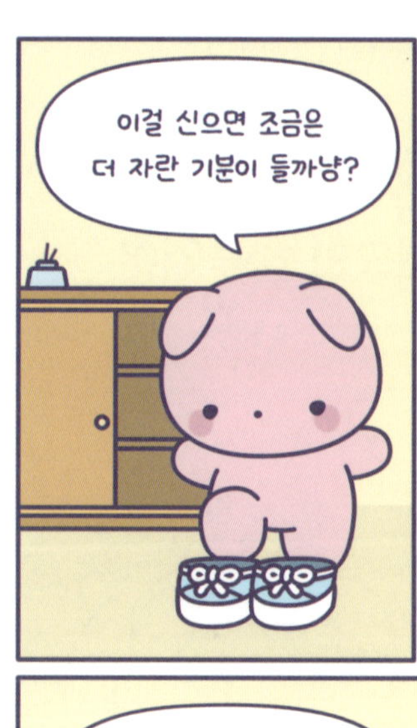

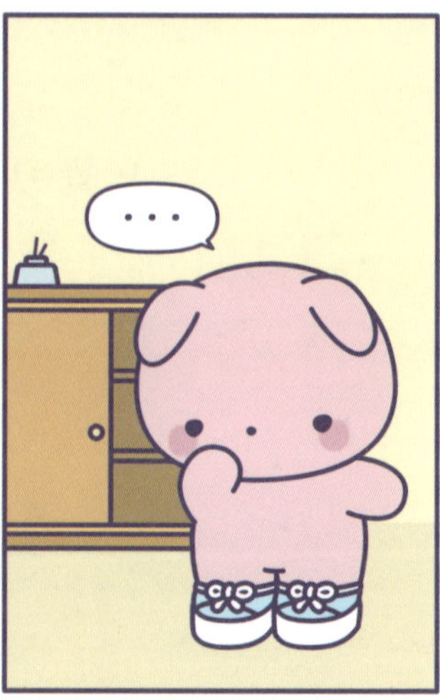

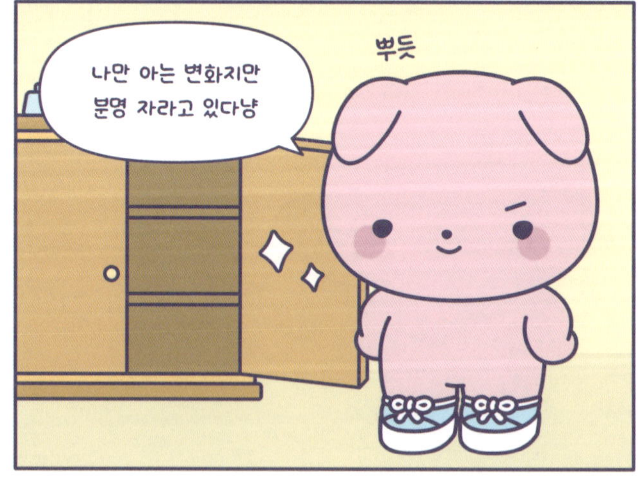

아무도 몰라도 괜찮아.
남들이 눈치채지 못해도

내 안에서 조용히,
분명히 자라는 순간이 있으니까.

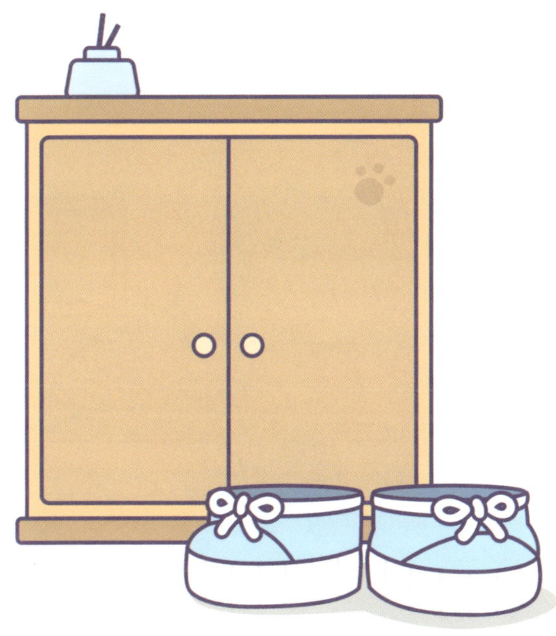

나만 아는 변화도
충분히 소중해.

11 느린 날엔 느리게

서두르지 않아도 괜찮아.
오늘은 느리게 가는 날이니까.

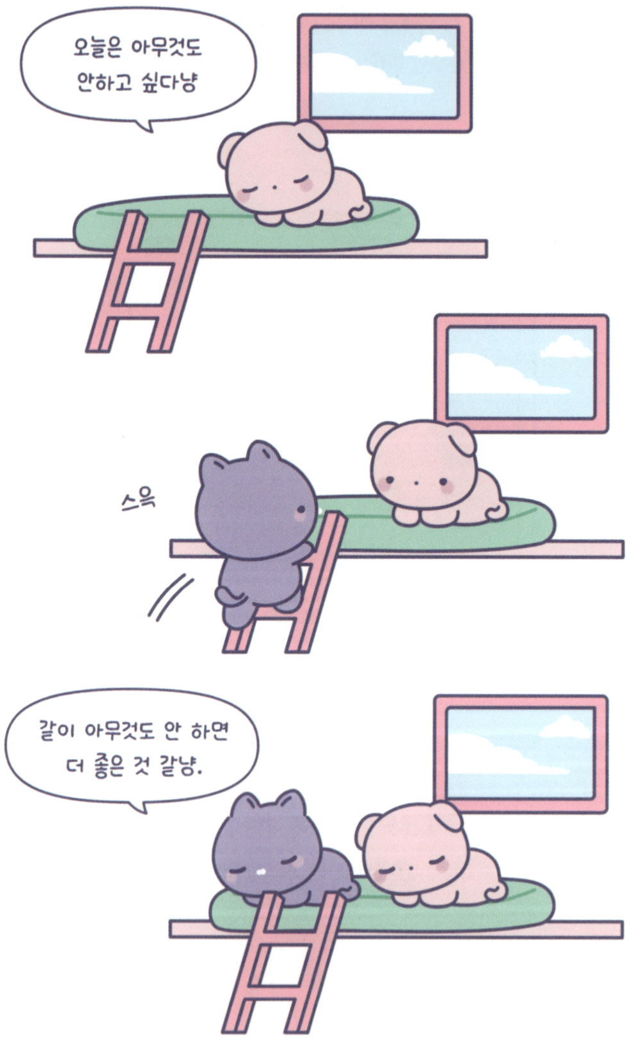

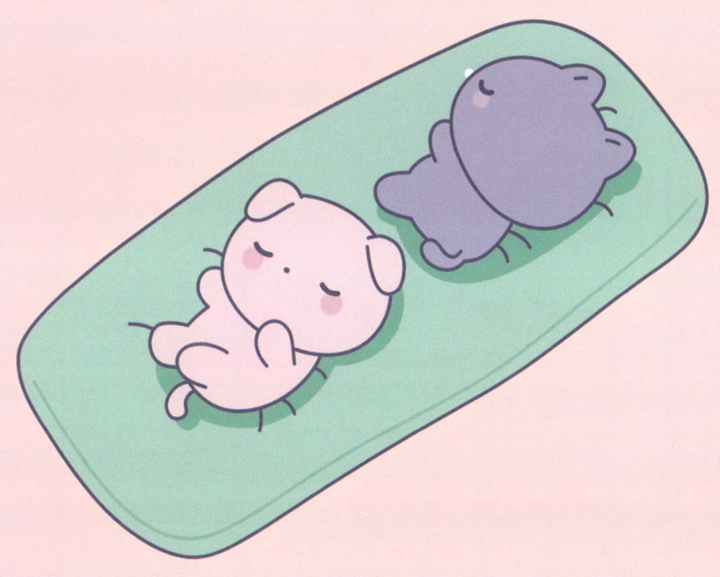

오늘은 느리게 흘러도 괜찮아.
그 속에서 나를 쉬게 해주니까.

12 멀리 보지 말자

너무 멀리 보면 지금의 내가 흔들리니까.

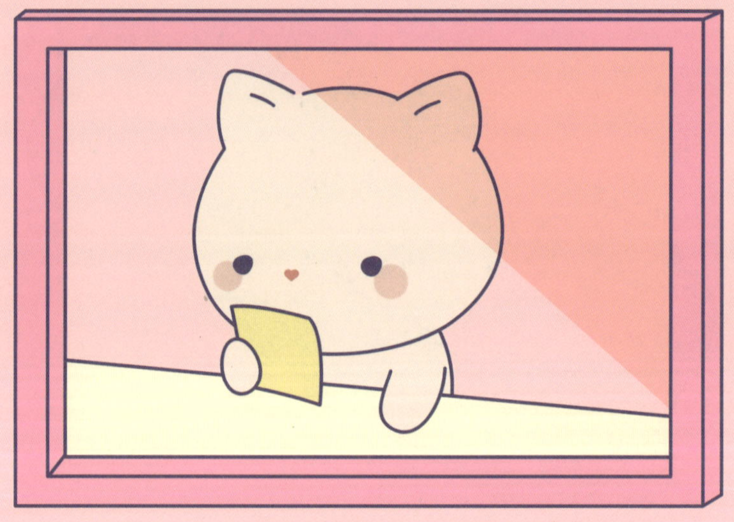

가끔은 너무 먼 곳보다
지금 발밑을 봐야 할 때가 있어.
지금의 내가 할 수 있는 만큼만 해도 괜찮아.

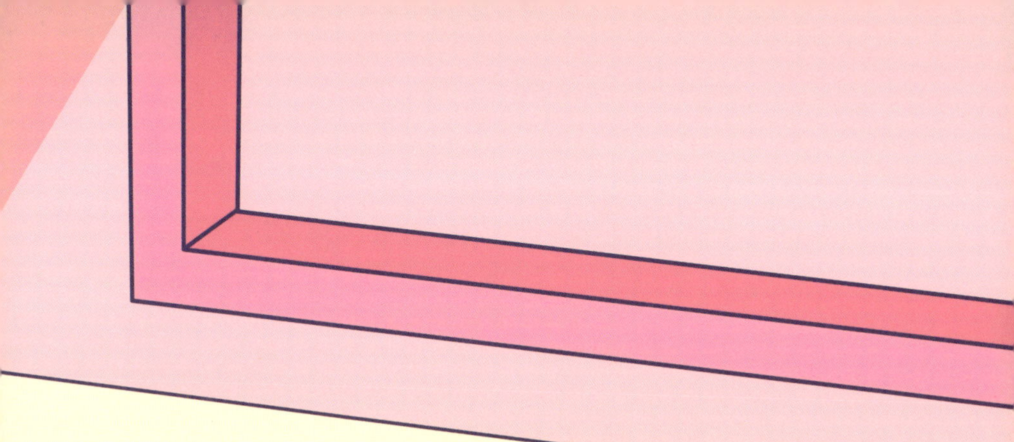

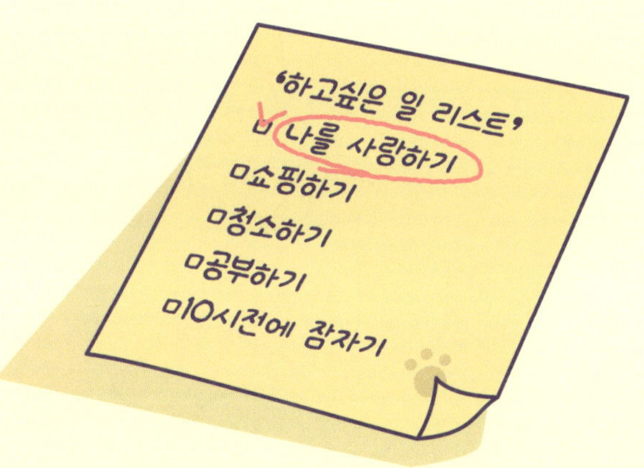

먼 목표보다
지금의 나를 믿어주자.

13 괜찮다는 말, 아직 어려워

괜찮다고 말할 수 없을 때,
곁에 있는 것만으로도 위로가 되는 순간.

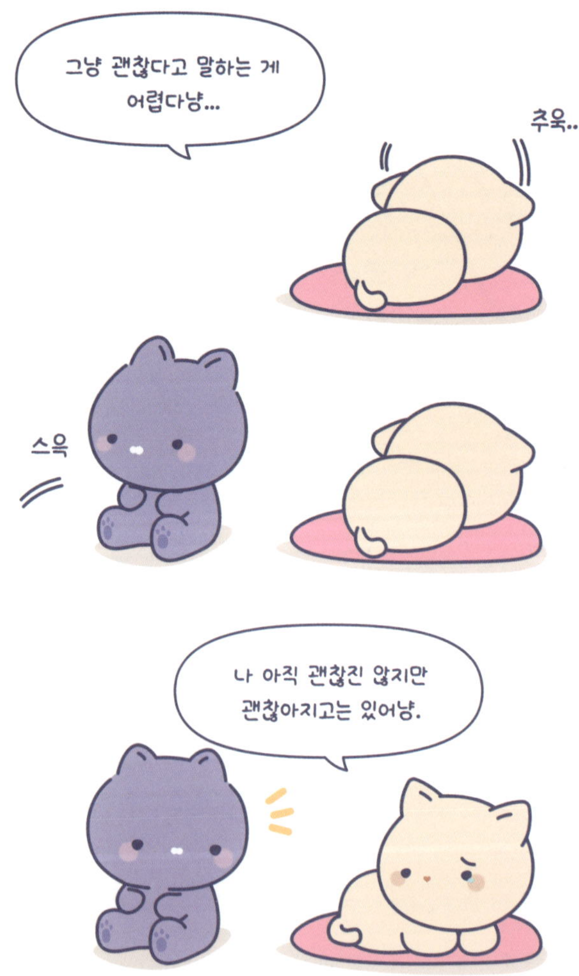

괜찮다는 말이 어려워.
안 괜찮은데,
진짜 괜찮아져야 할 것 같아서.

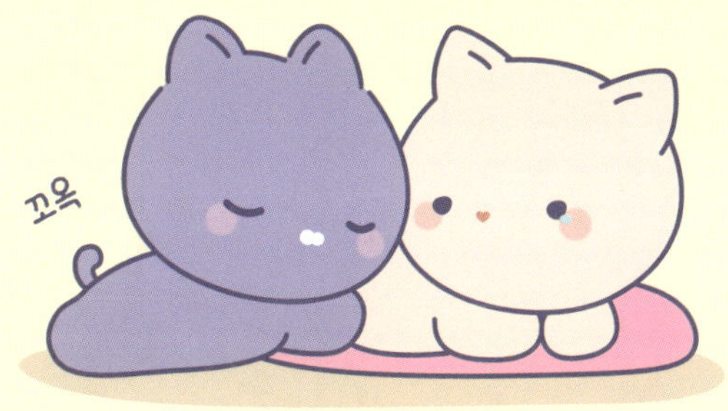

아직 괜찮지 않아도
충분히 괜찮아지는 중이야.

14 한 뼘쯤 자란 마음

조금 더 용기 낸 오늘의 내가,
스스로 기특해지는 순간.

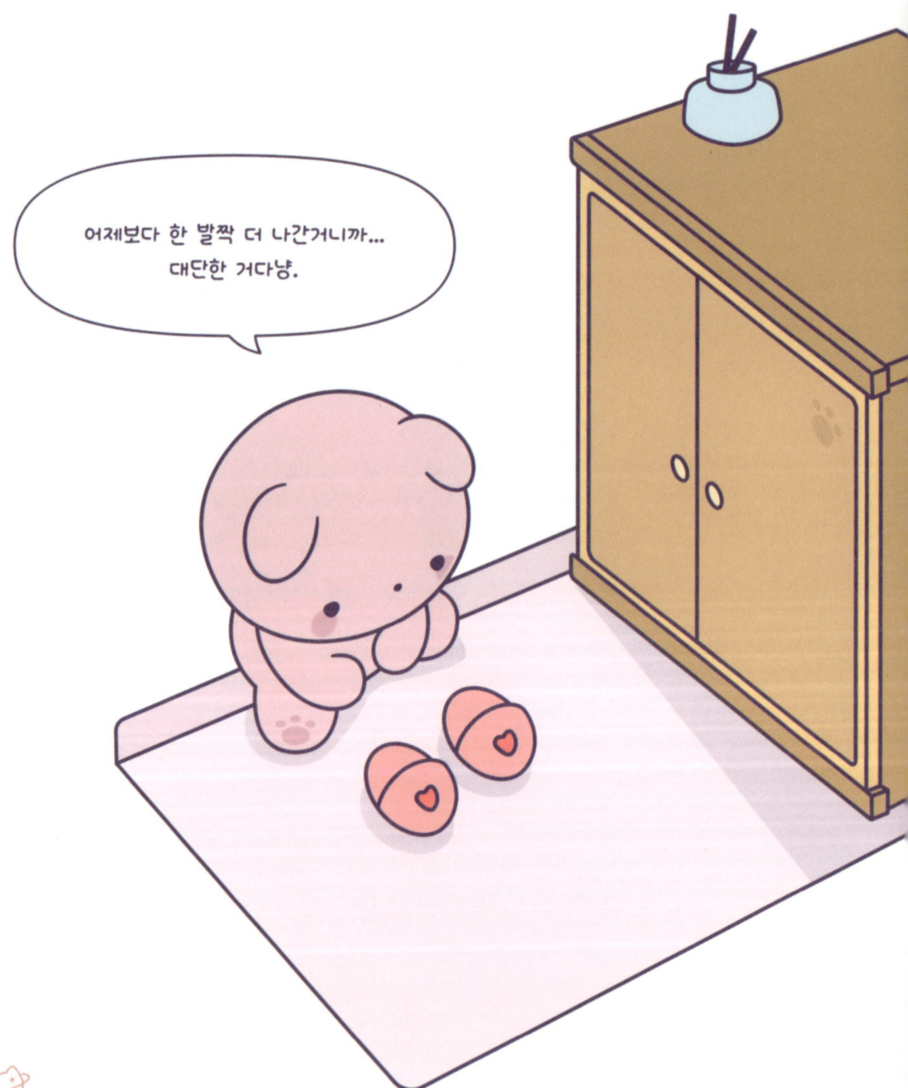

어제는 문 앞에만 서 있었고
오늘은 한 걸음 내딛었어.

아주 작지만
분명 내 안에 피어난 용기.

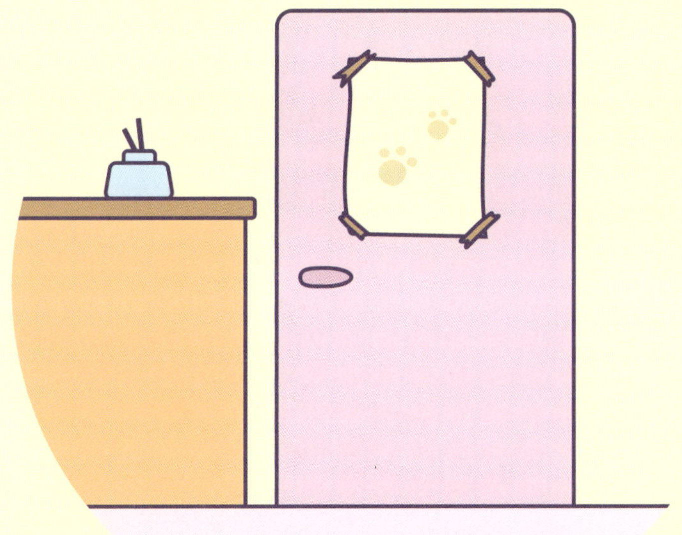

한 뼘 자란 마음,
누구보다 내가 먼저 알아줘야 해.

15 다시 피어나는 중

잠시 주저앉았던 마음도 다시 일어설 수 있어.

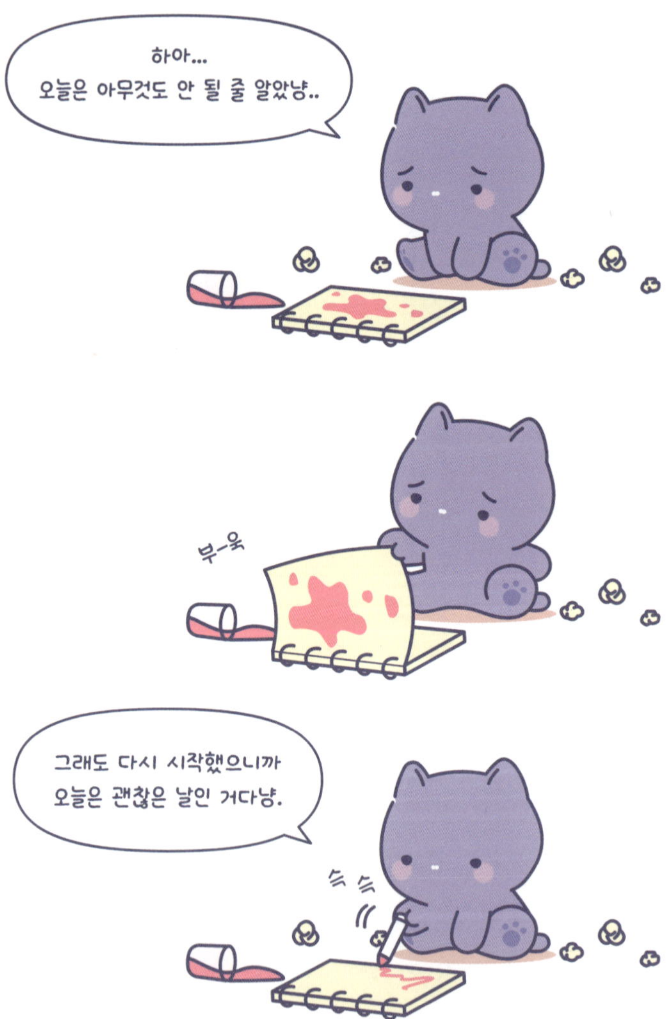

무너진 하루에도
끝이 꼭 실패가 되진 않아.

작은 시도 하나로
다시 피어나는 날도 있어.

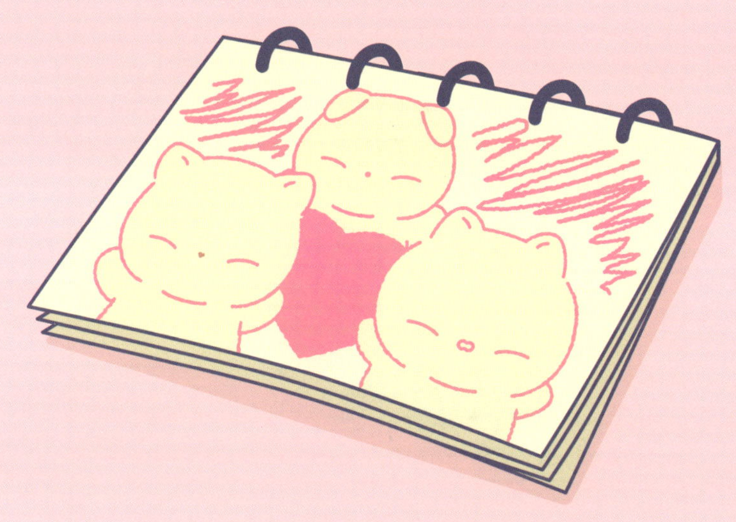

포기하지 않고 다시 시작하는 마음,
그게 제일 단단한 용기야.

16 나도 몰랐던 용기

시작하기 전엔 몰랐어. 내가 이렇게 해낼 줄.

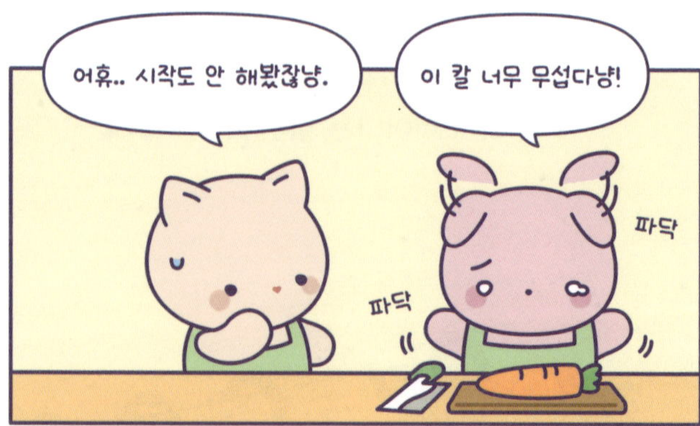

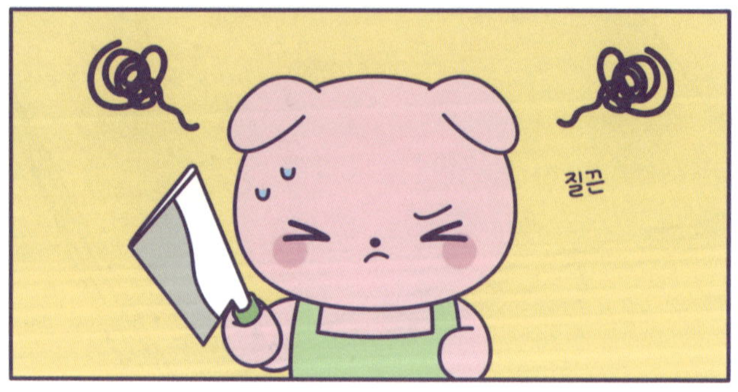

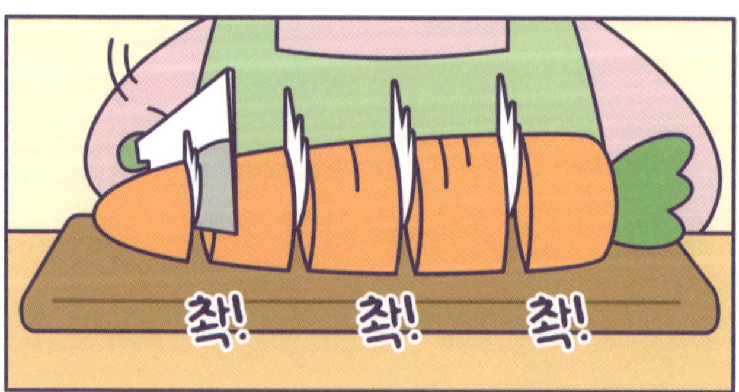

겁났던 일 앞에서도
작게 내딛은 첫 걸음이
생각보다 더 멀리
데려다줄 때가 있어.

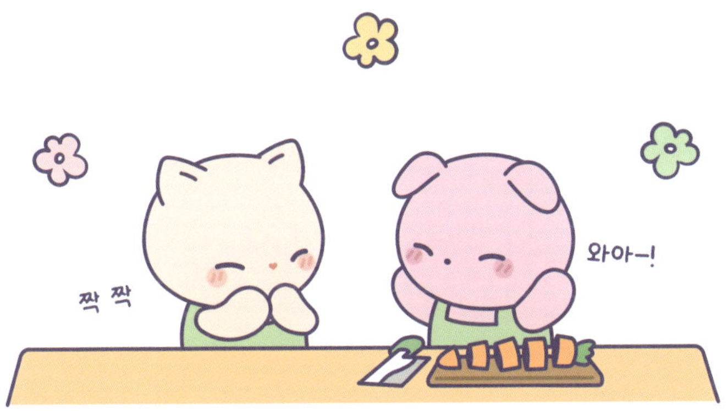

용기는 거창하지 않아.
작은 시작일 뿐이야.

17 자라지 않아도 괜찮아

멈춰 있는 것처럼 보여도, 나에게도 나름의 시간이 있어.

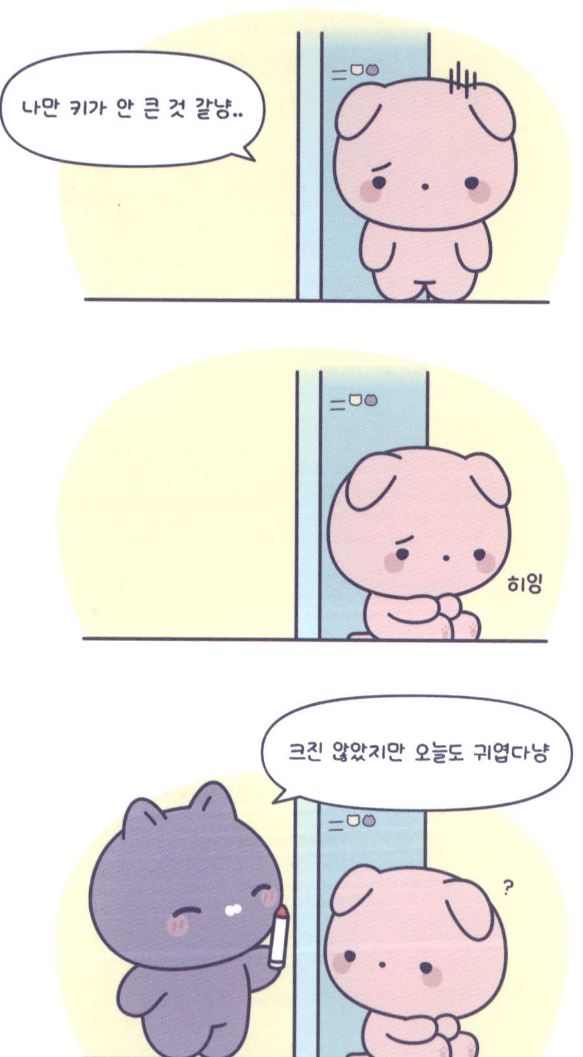

남들보다 느릴 수도 있고
변하지 않는 날도 있지만

그 모습 그대로도
충분히 예쁜 나라는 걸.

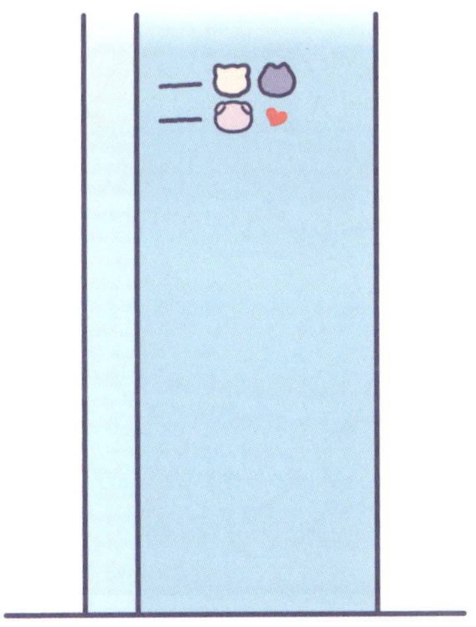

지금의 나도 괜찮은 모습이야.

18 생각이 많던 밤

조용한 다정함은 가장 깊은 위로야.

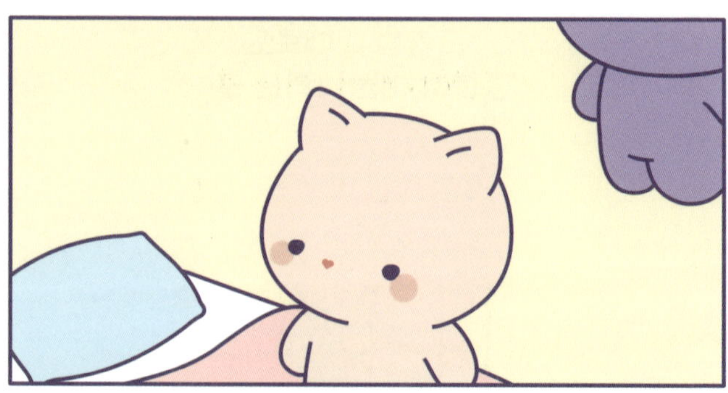

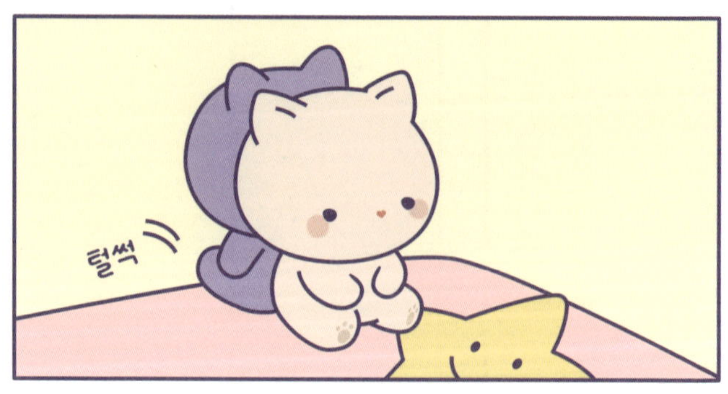

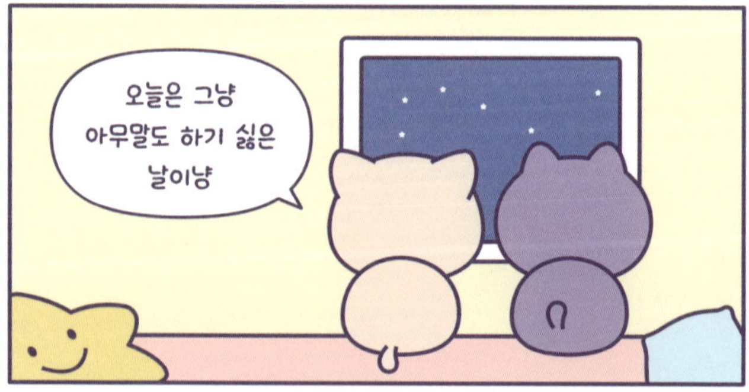

어떤 밤은
마음이 시끄러워서

누군가 곁에만 있어도
그게 큰 위로가 될 때가 있어.

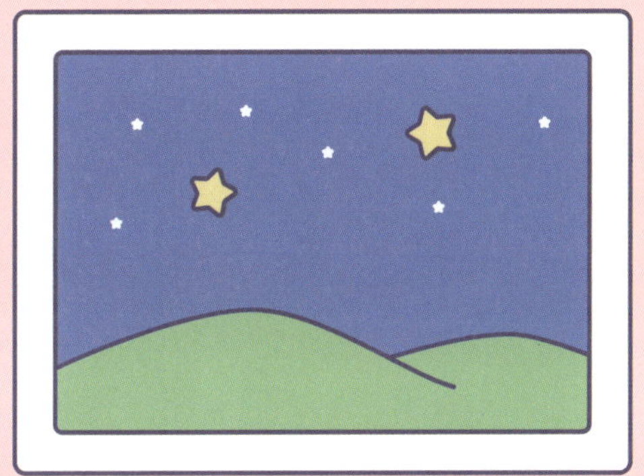

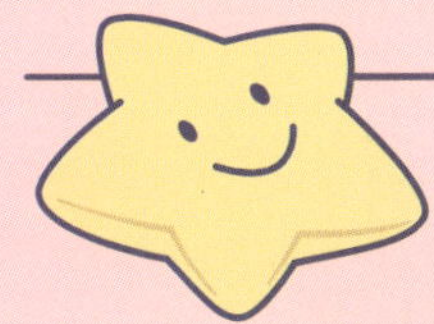

말 없이 함께한 밤,
그걸로 충분했어.

19 나만의 계절을 기다려

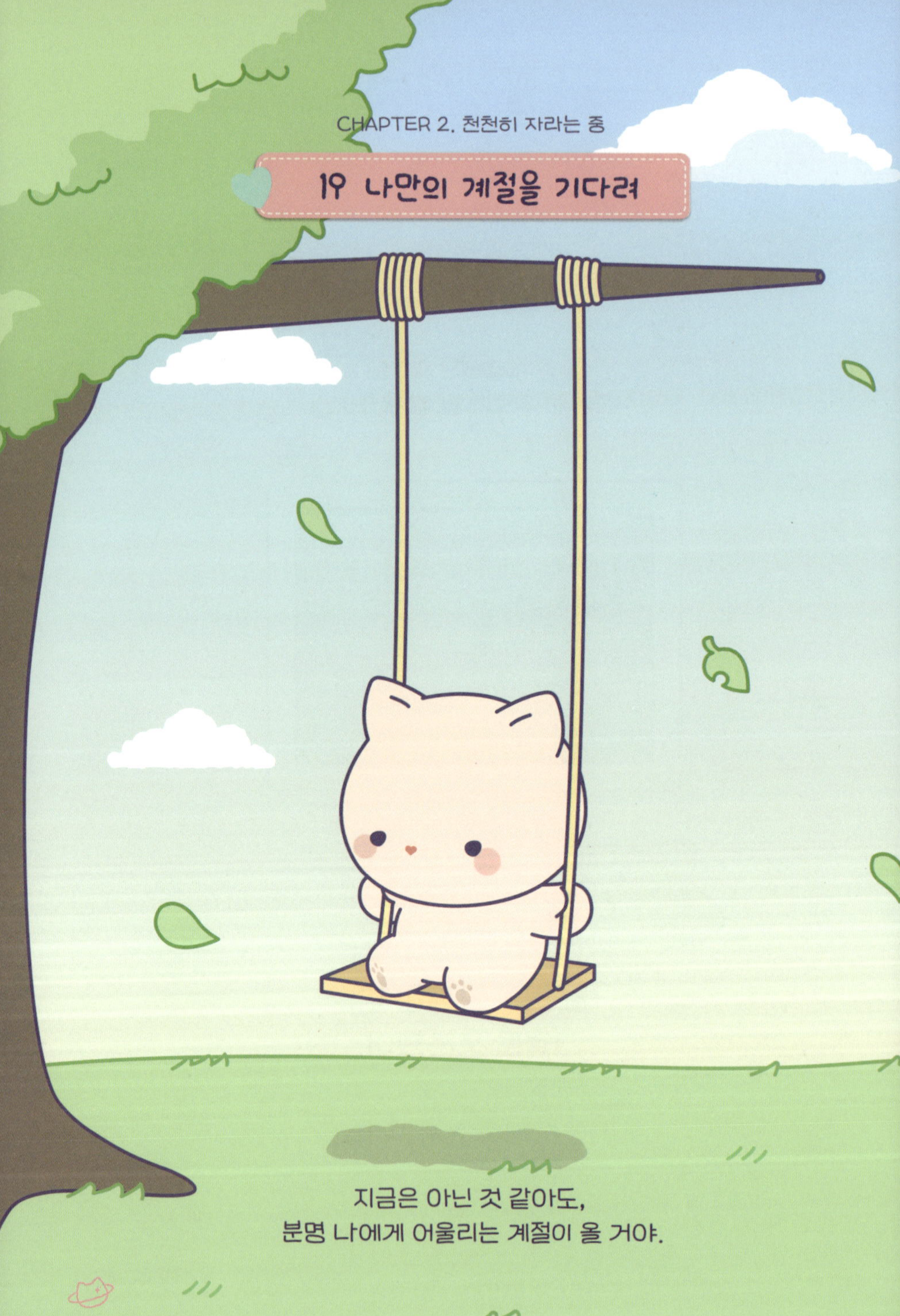

지금은 아닌 것 같아도,
분명 나에게 어울리는 계절이 올 거야.

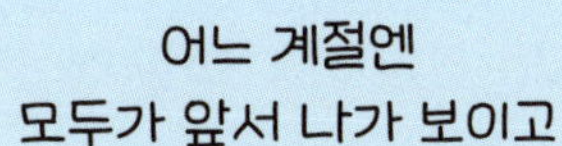

어느 계절엔
모두가 앞서 나가 보이고

나만 멈춘 것처럼 느껴져도
사실, 나는 자라는 중이야.

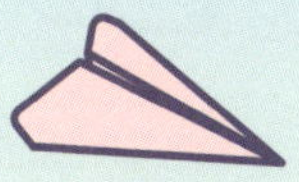

내 계절은
분명히 올 거니까.

20 내일은 조금 더

천천히 자라는 지금의 나도 괜찮아.
내일은 조금 더 나아질 테니까.

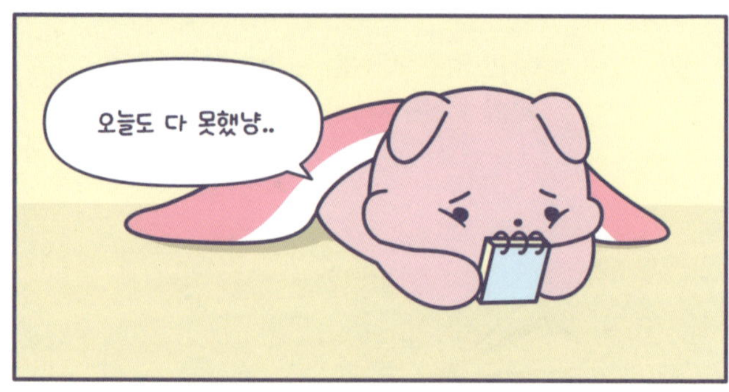

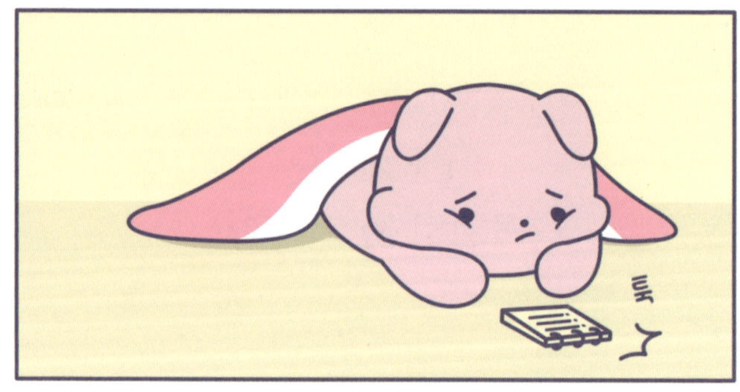

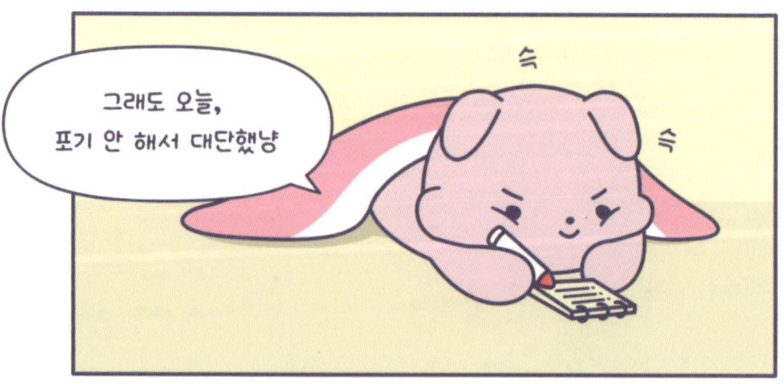

빠르게 자라지 않아도
눈에 띄지 않아도
하루를 버티고,

다시 내일을 바라보는 마음이
가장 단단한 성장의 증거야.

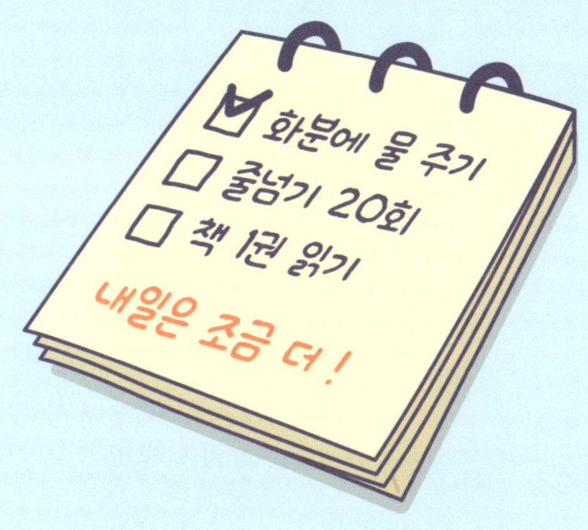

천천히 가는 나를 믿어줘.
내일은 분명, 지금보다 더 빛날 거야.

아침부터 저녁까지, 오늘 내가 나를 위해 한 일을 떠올려봐.
작은 휴식도 좋고, 좋아하는 일도 좋고,
나를 웃게 한 순간까지 모두 적어도 괜찮아.

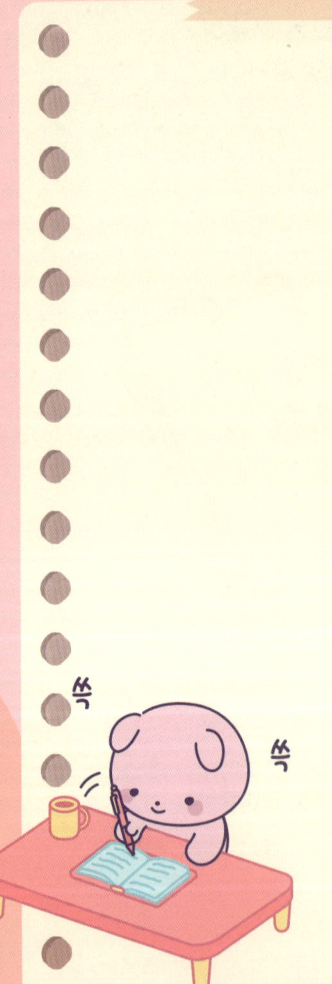

오늘 하루를 잘 마무리한 나에게,
짧은 편지를 남겨보자.

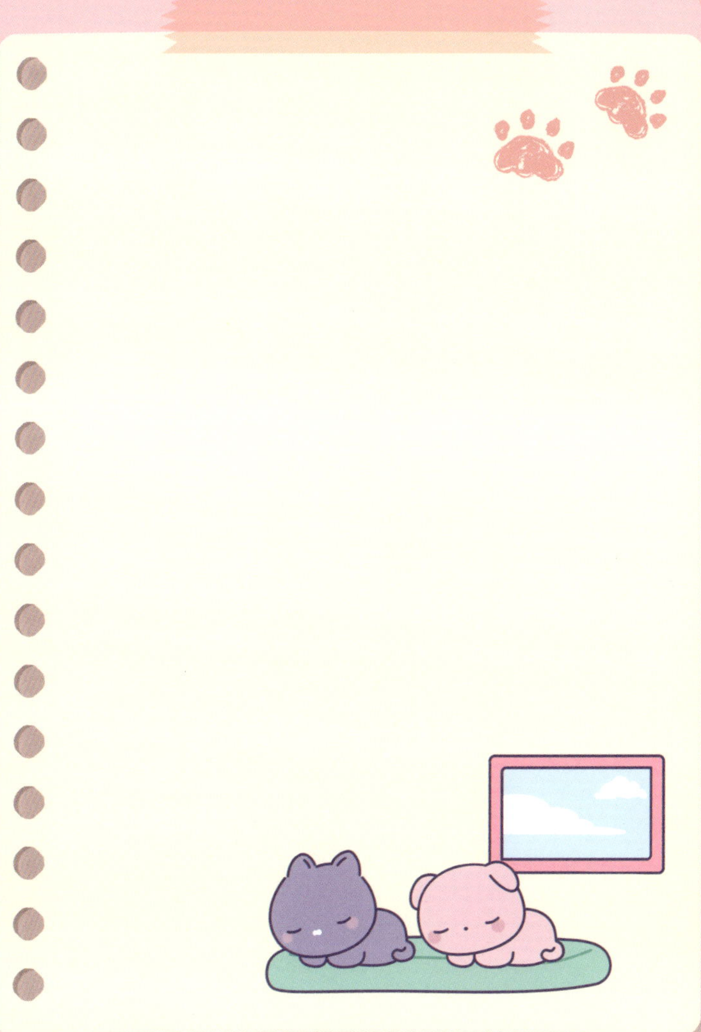

작지만 잘한 일, 오늘 내가 나를 위해 한 칸을 색칠해줘.
빈칸이 모두 물들 때까지, 하루하루 나를 칭찬해줘.

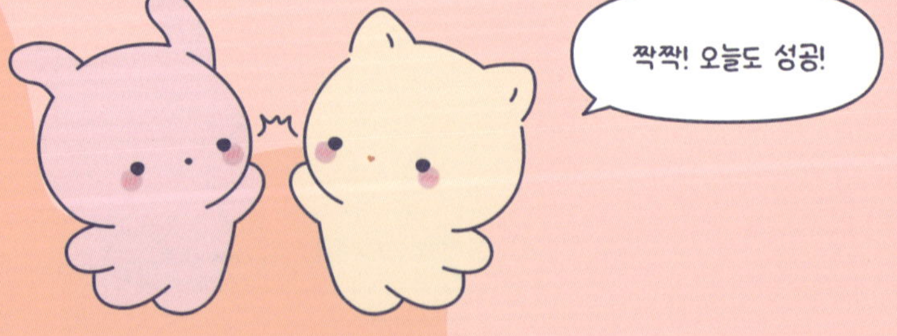

1	2	3	4	5	6	7
8	9	10	11	12	13	14
15	16	17	18	19	20	21
22	23	24	25	26	27	28
29	30	31	32	33	34	35
36	37	38	39	40	41	42
43	44	45	46	47	48	49

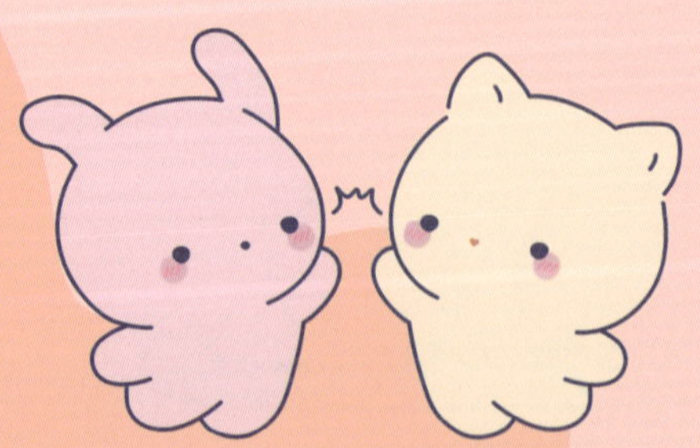

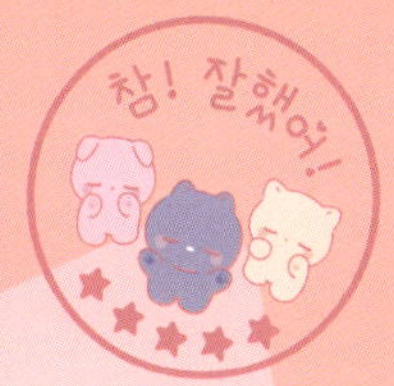

50	51	52	53	54	55	56
57	58	59	60	61	62	63
64	65	66	67	68	69	70
71	72	73	74	75	76	77
78	79	80	81	82	83	84
85	86	87	88	89	90	91
92	93	94	95	96	97	98
					99	100

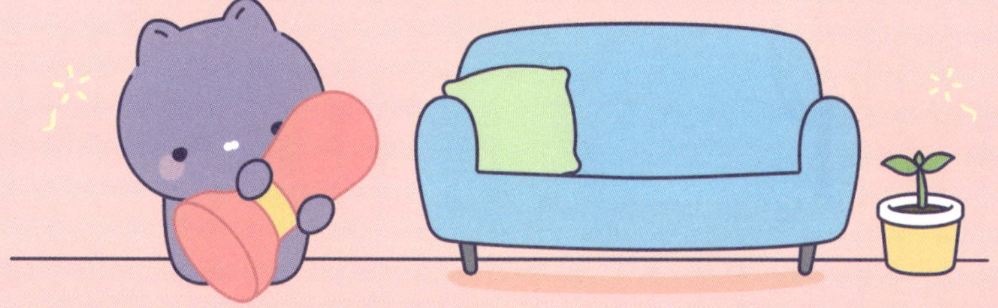

무너지든, 무너지지 않든 괜찮아. 내 마음을 돌보는 게 먼저야.

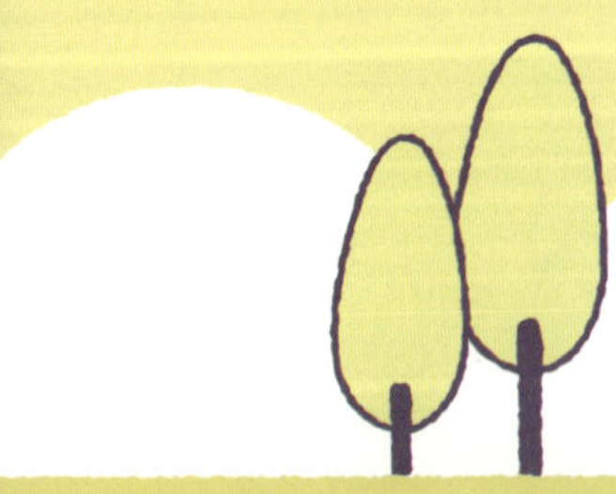

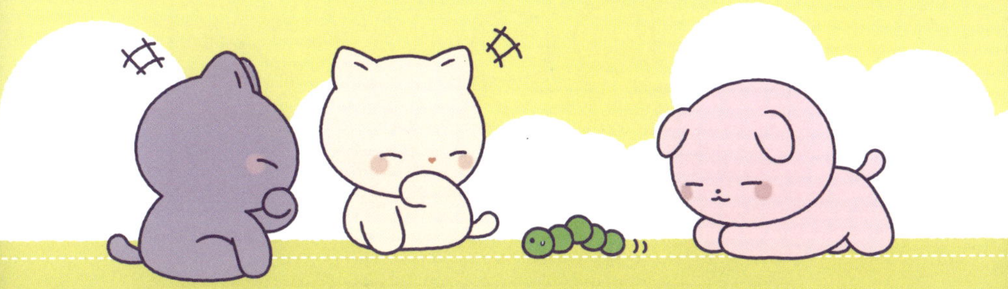

01 내 속도의 리듬

빠르지 않아도 돼, 나는 나의 리듬으로 걷고 있어.

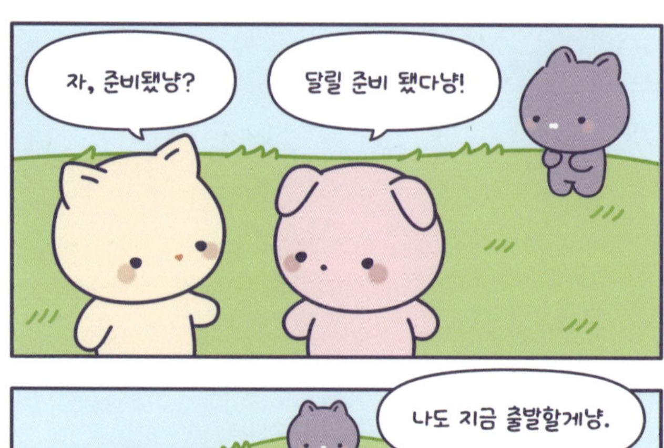

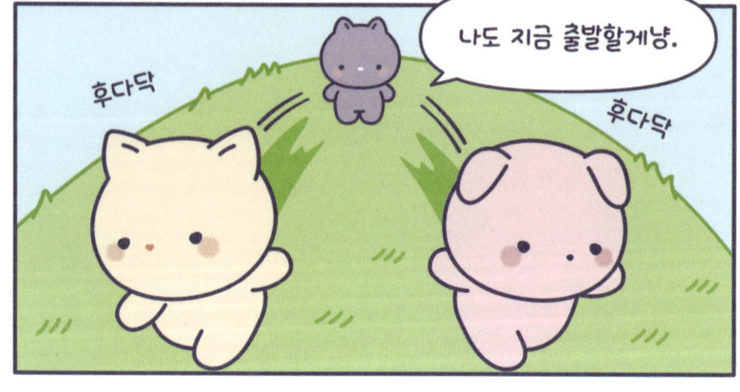

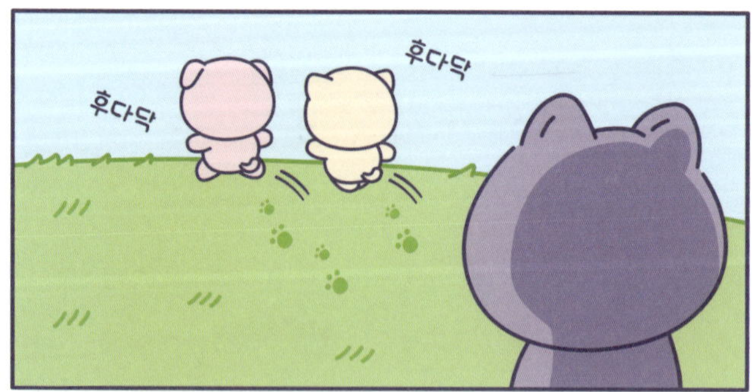

나의 속도는 내가 정해.
빨라도, 느려도 괜찮아.

함께라면 멈춤조차 여행이 되고,
나는 내 리듬을 따라 걷고 있어.

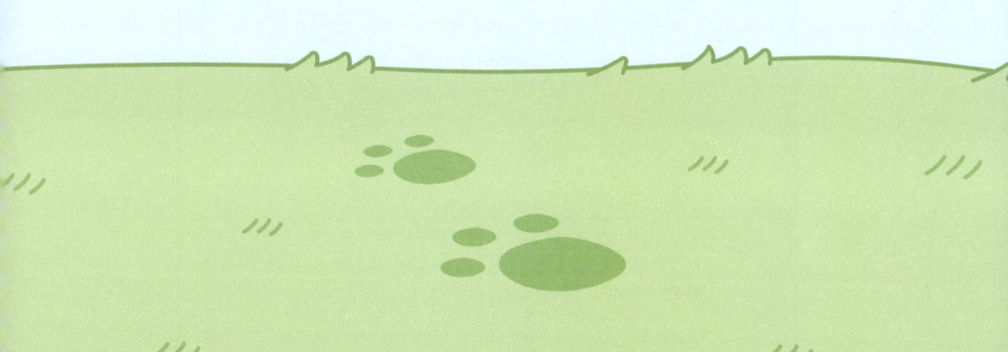

조급하지 않아도 돼,
나는 나답게 걷고 있으니까.

O2 울지 않았지만 울고 있었어

비가 그치고 나면, 내 마음도 조금은 맑아져.

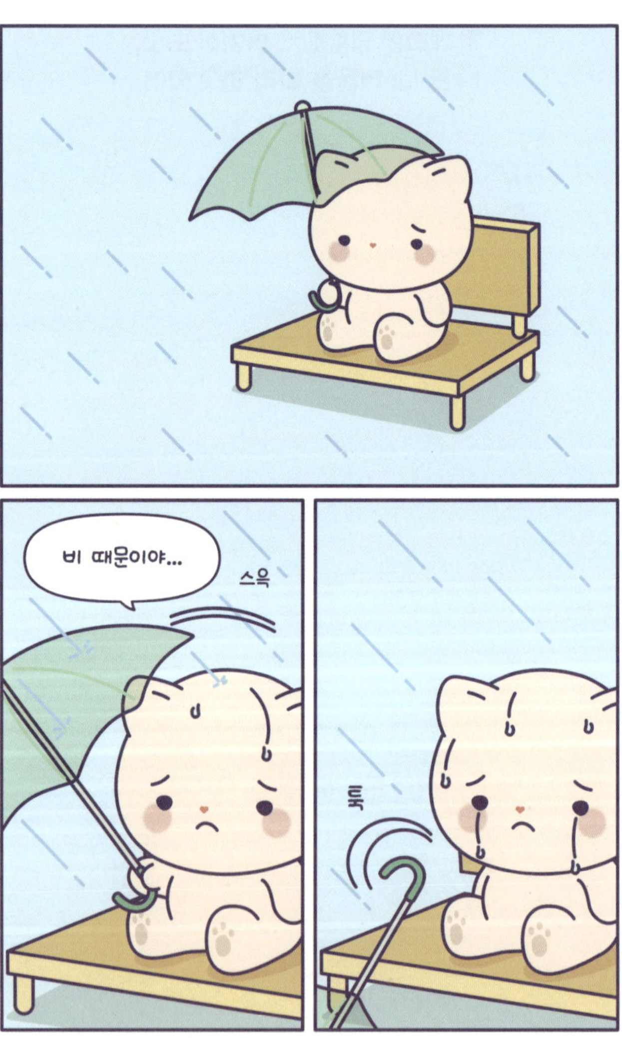

울지 않아도
속은 이미 흠뻑 젖어 있었어.

비가 멈추고 나서야
내 감정이 보였어.

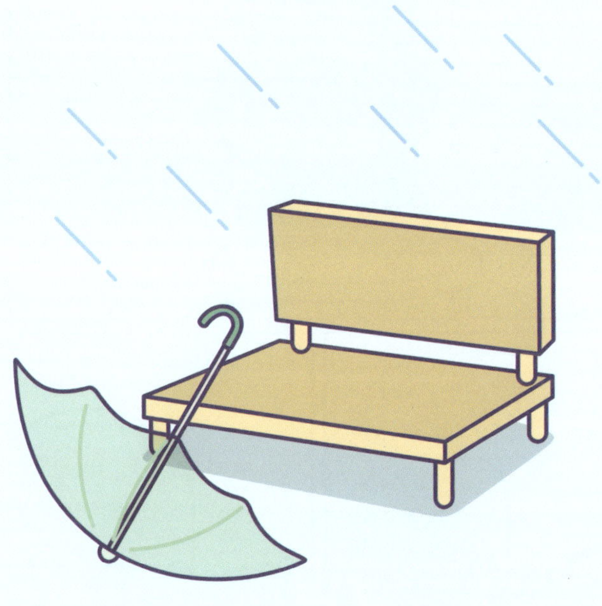

감춘다고 괜찮은 건 아니야.
때로는 빗속이 더 솔직해.

03 나도 나를 잘 모르겠어

가끔은 나도, 내 마음을 잘 몰라.

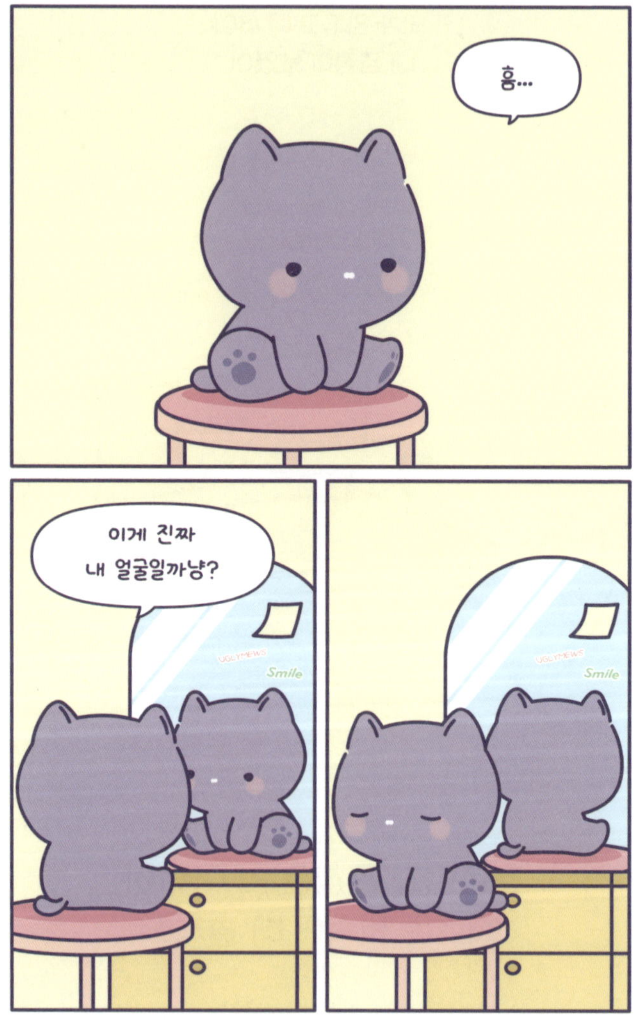

가끔은 거울을 봐도
그 안에 비친 게 내가 아닌 것 같아.

표정도 마음도
자꾸 낯설게만 느껴져.

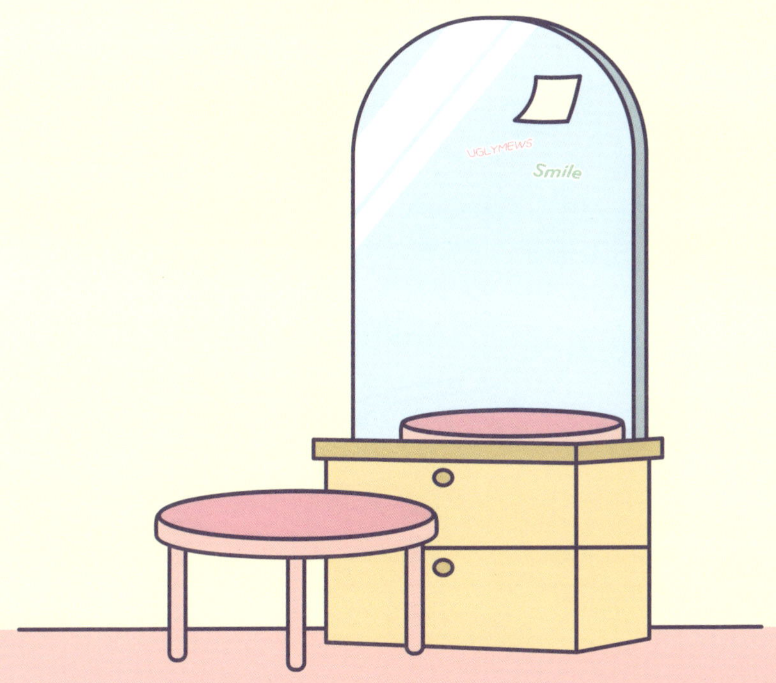

나도 나를 알아가는 중이야.
조금씩, 천천히.

04 어설픈 위로라도

서툰 다정함도 때로는 가장 깊은 위로야.

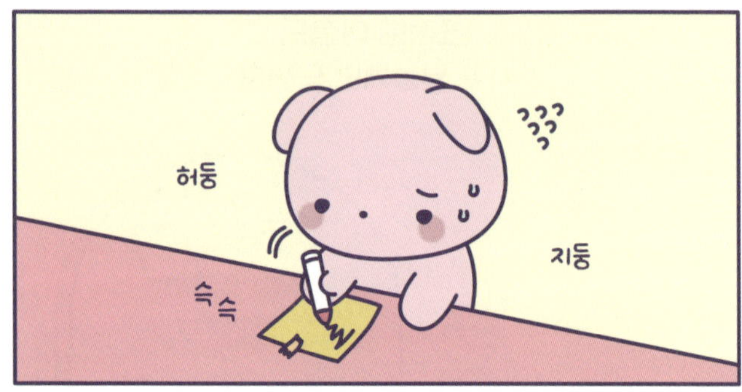

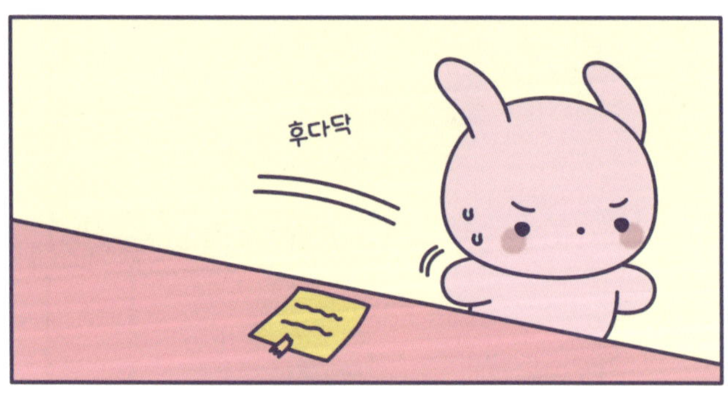

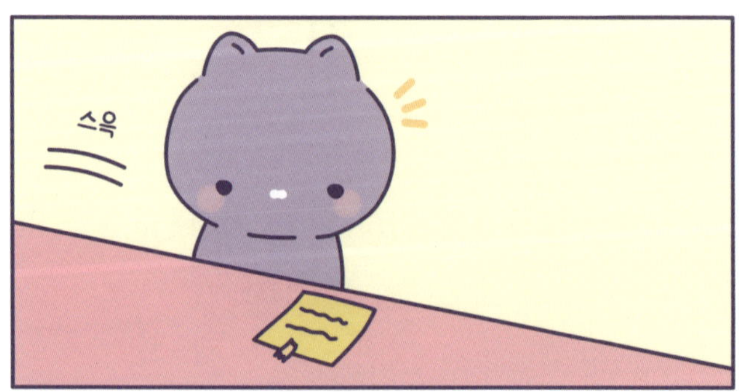

꼭 잘 말하지 않아도,
꼭 예쁘게 꾸미지 않아도,

진심은 이상하게
먼저 전해지곤 해.

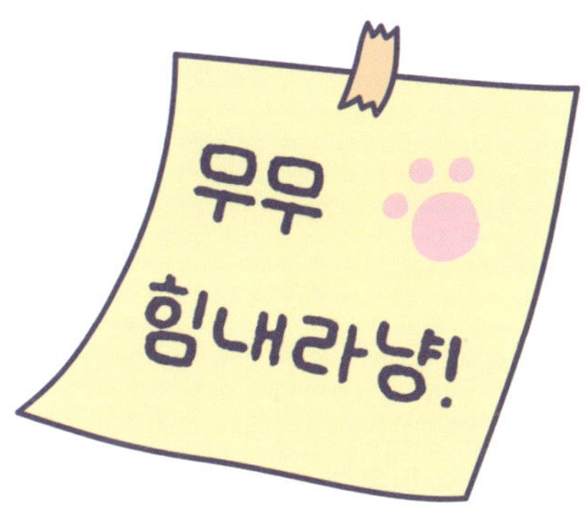

어설픈 말도,
진심이면 충분해.

05 혼자가 된 기분

혼자인 줄 알았는데 사실은… 늘 곁에 있었어.

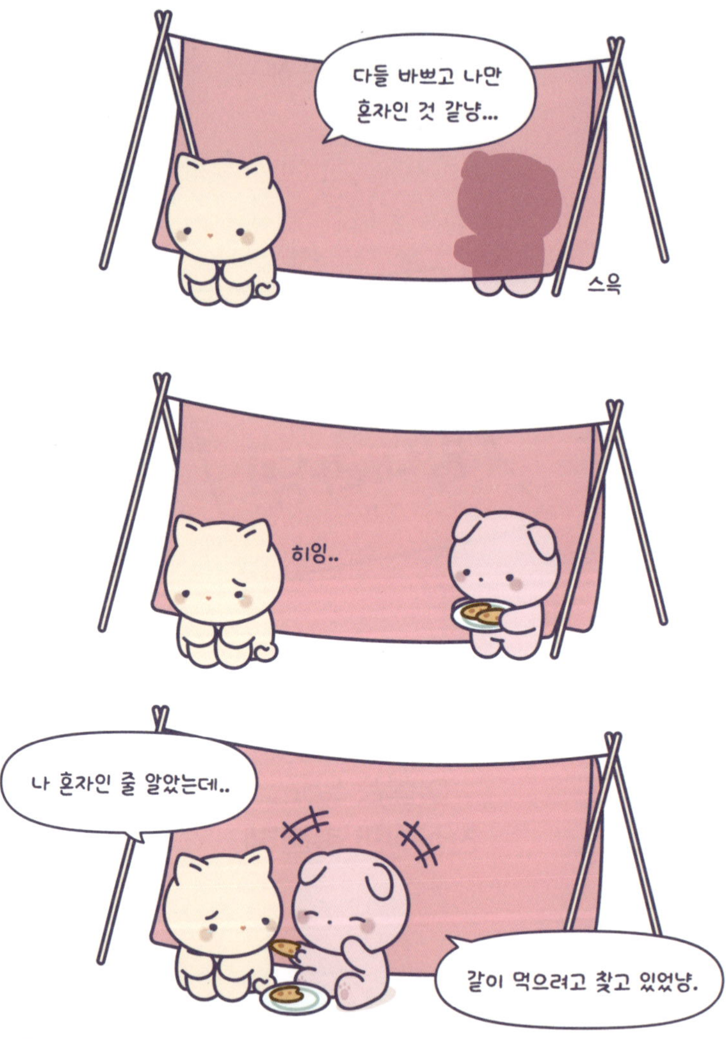

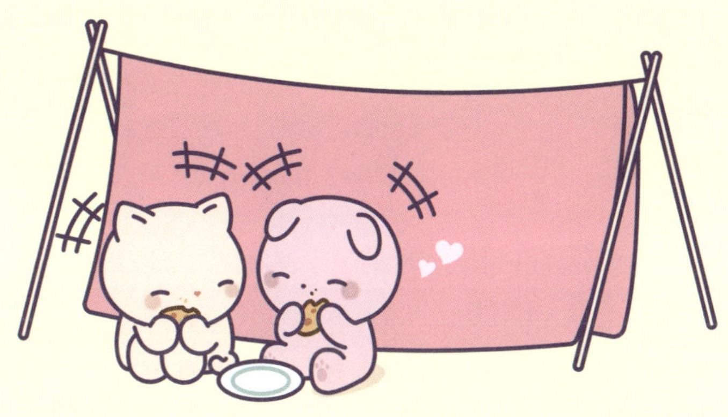

나를 먼저 찾아주는 마음,
그게 제일 큰 위로였어.

06 생각이 멈추지 않아

머릿속이 시끄러운 날엔,
마음부터 먼저 쉬어줘야 해.

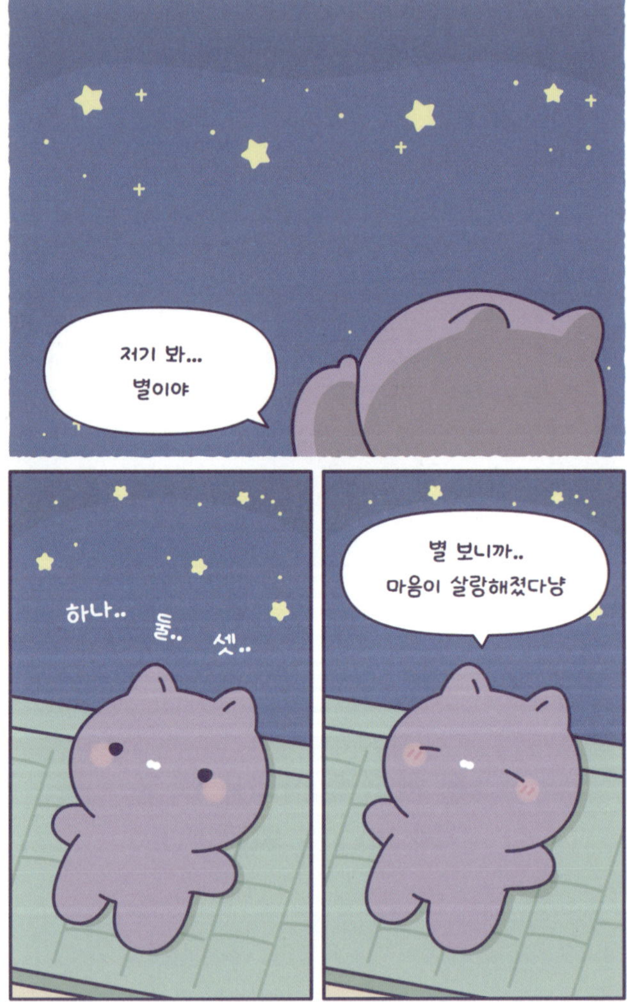

복잡한 하루는,
어쩌면 별 하나로도

다 잊을 수 있다는 걸
오늘 처음 알았어.

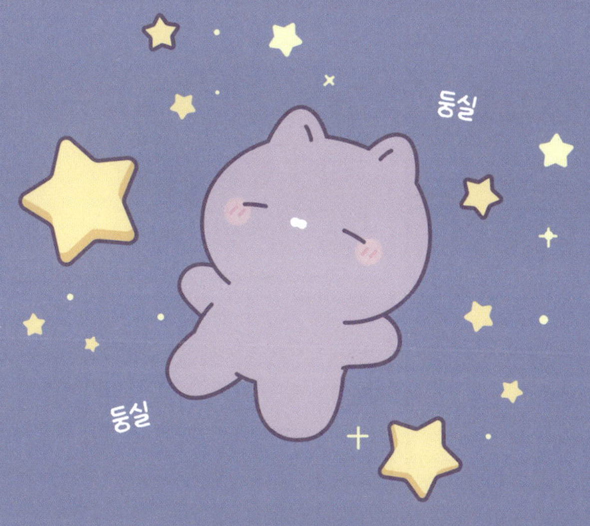

생각이 잠잠해진 순간,
비로소 나도 쉬기 시작했어.

07 텅 빈 마음

마음이 고플 때도 있어.

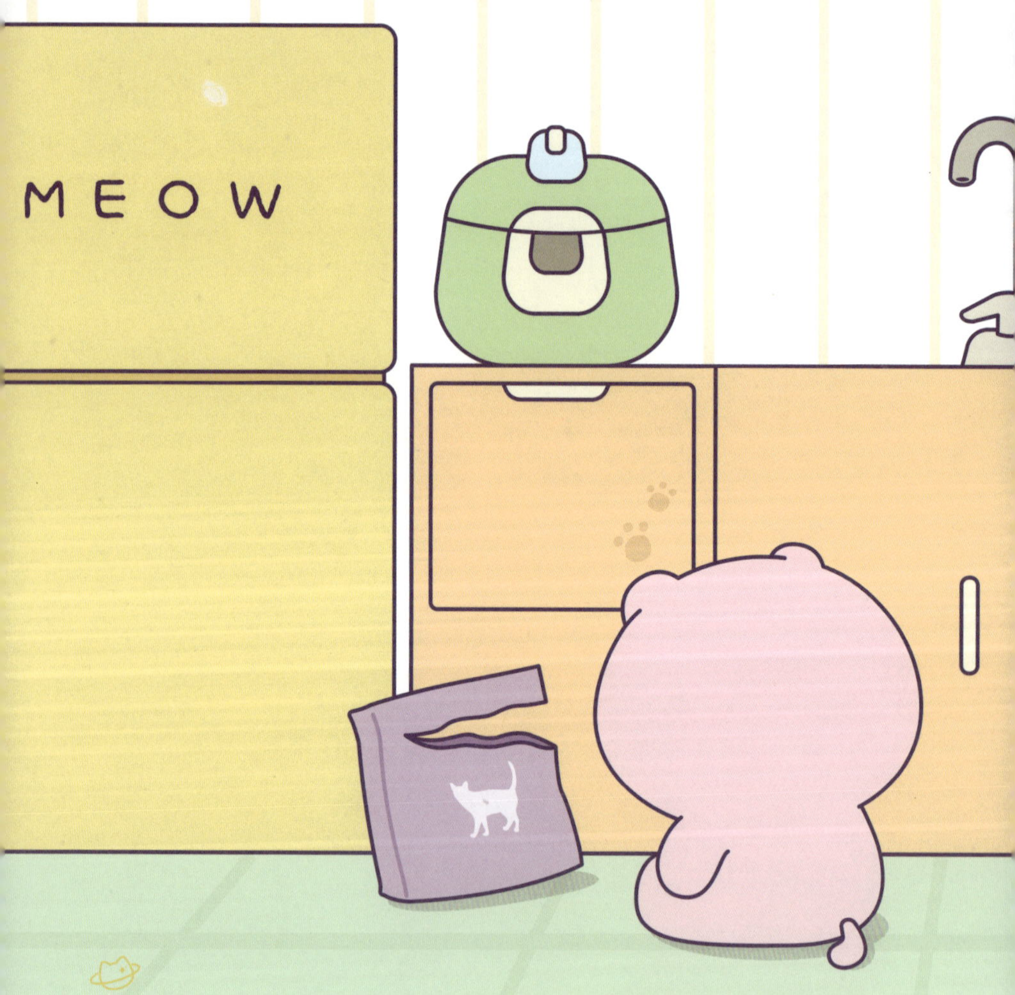

가끔은 마음이
텅 비어 있는 날이 있어.

무얼 먹어도, 무얼 해도
속이 차지 않는 그런 날.

**괜찮아. 곧 따뜻한 무언가가
다시 마음을 채워줄 거야.**

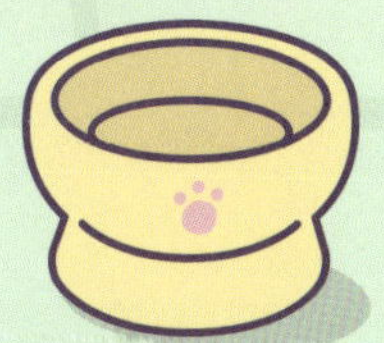

08 괜찮지 않은 하루

오늘은 진짜 괜찮지 않았어. 그래도 그렇게 하루를 잘 버텼어.

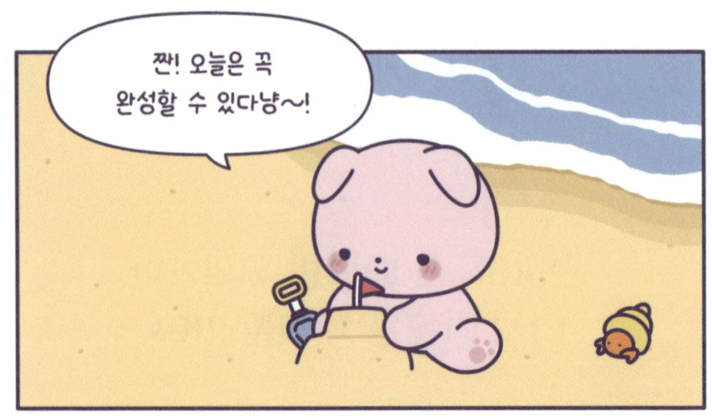

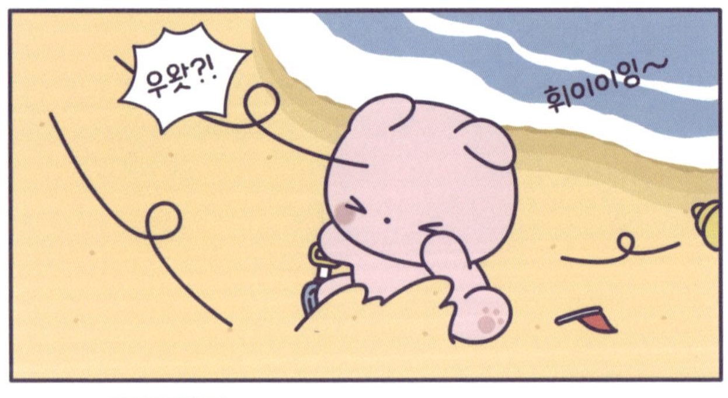

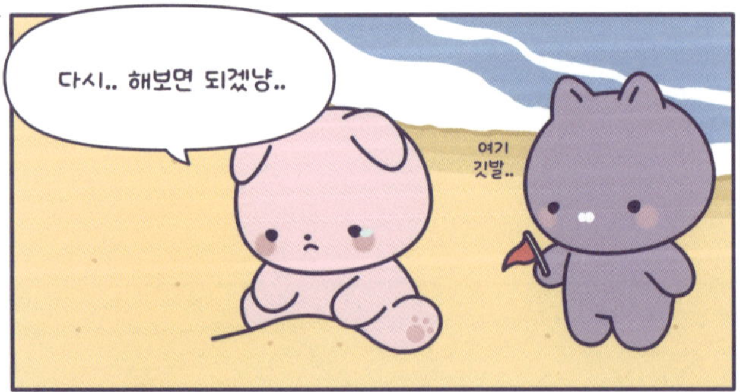

무너진 하루에도,
누군가가 조용히

곁에 앉아주는 것만으로
다시 시작할 용기가 생겨.

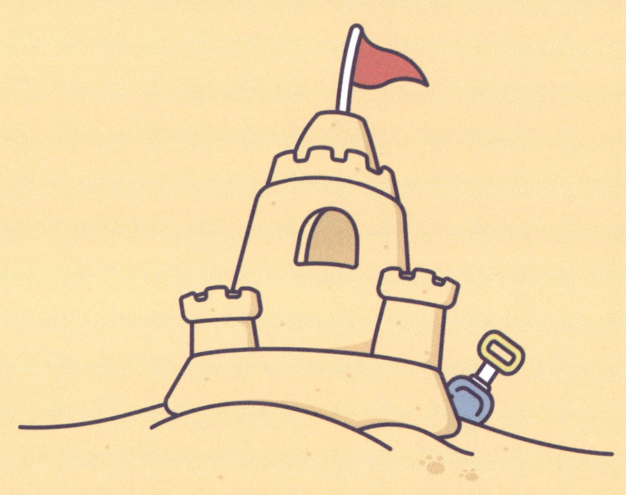

완벽하지 않아도
괜찮은 하루였어.

09 나를 너무 미뤘나 봐

하나 둘 미루다 보니, 나까지 밀려났어.

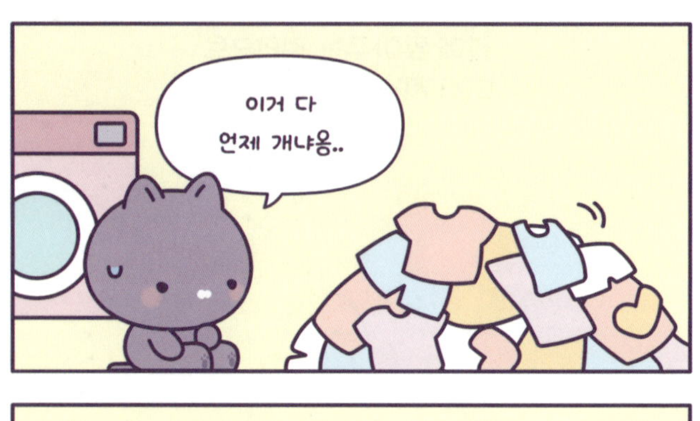

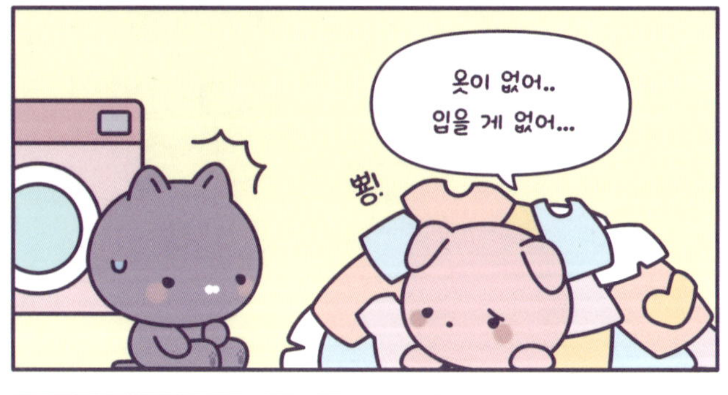

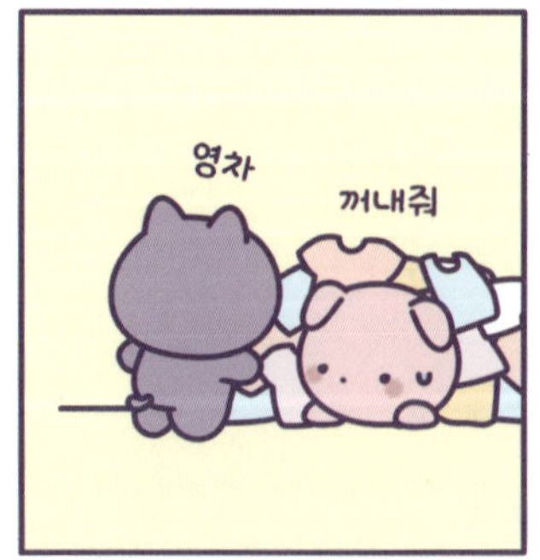

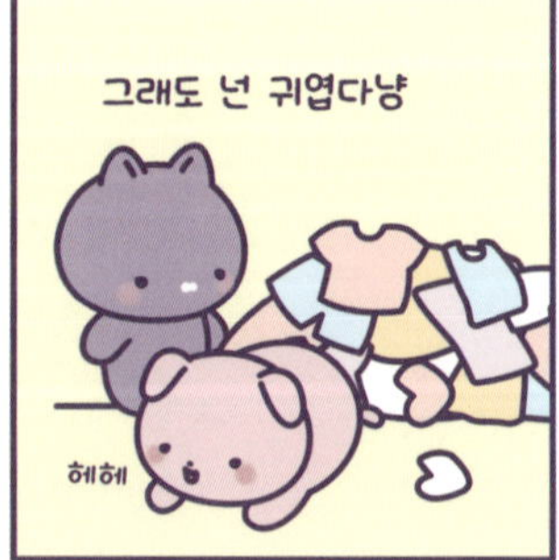

나를 돌보는 일은
자꾸만 뒷전이 되었어.

쌓여가는 일들 사이에
나조차 잊혀져 있었어.

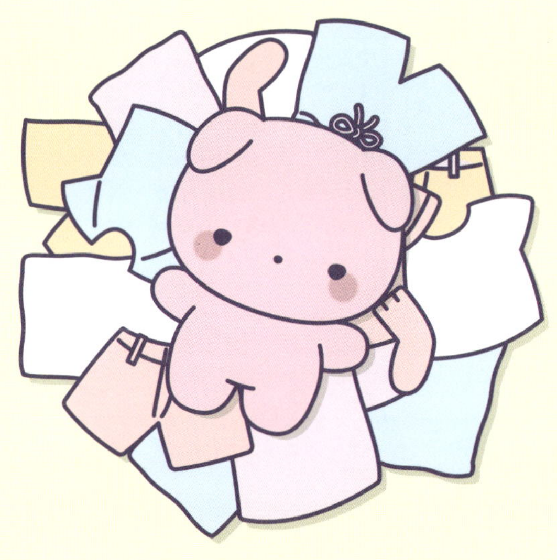

천천히, 하나씩 정리하다 보면
나도 다시 웃을 수 있어.

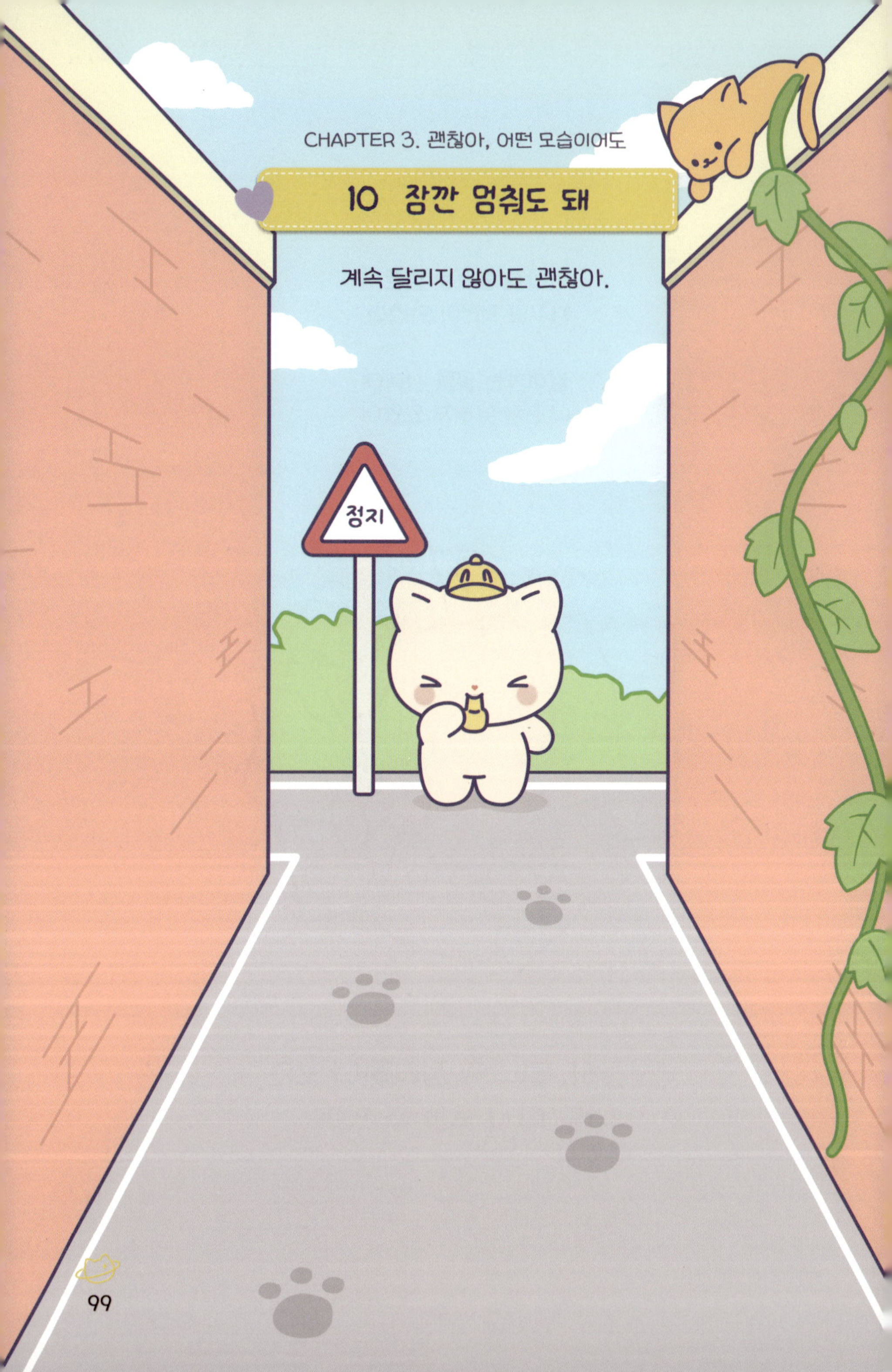

CHAPTER 3. 괜찮아, 어떤 모습이어도
10 잠깐 멈춰도 돼
계속 달리지 않아도 괜찮아.
정지

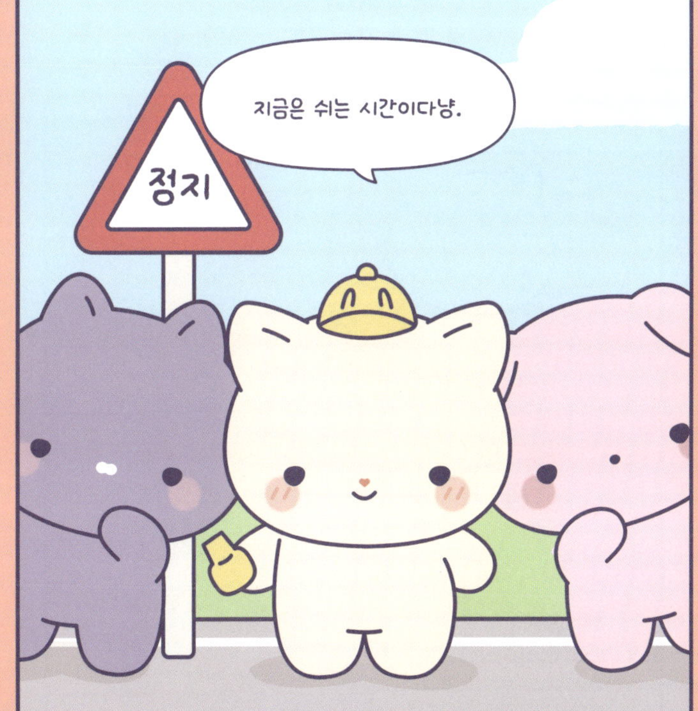

조금 느려도 충분하고 멈춘다고 나쁜 게 아니야.
쉬어갈 수 있는 용기가 가장 멋진 걸음이니까.

달려온 나를 쉬게 해주는
고요한 멈춤도 소중해.

11 마음이 소란스러워

마음이 복잡한 날엔
아무 생각 없이 걷는 것도 도움이 돼.

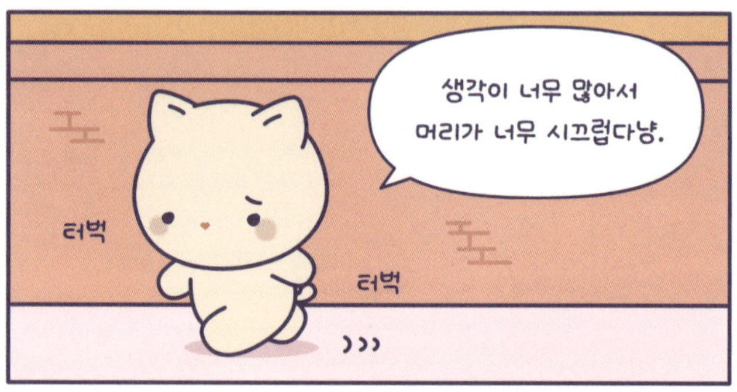

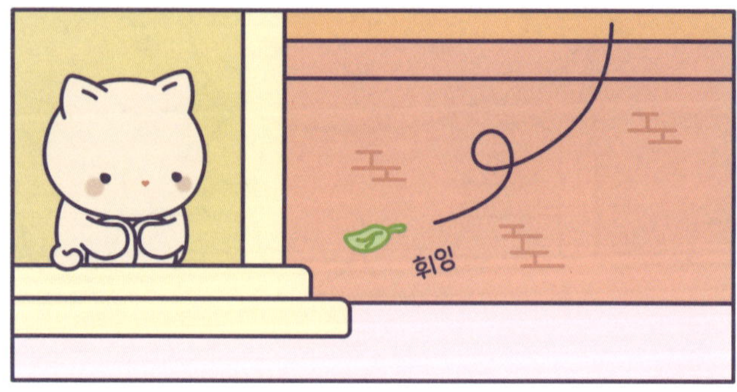

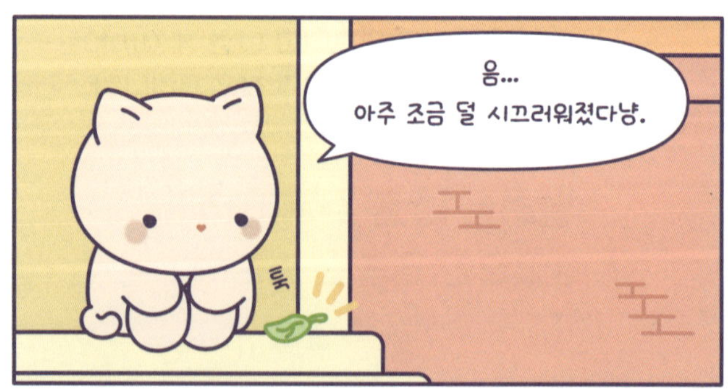

생각이 뒤엉켜 어지러울 땐,
가만히 걸어보는 것도

마음을 천천히
가라앉히는 방법이야.

소란스러운 마음도
숨처럼 잦아들어.

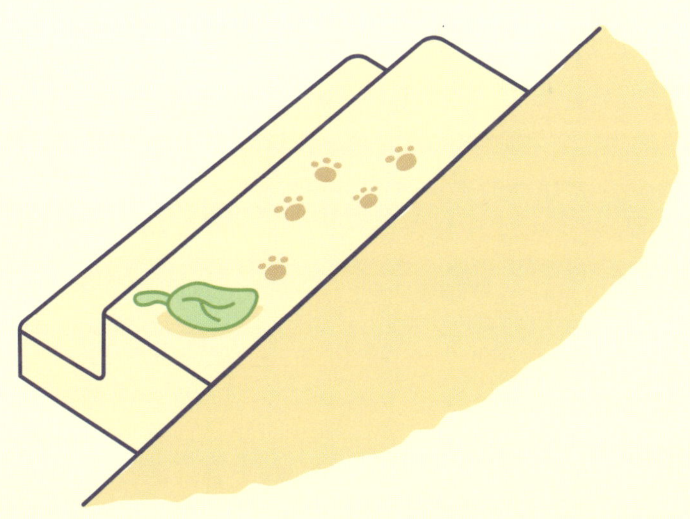

12 힘내란 말이 싫었던 날

가끔은 말보다, 조용한 옆자리가 더 큰 위로가 돼.

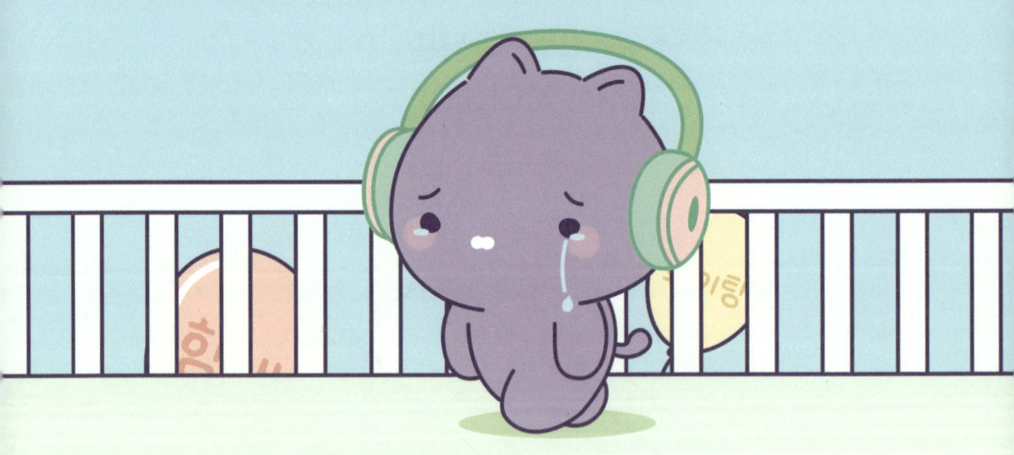

가끔은 말보다, 조용한 옆자리가 더 큰 위로가 돼.

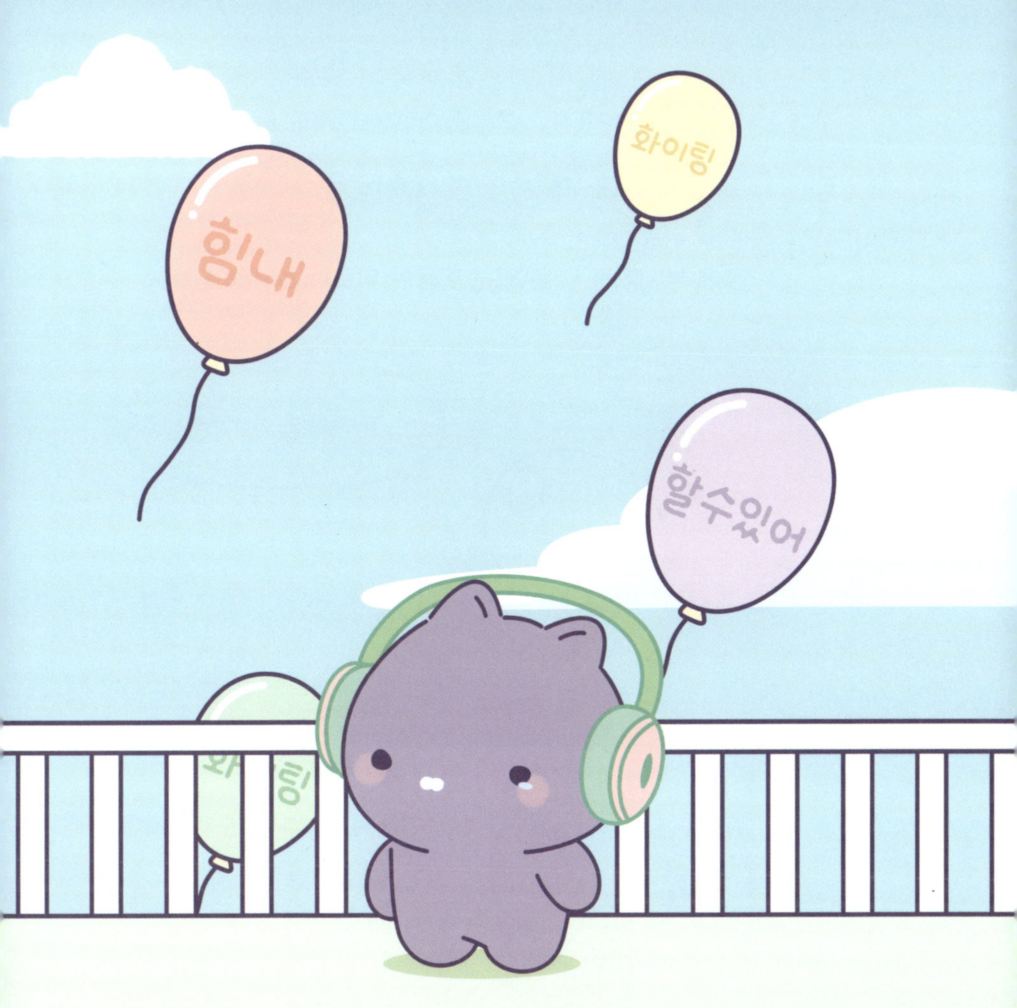

힘내란 말이 너무 무거운 날이 있어.
그냥 아무 말 없이 옆에 있어주는 게 고마워.

말보단, 조용한 위로가 필요했어.

13 조용히 부서지는 중

작게 부서지는 마음에도, 조용한 위로가 스며들어.

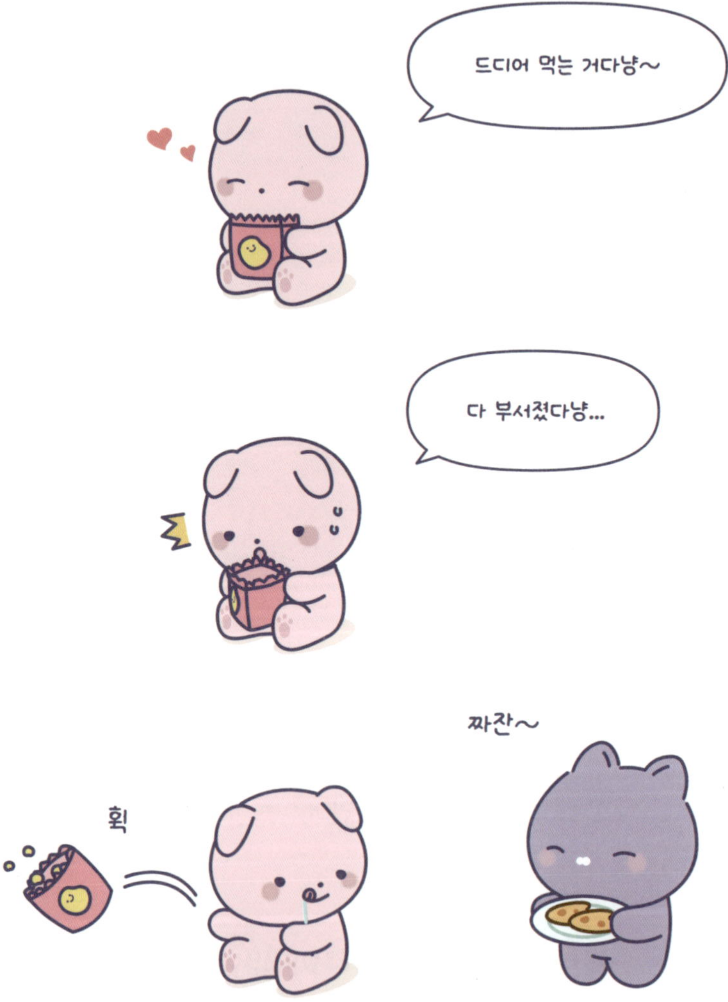

마음이 조용히 무너질 때,
누군가 곁에 다가와

가만히 등을 기대는 순간,
다시 숨을 쉴 수 있게 돼.

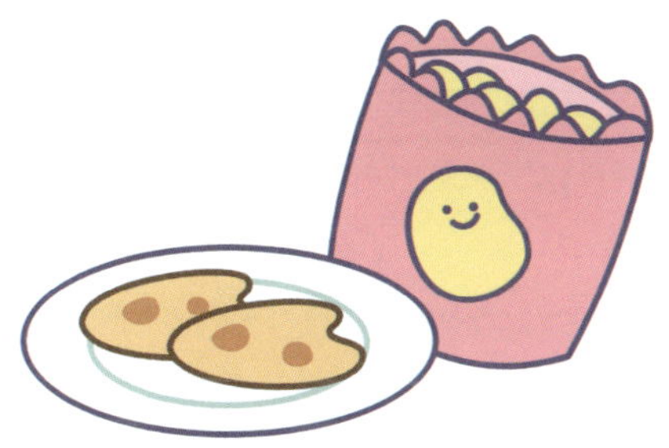

아무 말 없이 함께 있는
그 시간이 날 붙잡아줘.

14 아무 말도 하기 싫어

말 없이 곁에 있어주는 것도 큰 위로가 되니까.

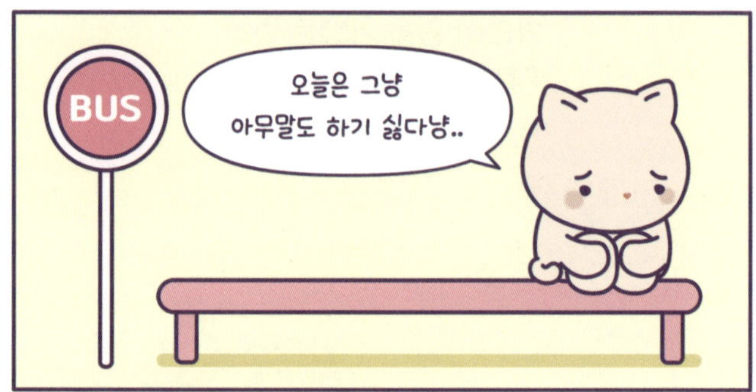

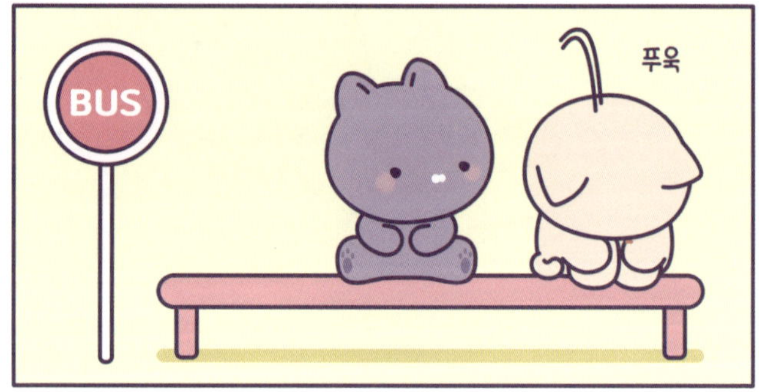

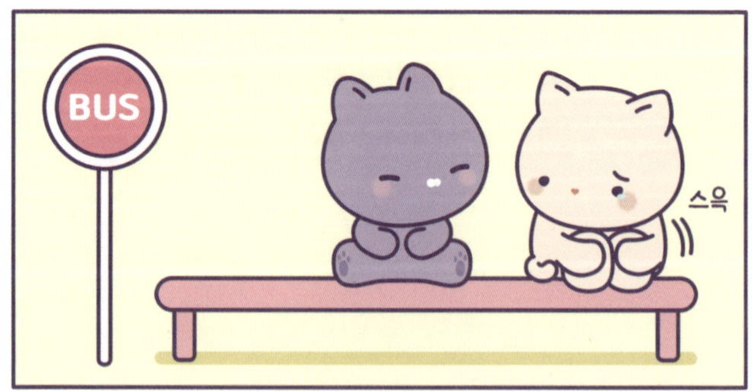

말을 못 꺼낼 때가,
마음이 더 무거운 날.

그냥 옆에 앉아 있는 것만으로
전해지는 따뜻함이 있다.

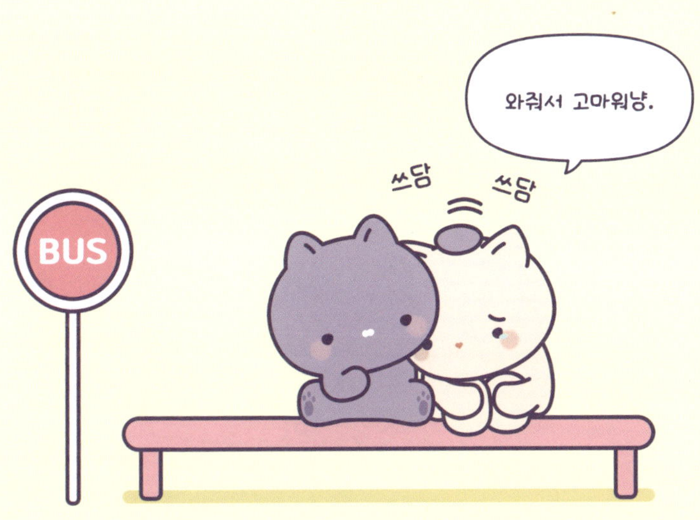

조용한 곁이
가장 큰 용기가 되기도 해.

15 그냥 멍하니

생각이 멈춘 날엔, 고양이처럼 그냥 멍~ 해도 괜찮아.

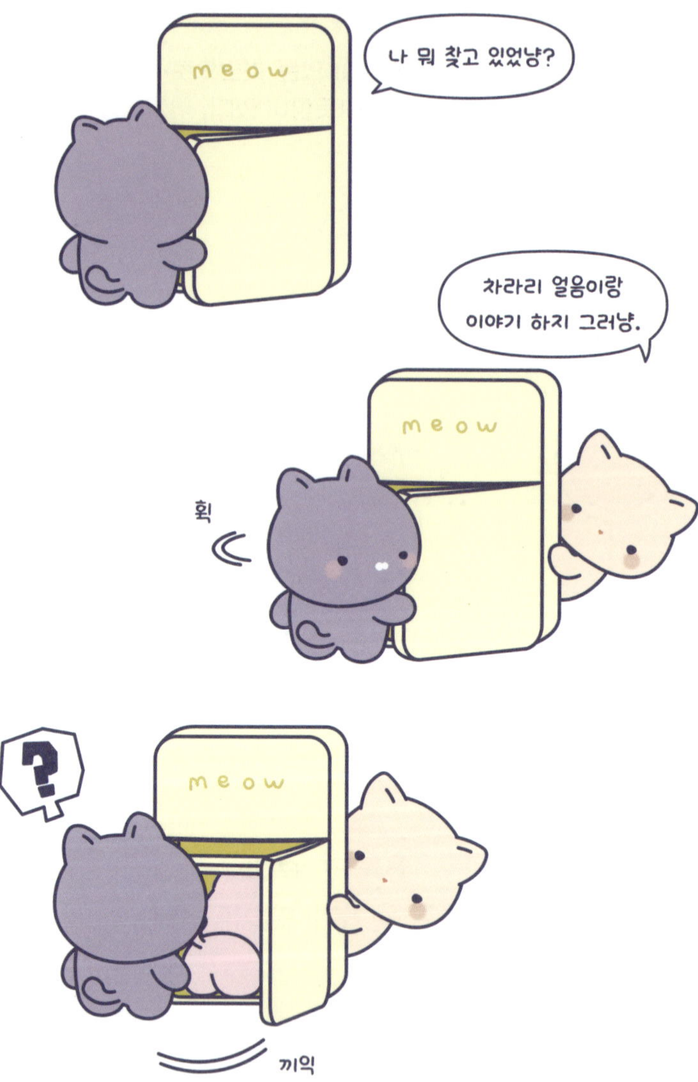

가끔은 이유 없이
머릿속이 멍〰해지는 날,

아무 생각 없이 서 있는 것도
의외로 작은 쉼이 되더라.

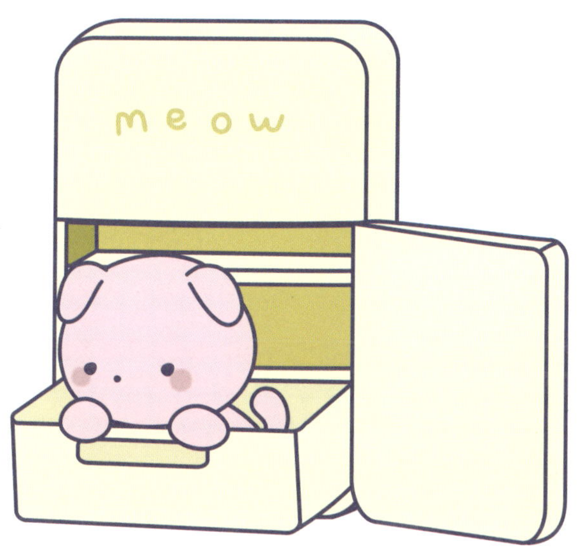

고양이처럼 멍〰
그것도 충분한 하루의 모습이야.

16 너무 애쓰지마

어항 속 물고기처럼, 나도 잠깐 가만히.

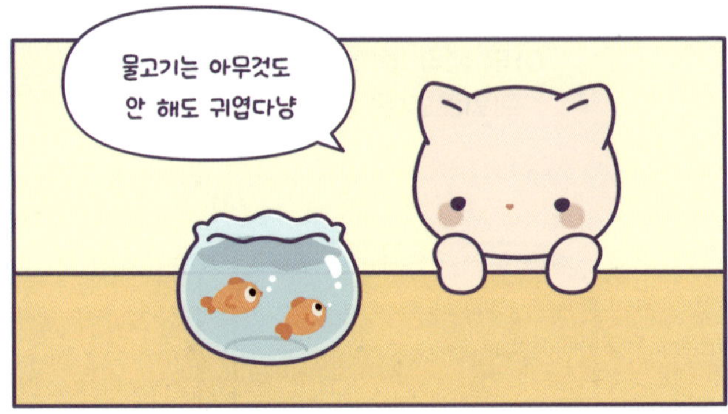

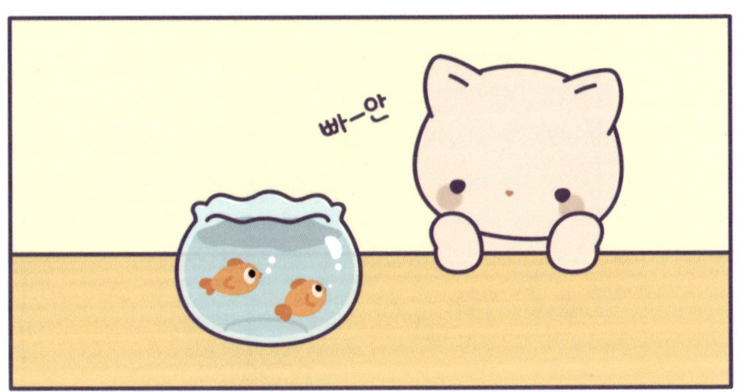

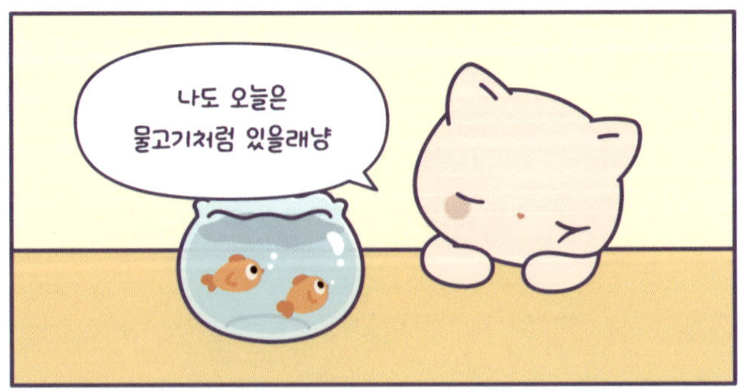

때로는 아무것도 하지 않아도
나는 그대로 괜찮은 존재야.

조용히 바라보는 시간도
분명 나를 채우는 중이니까.

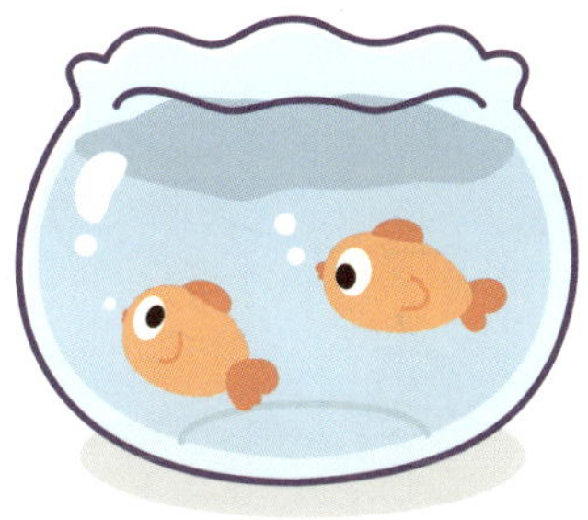

가만히 있는 나도 괜찮아.
그건 멈춤이 아니라, 쉬는 거니까.

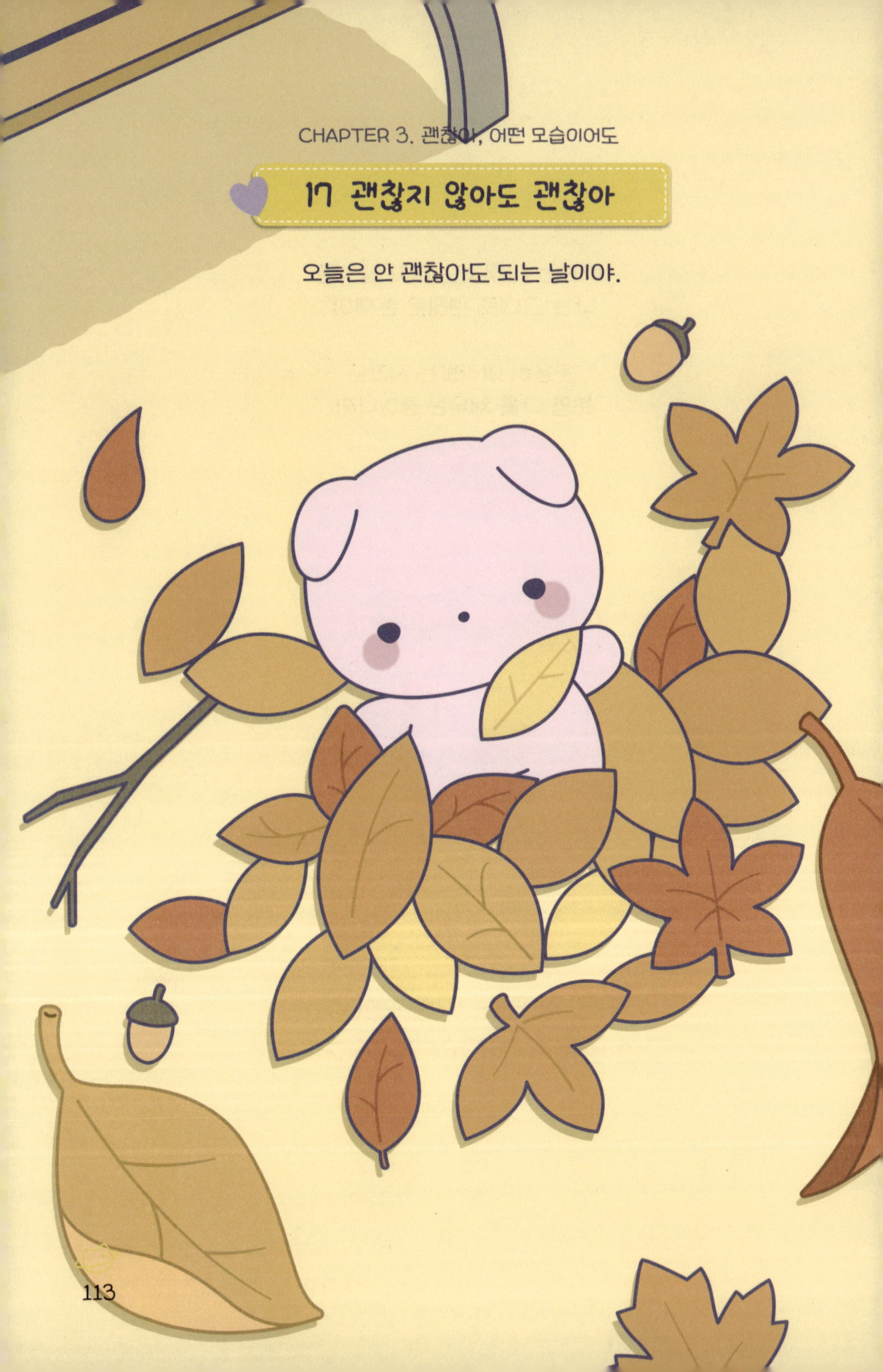

CHAPTER 3. 괜찮아, 어떤 모습이어도

17 괜찮지 않아도 괜찮아

오늘은 안 괜찮아도 되는 날이야.

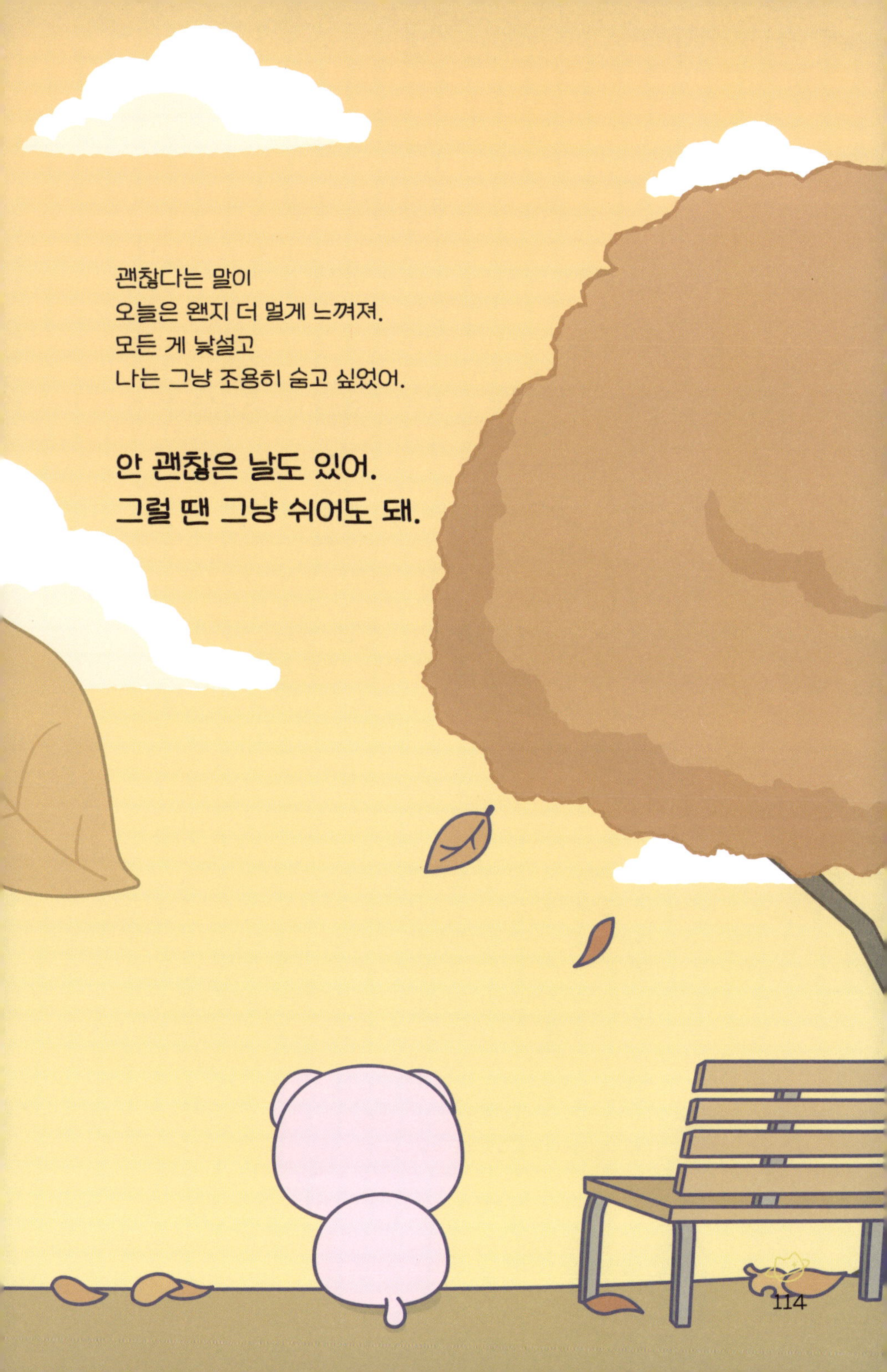

괜찮다는 말이
오늘은 왠지 더 멀게 느껴져.
모든 게 낯설고
나는 그냥 조용히 숨고 싶었어.

안 괜찮은 날도 있어.
그럴 땐 그냥 쉬어도 돼.

18 다시 붙여보는 마음

찢어진 마음에도, 다시 테이프를 붙여봐.

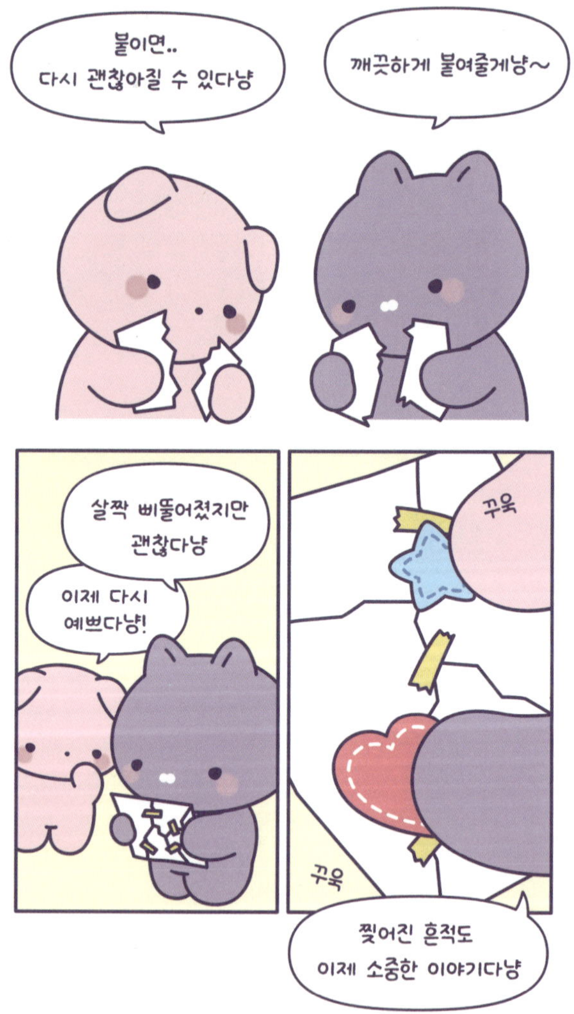

찢어졌다고
모두 버려야 하는 건 아니야.

천천히 붙이고
다시 웃을 수 있다면 괜찮아.

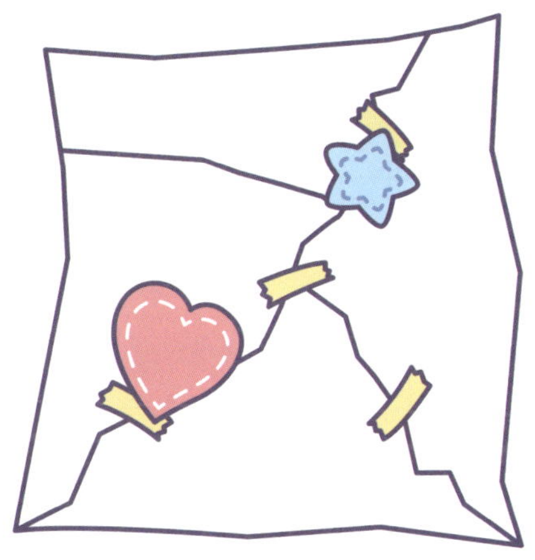

상처도 나의 일부니까.
다시 꿰매어 붙이면 또 나니까.

19 아직은 회복 중

금방 괜찮아지지 않아도 괜찮아.

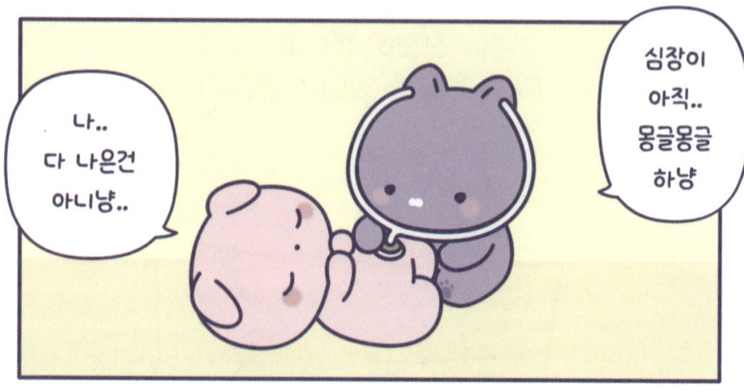

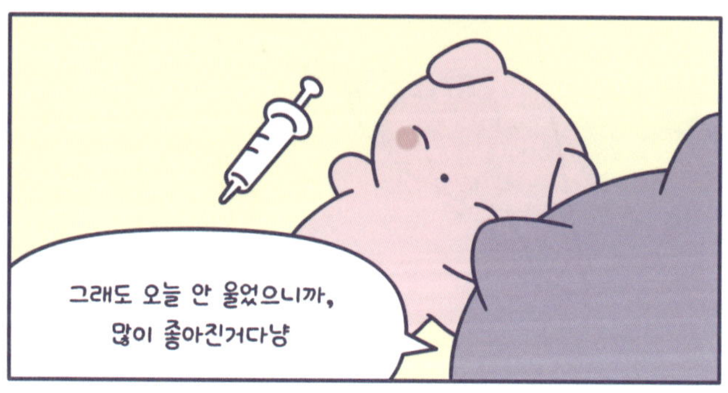

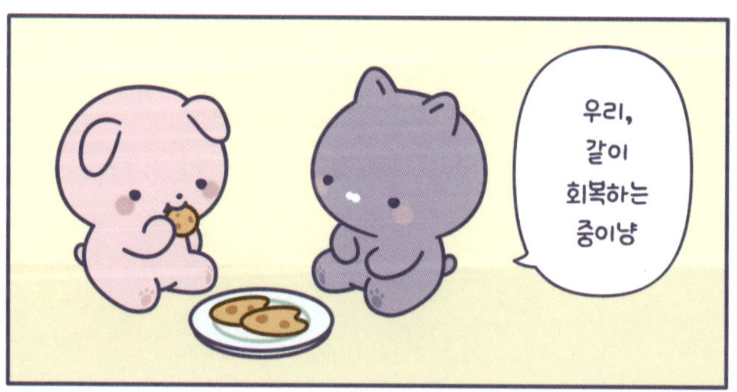

가끔은 진짜 병이 아니어도
토닥토닥 위로가 필요할 때가 있어.

천천히, 조금씩,
마음도 함께 회복되기를.

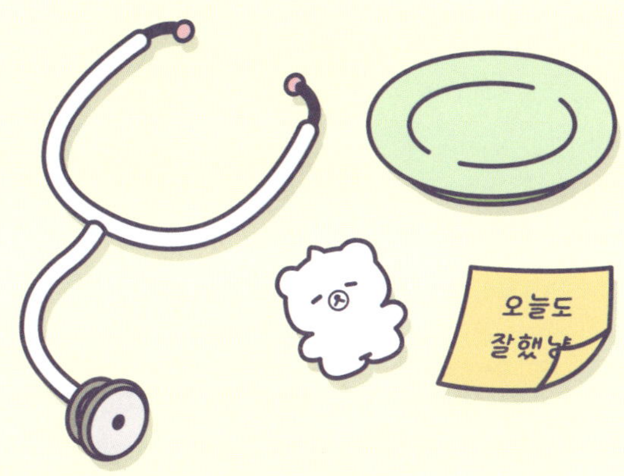

회복은 혼자보다,
같이할 때 더 따뜻해.

20 나한테 제일 미안했어

미뤄둔 나를 안아주는 날.

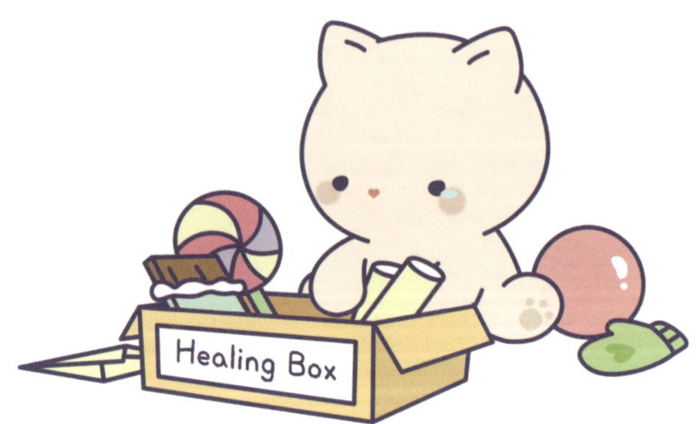

가장 외면했던 건
결국 나 자신이었는지도 몰라.

늦었지만, 이제라도
미안하다고 말해주고 싶어.

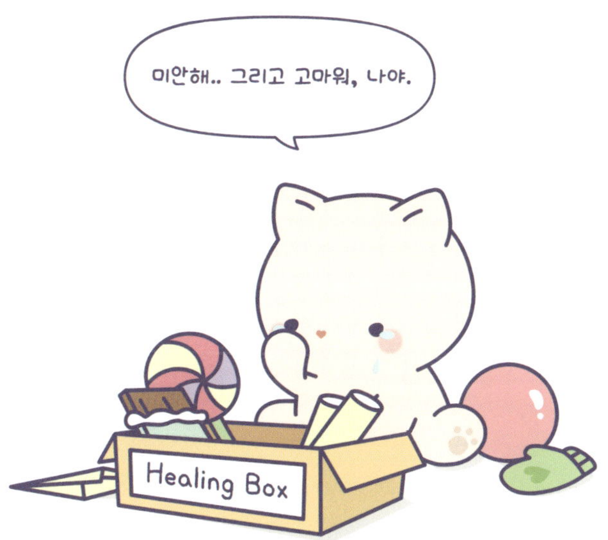

내가 괜찮아지길 바라는
가장 첫 번째 사람이 되자.

그때의 나는 어떤 마음이었을까.
지금의 내가 전할 수 있는 위로와 응원을
따뜻한 편지에 담아줘.

앞으로 만나게 될 나에게,
희망과 다짐을 담아 따뜻한 말을 남겨줘.
언젠가 이 편지를 다시 마주할 날이 올 거야.

냥이 타로가 들려주는 하루의 메시지

어떤 카드든 괜찮아.
지금 너한테 딱 필요한 말이거든.

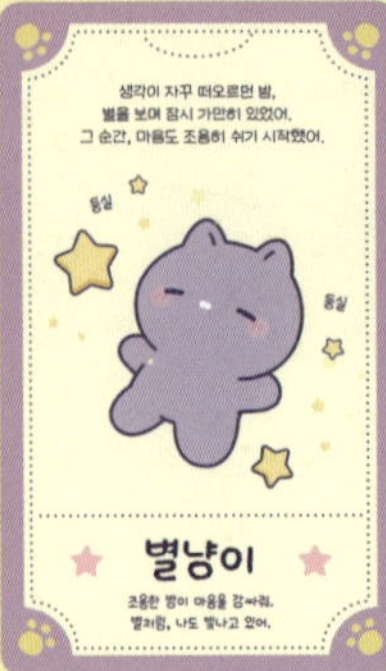

생각이 자꾸 떠오르면 밤,
별을 보며 잠시 가만히 있었어.
그 순간, 마음도 조용히 쉬기 시작했어.

★ 별냥이 ★

조용한 밤이 마음을 감싸줘.
별처럼, 나도 빛나고 있어.

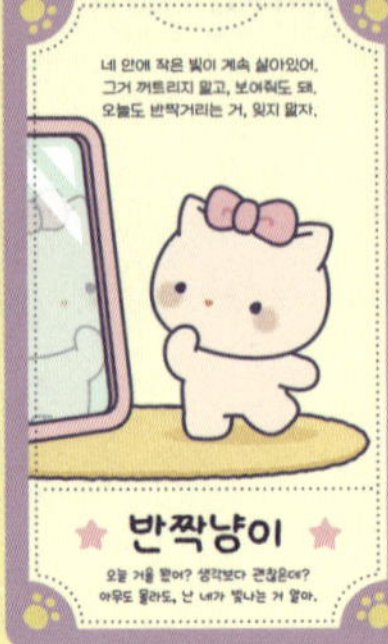

네 안에 작은 빛이 계속 살아있어.
그거 꺼트리지 말고, 보여줘도 돼.
오늘도 반짝거리는 거, 잊지 말지.

★ 반짝냥이 ★

오늘 거울 봤어? 생각보다 괜찮은데?
아무도 몰라도, 난 네가 빛나는 거 알아.

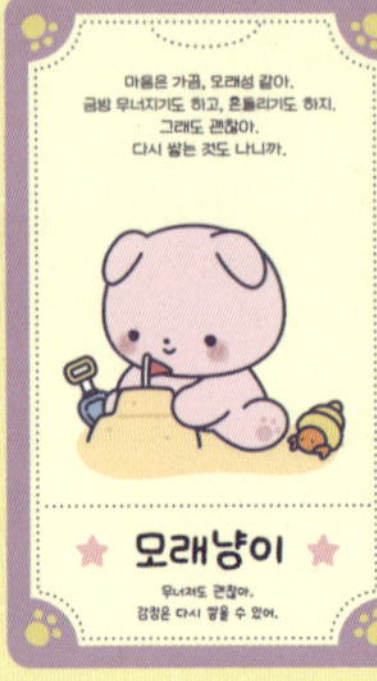

마음은 가끔, 모래성 같아.
금방 무너지기도 하고, 흔들리기도 하지.
그래도 괜찮아.
다시 쌓는 것도 나니까.

★ 모래냥이 ★

무너져도 괜찮아,
감정은 다시 쌓을 수 있어.

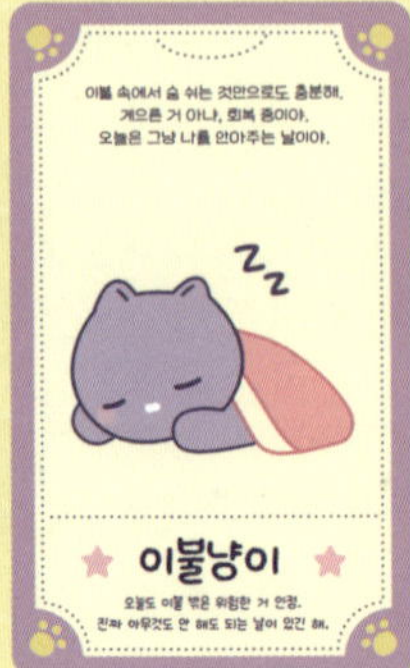

이불 속에서 숨 쉬는 것만으로도 충분해.
게으른 거 아니야, 회복 중이야.
오늘은 그냥 나를 안아주는 날이야.

★ 이불냥이 ★

오늘도 이불 밖은 위험한 거 인정.
진짜 아무것도 안 해도 되는 날이 있긴 해.

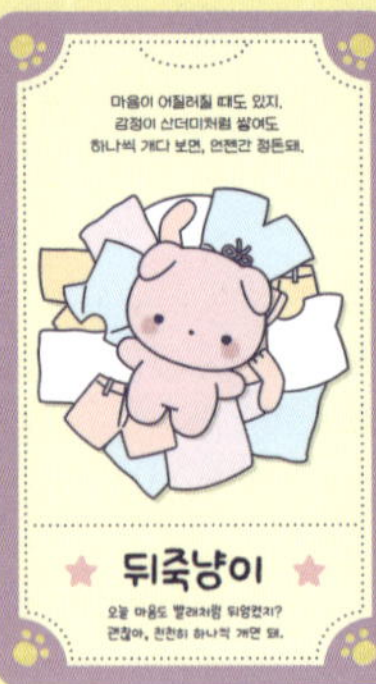

마음이 어질러질 때도 있지.
감정이 산더미처럼 쌓여도
하나씩 개다 보면, 언젠간 정돈돼.

★ 뒤죽냥이 ★

오늘 마음도 빨래처럼 뒤엉켰는지?
괜찮아, 천천히 하나씩 개면 돼.

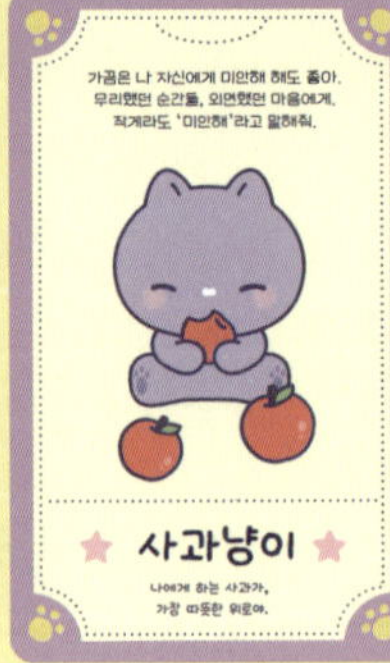

가끔은 나 자신에게 미안해 해도 좋아.
우리했던 순간들, 외면했던 마음에게,
작게라도 '미안해'라고 말해줘.

★ 사과냥이 ★

나에게 하는 사과가,
가장 따뜻한 위로야.

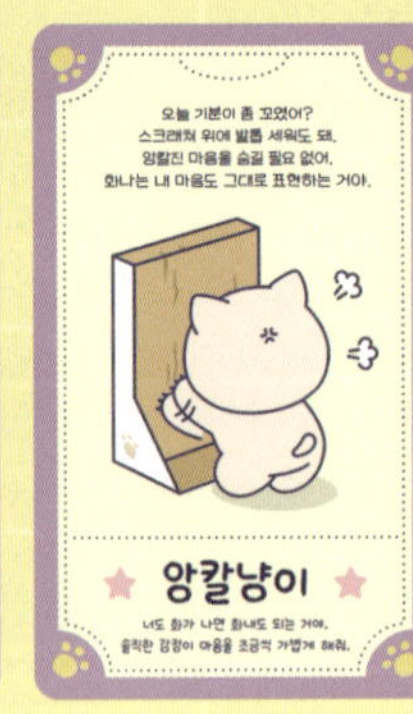

오늘 기분이 좀 꼬였어?
스크래쳐 위에 발톱 세워도 돼.
앙칼진 마음을 숨길 필요 없어.
화나는 내 마음도 그대로 표현하는 거야.

★ 앙칼냥이 ★

너도 화가 나면 화내도 되는 거야.
솔직한 감정이 마음을 조금씩 가볍게 해줘.

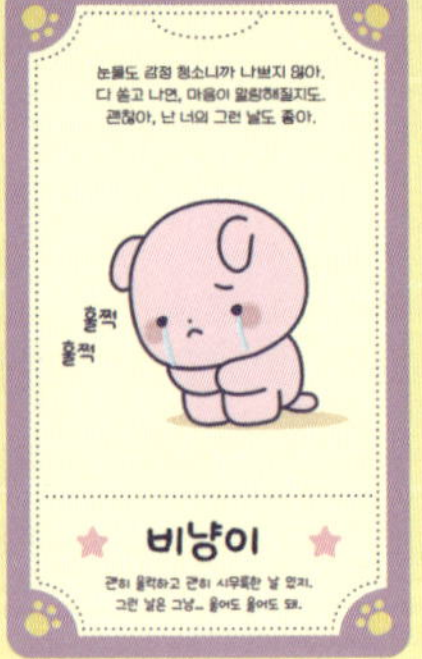

눈물도 감정 청소니까 나쁘지 않아.
다 쏟고 나면, 마음이 말랑해질지도.
괜찮아, 난 너의 그런 날도 좋아.

★ 비냥이 ★

괜히 울적하고 괜히 시무룩한 날 있지.
그런 날은 그냥... 울어도 울어도 돼.

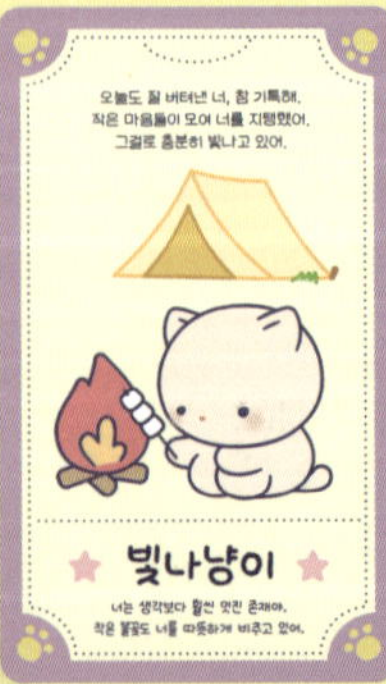

오늘도 잘 버텨낸 너, 참 기특해.
작은 마음들이 모여 너를 지탱했어.
그걸로 충분히 빛나고 있어.

★ 빛나냥이 ★

너는 생각보다 훨씬 멋진 존재야.
작은 불꽃도 너를 따뜻하게 비추고 있어.

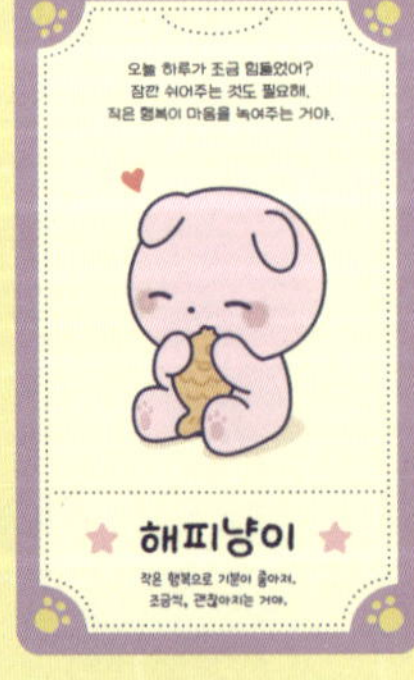

오늘 하루가 조금 힘들었어?
잠깐 쉬어주는 것도 필요해.
작은 행복이 마음을 녹여주는 거야.

★ 해피냥이 ★

작은 행복으로 기분이 좋아져.
조금씩, 괜찮아지는 거야.

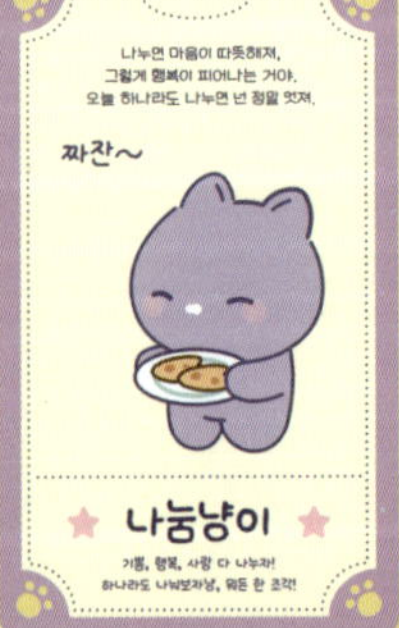

나누면 마음이 따뜻해져,
그렇게 행복이 피어나는 거야.
오늘 하나라도 나누면 넌 정말 멋져.

★ 나눔냥이 ★

기쁨, 행복, 사랑 다 나누자!
하나라도 나눠보자냥, 뭐든 한 조각!

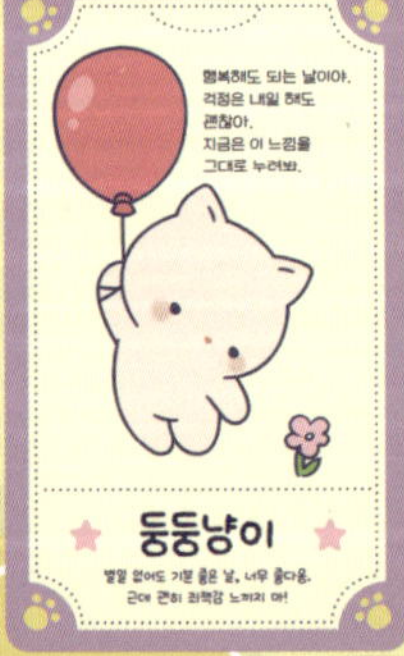

행복해도 되는 날이야.
걱정은 내일 해도
괜찮아.
지금은 이 느낌을
그대로 누려봐.

★ 둥둥냥이 ★

별일 없어도 기분 좋은 날, 너무 좋다옹.
근데 괜히 죄책감 느끼지 마!

TIP
오늘을 시작할 때, 혹은 잠들기 전 하루를 마무리할 때 한 장씩 골라보면 좋아.

냥이타로카드 사용 방법

지금, 어떤 느낌이 필요할까? 눈을 감고 카드를 하나 골라볼까?
냥냥이들이 나의 하루에 작고 따뜻한 느낌을 놓아줄 거야.

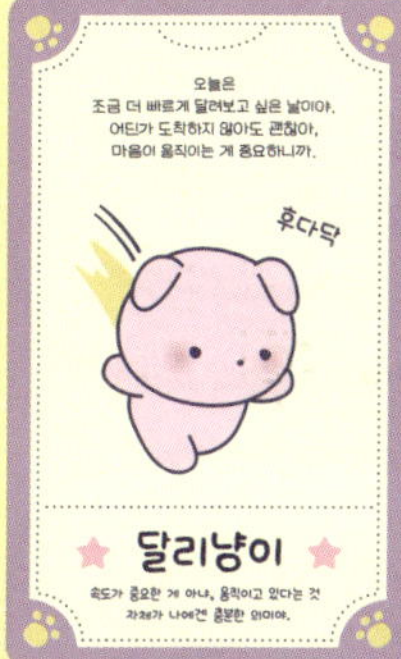

⭐ 달리냥이 ⭐

속도가 중요한 게 아니, 움직이고 있다는 것
자체가 나에겐 충분한 의미야.

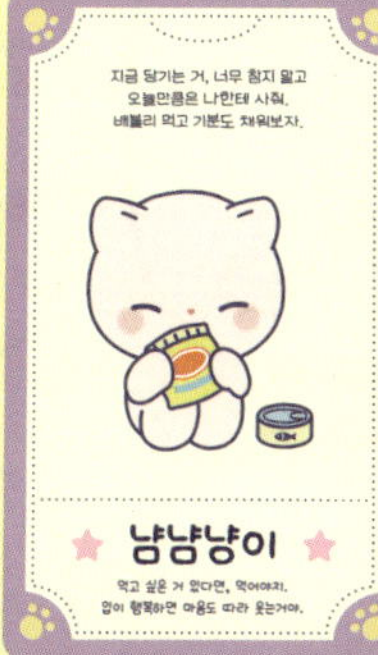

⭐ 냠냠냥이 ⭐

먹고 싶은 거 있다면, 먹어야지.
많이 행복하면 마음을 따라 웃는거야.

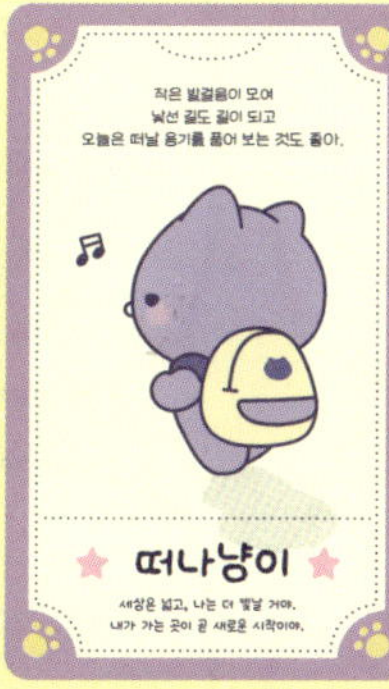

⭐ 떠나냥이 ⭐

세상은 넓고, 나는 더 빛날 거야.
내가 가는 곳이 곧 새로운 시작이야.

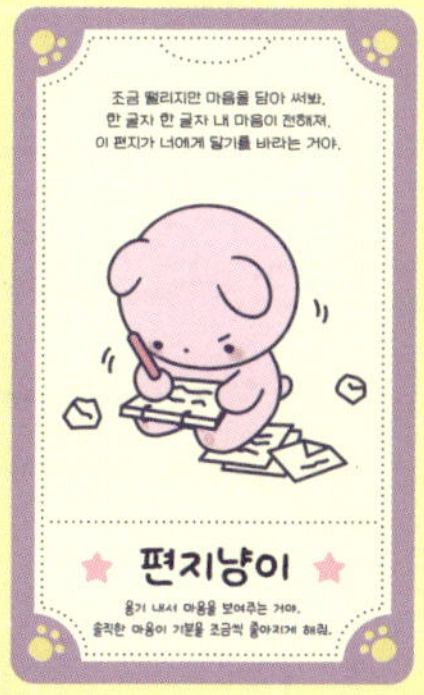

⭐ 편지냥이 ⭐

용기 내서 마음을 보여주는 거야.
솔직한 마음이 기분을 조금씩 좋아지게 해줘.

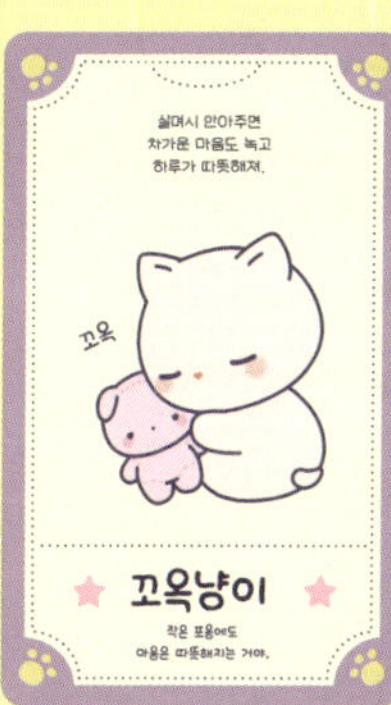

⭐ 꼬옥냥이 ⭐

작은 포옹에도
마음은 따뜻해지는 거야.

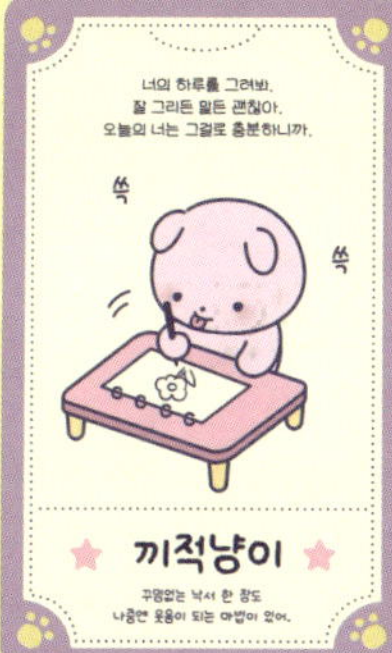

⭐ 끼적냥이 ⭐

꾸밈없는 낙서 한 장도
나중엔 웃음이 되는 마법이 있어.

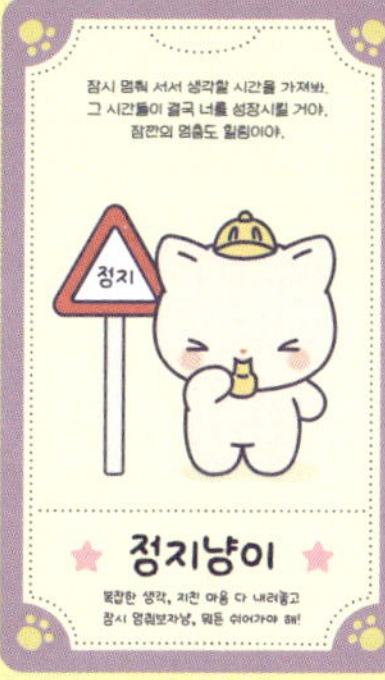

⭐ 정지냥이 ⭐

복잡한 생각, 지친 마음 다 내려놓고
잠시 멈춰보자냥, 뭐든 쉬어가야 해!

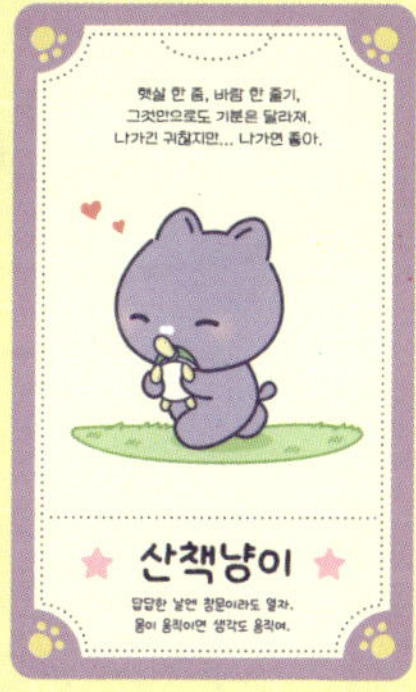

⭐ 산책냥이 ⭐

답답한 날엔 창문이라도 열자.
몸이 움직이면 생각도 움직여.

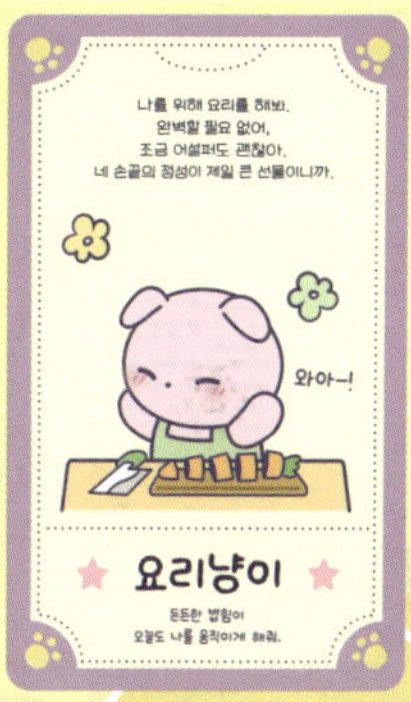

⭐ 요리냥이 ⭐

든든한 밥힘이
오늘도 나를 움직이게 해줘.

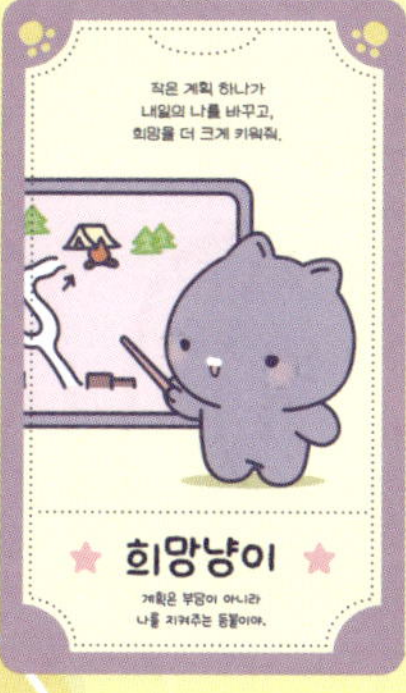

⭐ 희망냥이 ⭐

계획은 부담이 아니라
나를 지켜주는 등불이야.

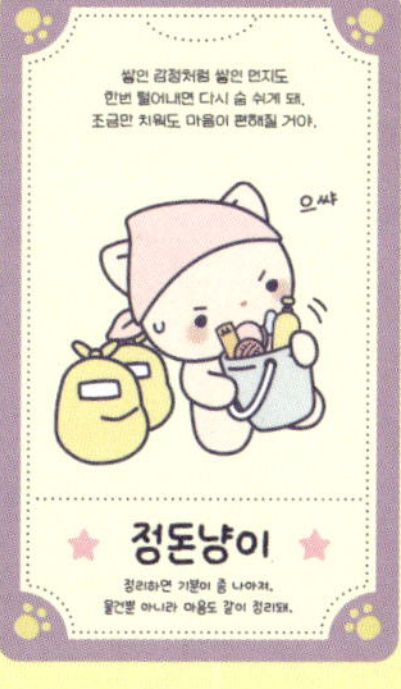

⭐ 정돈냥이 ⭐

정리하면 기분이 좀 나아져.
물건뿐 아니라 마음도 같이 정리돼.

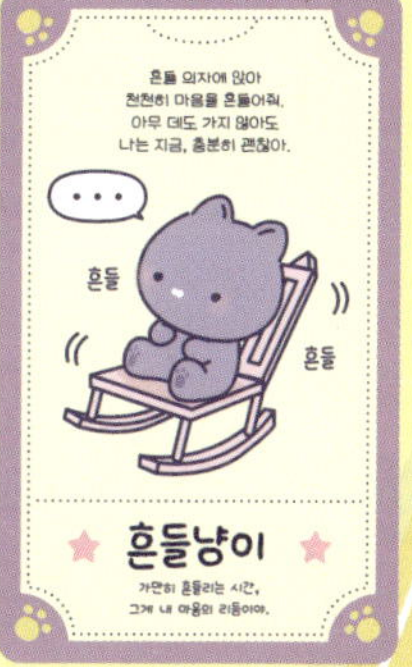

⭐ 흔들냥이 ⭐

가만히 흔들리는 시간,
그게 내 마음의 리듬이야.

고르는 방법

1. 눈 감고 마음을 가만히 들어봐요. 오늘 기분은 어떤가요? 쉬고 싶나요, 응원이 필요하신가요?
2. 펼쳐진 카드 중 손이 가는 한 장을 골라요. 그냥 끌리는 카드, 이유 없이 좋았던 그림도 좋아요.
3. 카드를 읽고, 오늘 하루 마음에 담아보세요. 냥냥이의 말처럼 느긋하게, 다정하게.

마음이 전해주는 색을 골라, 천천히 칠해보세요.

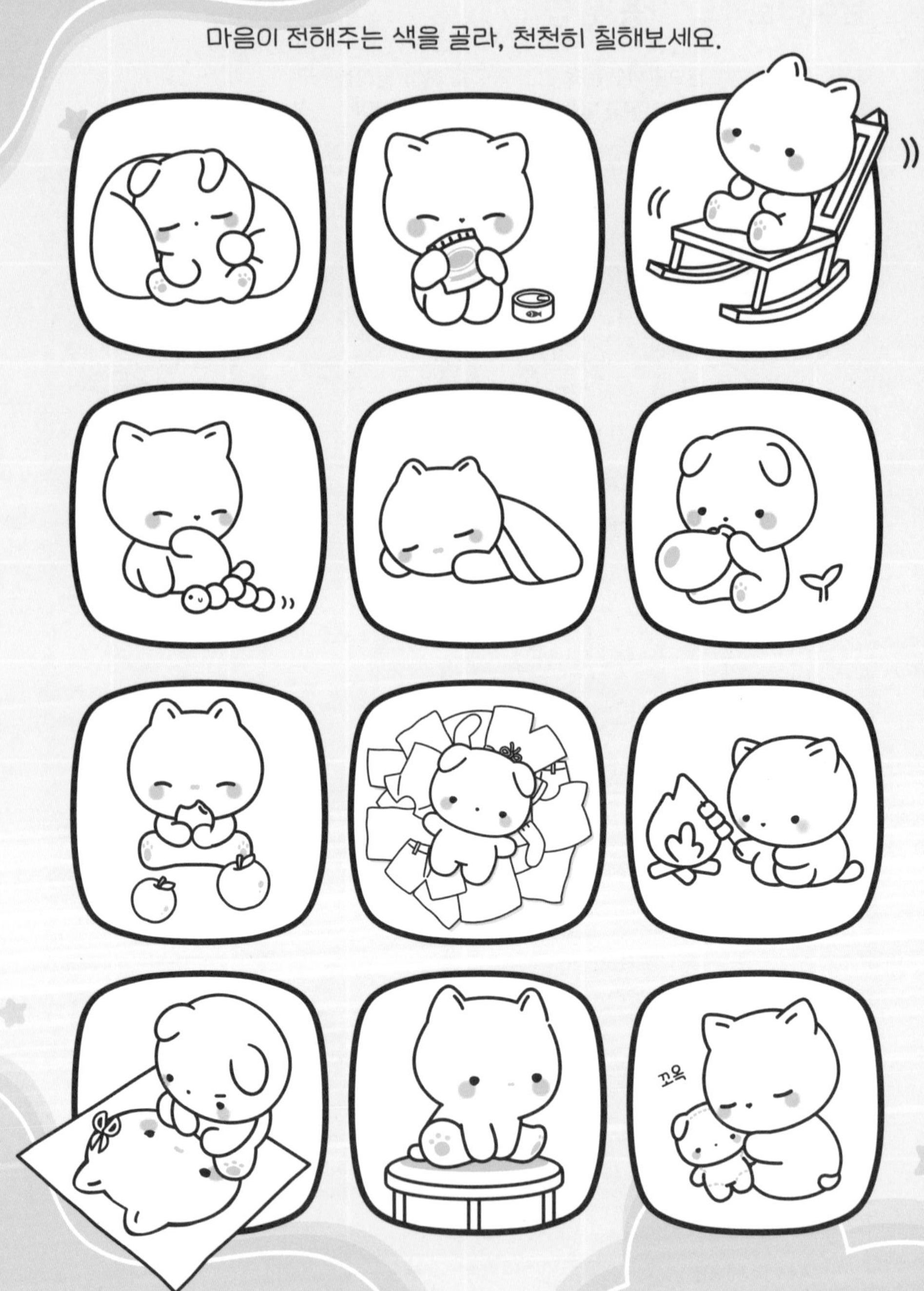

꼬옥

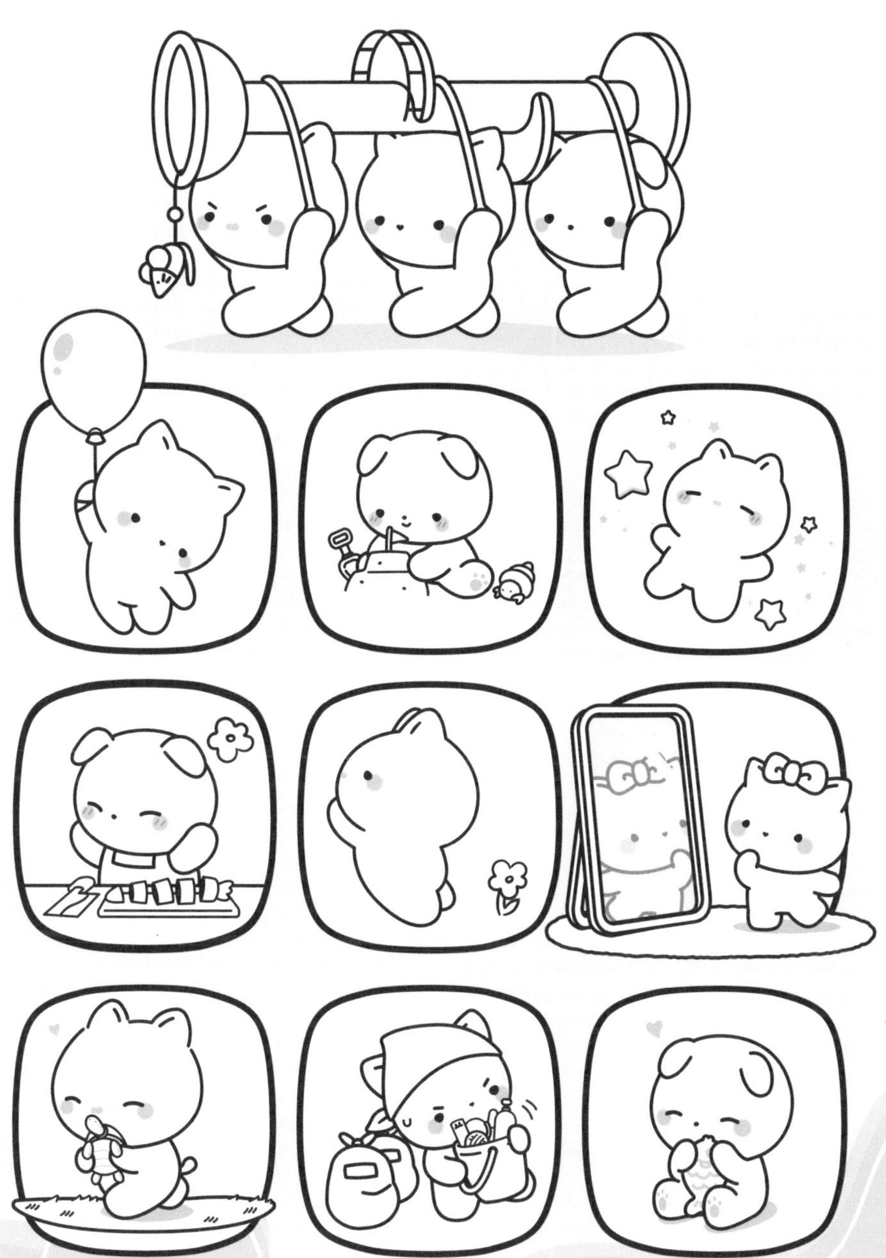

소란스러운 하루 속에도, 마음은 조용히 무언가를 말하고 있어.

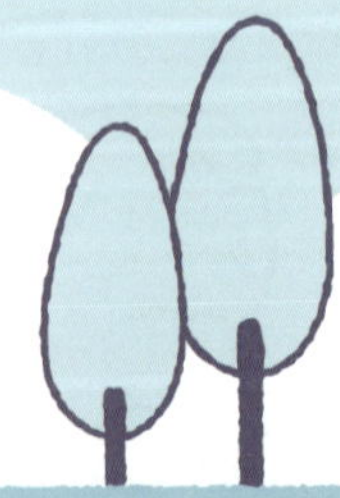

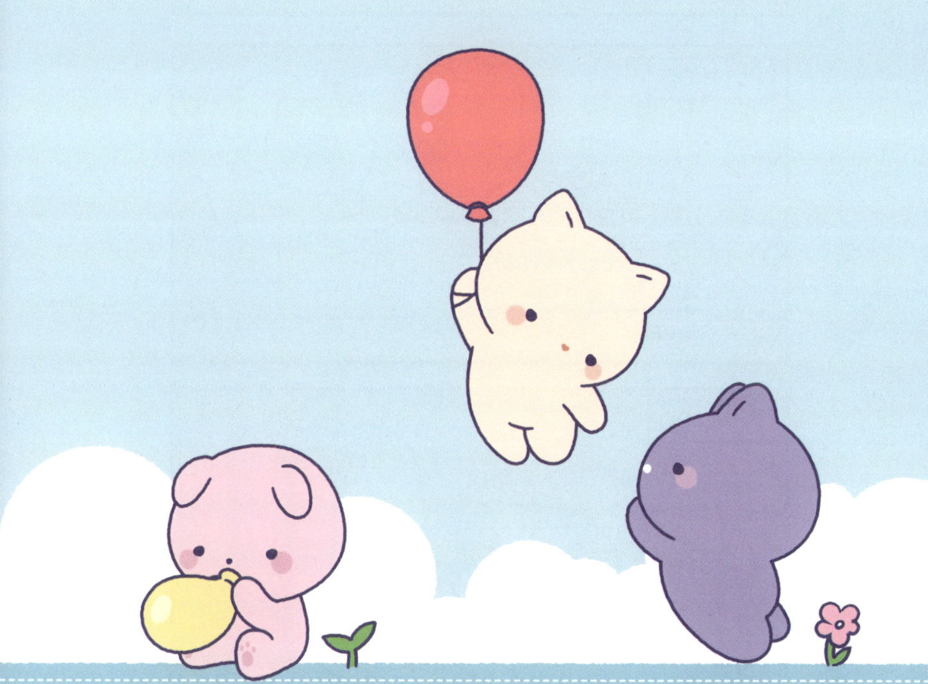

01 괜히 예민해졌어

마음의 여유가 부족했던 날.

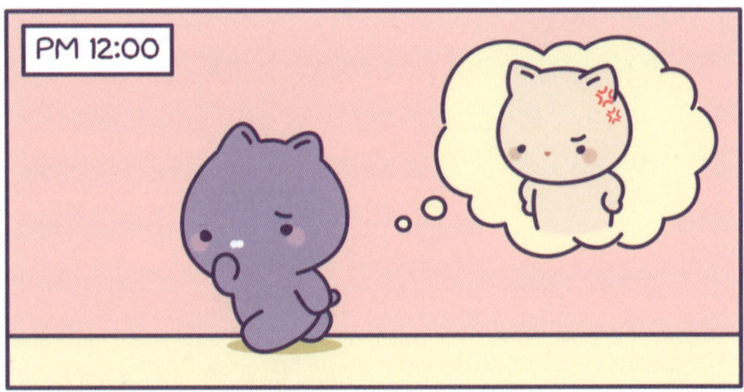

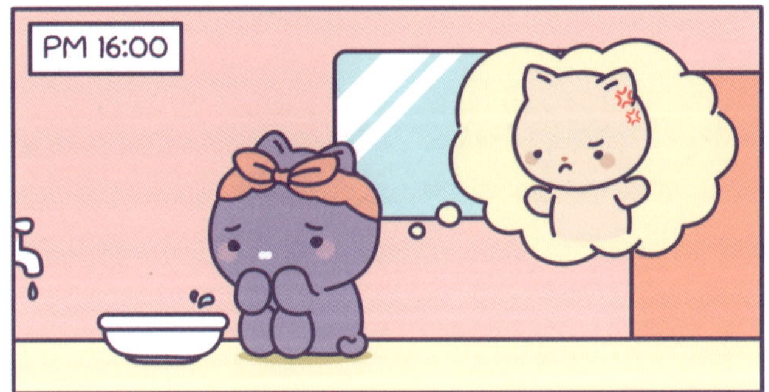

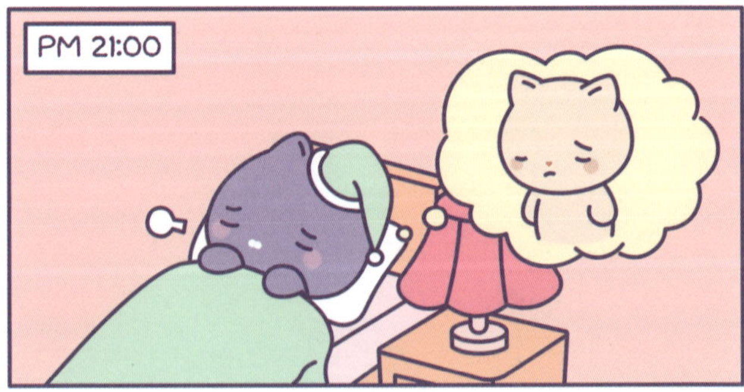

별 말 아니었는데
왜 그렇게 마음이 쓰였을까.
아무렇지 않은 척 했지만
사실 많이 지쳐있던 날이었나봐.
괜히 예민해진 것 같네.

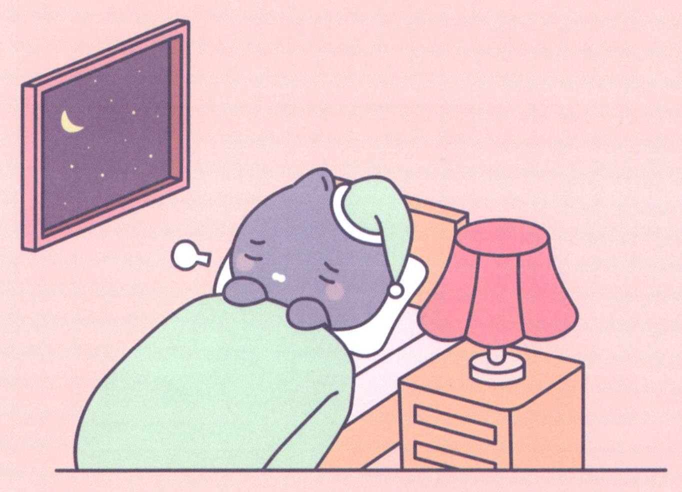

누구에게나 그런 날이 있어.
스스로를 다그치지 말고, 잠시 쉬어가자.

02 일단 웃고 본다

진짜 웃음은 아니지만, 나를 지키는 작은 버팀목.

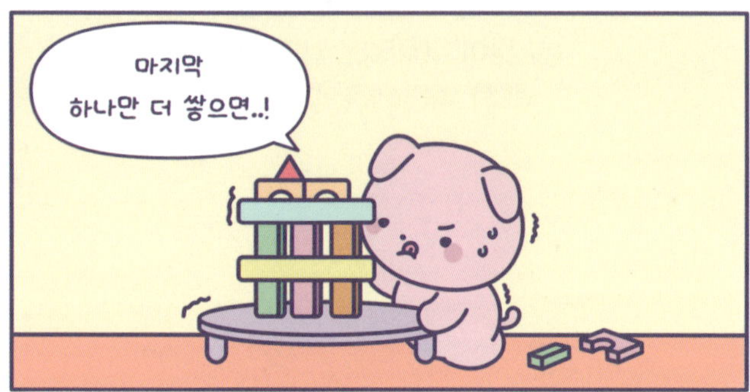

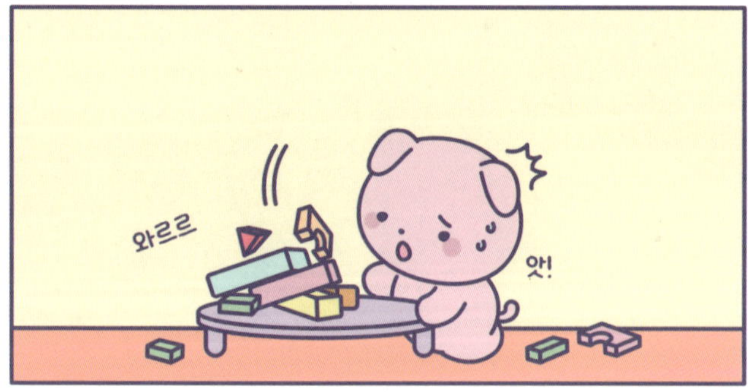

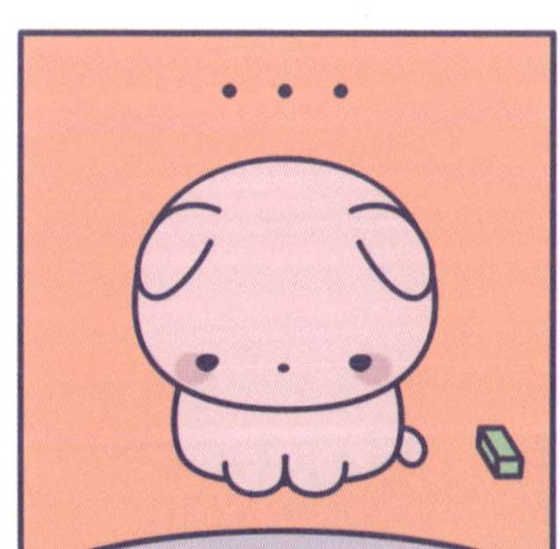

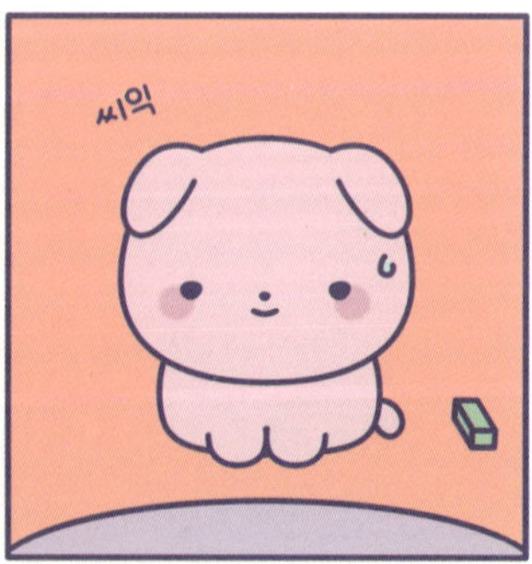

진심이 아닌 웃음에도
마음이 조금은 풀리는 날이 있어.

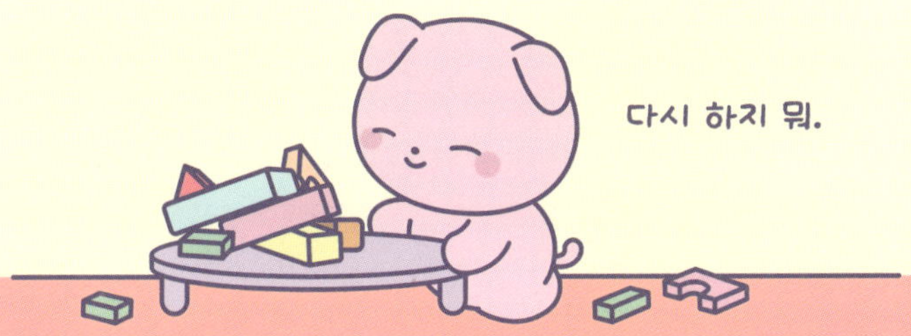

억지로라도 웃어보는 게
나를 지키는 방법일 때가 있어.

힘들 땐,
일단 입꼬리를 당겨 씨익 웃어보자!

💗 03 매일 매일 쌓여가는 것들

사소해 보여도, 내가 계속하면 큰 힘이 돼.

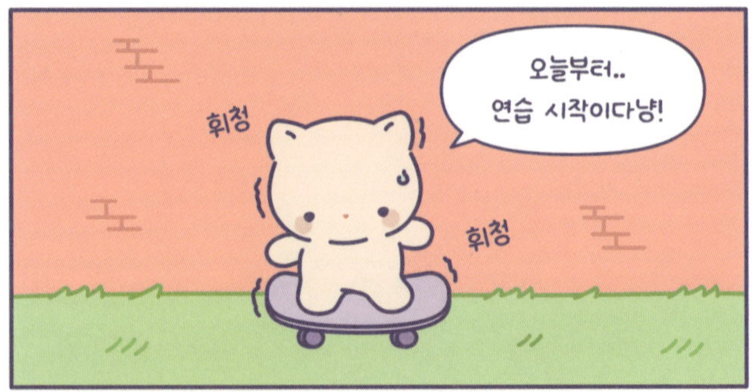

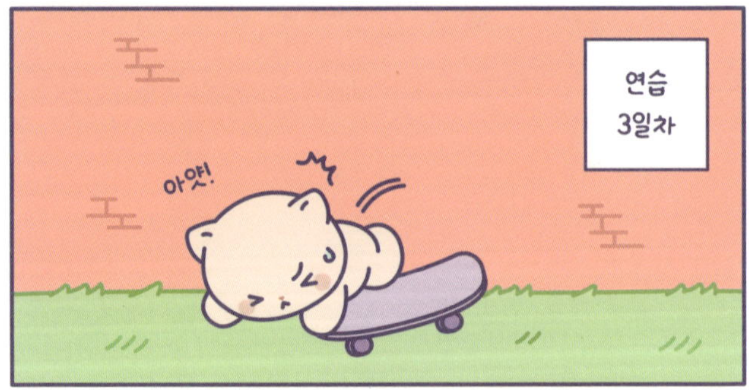

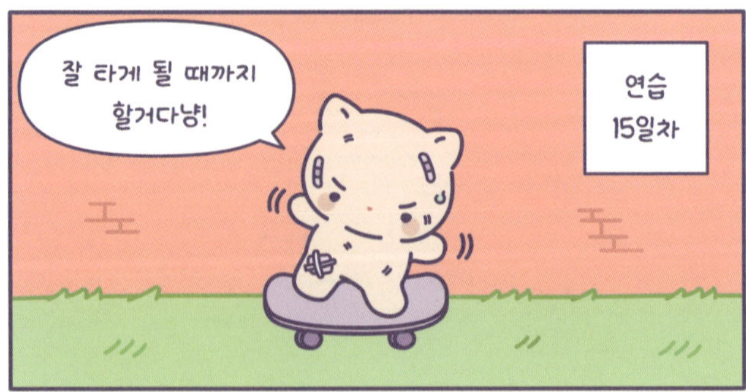

오늘도 특별할 것 없는 하루였어.
그런데 문득, 이 평범한 하루들이
나를 조금씩 단단하게 만들고 있단 걸 느꼈어.

지금의 걸음이 작게 느껴져도 괜찮아.
매일을 채우는 나의 시간이 어느 날 분명히 빛날 거야.

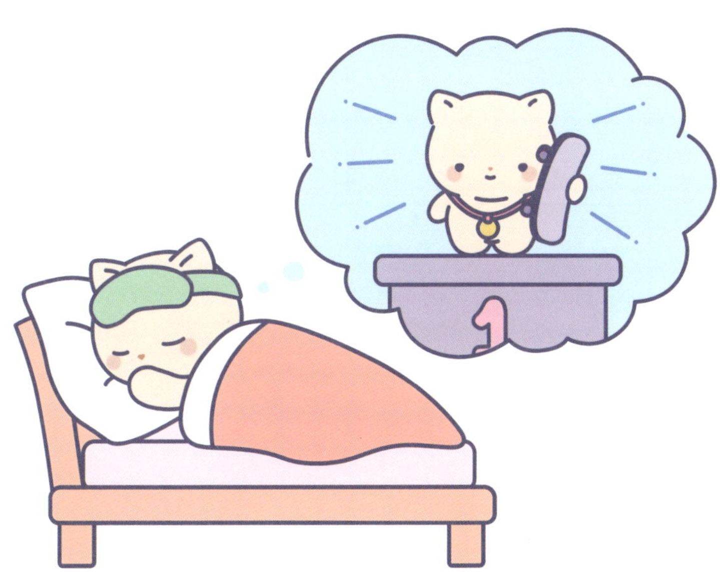

04 밥은 챙겨 먹자

마음은 복잡해도, 몸부터 챙겨야 힘을 낼 수 있어.

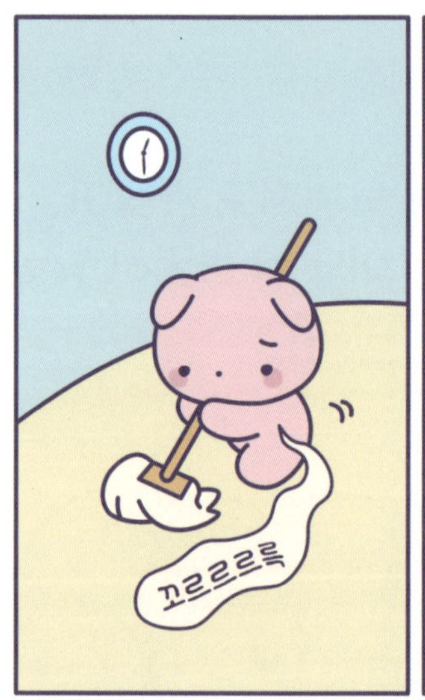

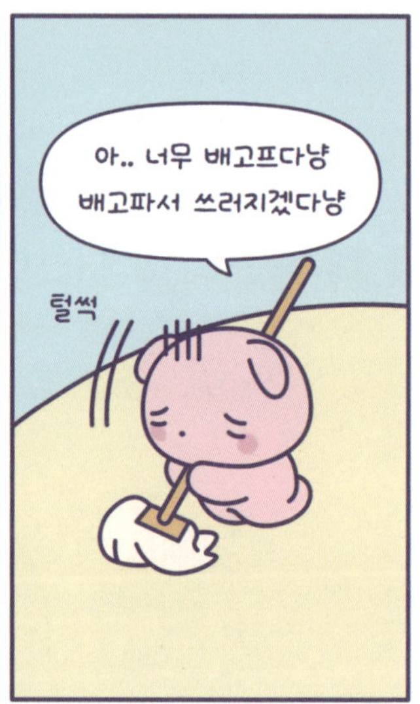

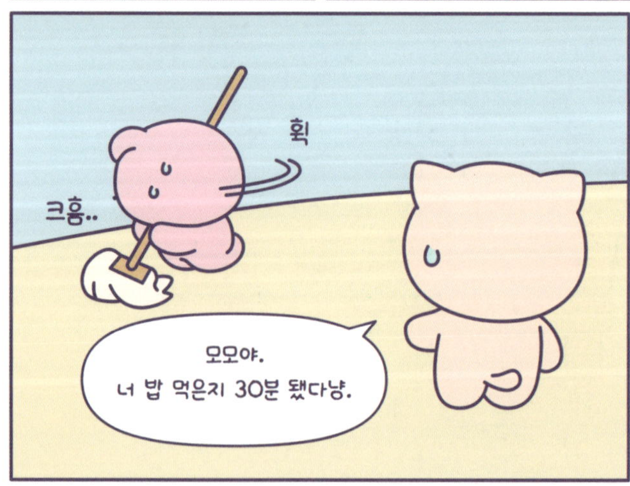

하루 종일 바쁘고 정신없어도
밥은 꼭 챙겨 먹어야 해.
따뜻한 한 끼가 내 에너지가 되어
복잡한 일도 척척 해낼 힘을 주니까.

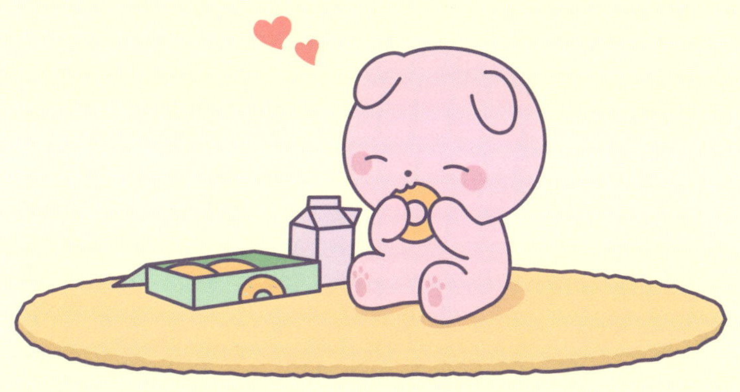

내 몸을 챙기는 게, 내 마음을 돌보는 일의 시작이야.
소중한 나를 위해, 끼니는 꼭 챙겨 먹자.

05 마음 속 창문 열기

마음도 창처럼 열어야, 바람이 불어와.

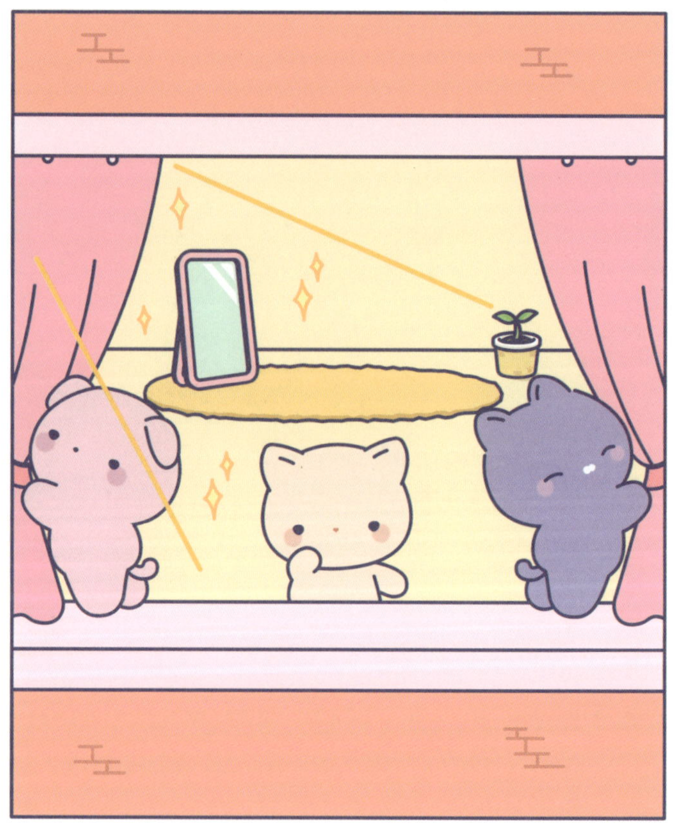

누군가와 가까워지고 싶다면,
내 마음의 창을 먼저 열어야 해.
작은 틈새로 스며드는 바람처럼,
그제야 마음도 서로 닿을 수 있어.

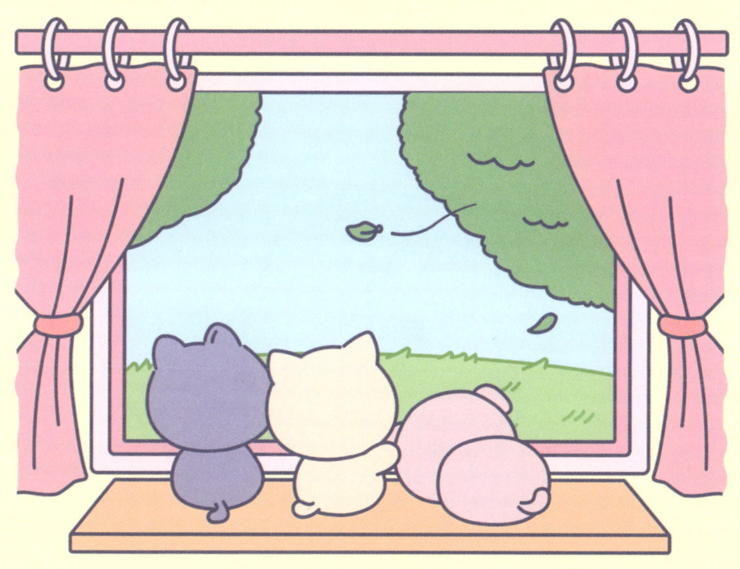

마음을 연다는 건, 용기가 필요한 일이야.
하지만 그 용기만큼, 따뜻한 연결이 찾아올 거야.

06 고마움은 아낌 없이

고마움은 표현할수록, 더 커져가는 마음이야.

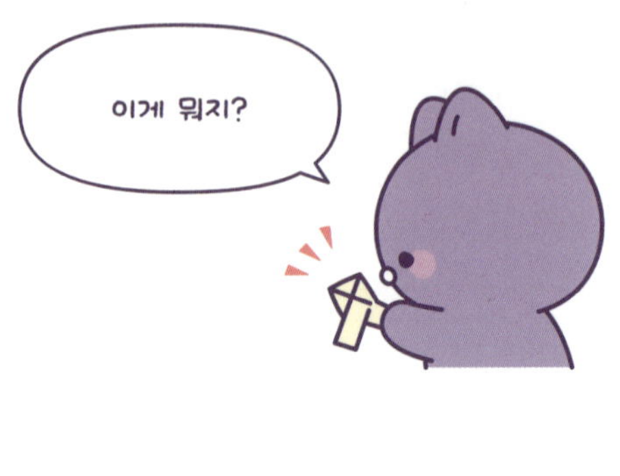

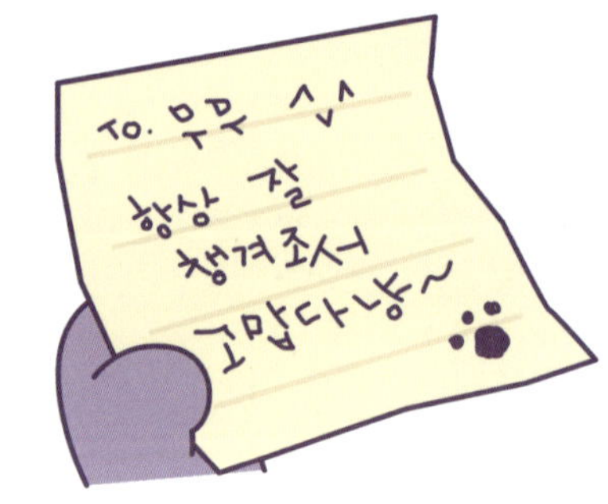

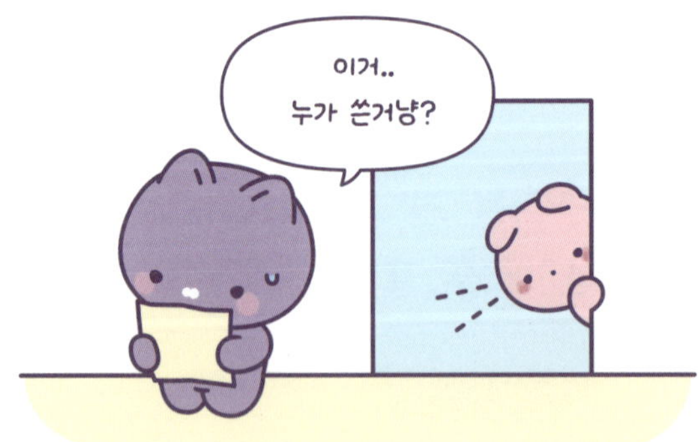

'고마워'라는 말은 짧지만, 참 따뜻하지.
마음속에만 두지 말고, 자주 꺼내보자.
그 말을 들은 사람도,
말한 나도 기분이 좋아지니까.

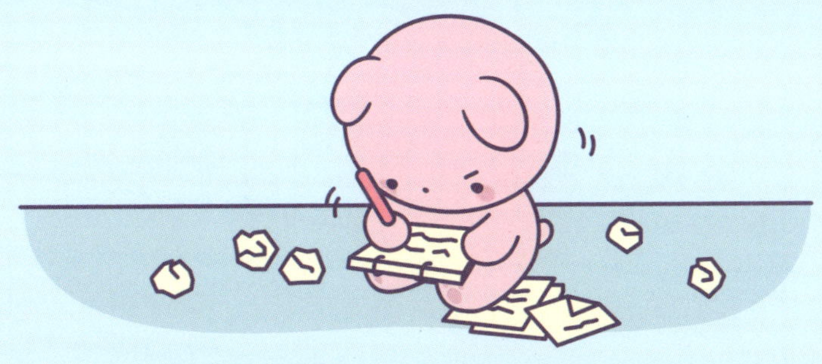

고마움은 줄수록, 내게 돌아오는 마음이야.
아끼지 말고, 자주 건네보자.

07 말 없이 응원하기

말하지 않아도 전해지는 마음이 있어.

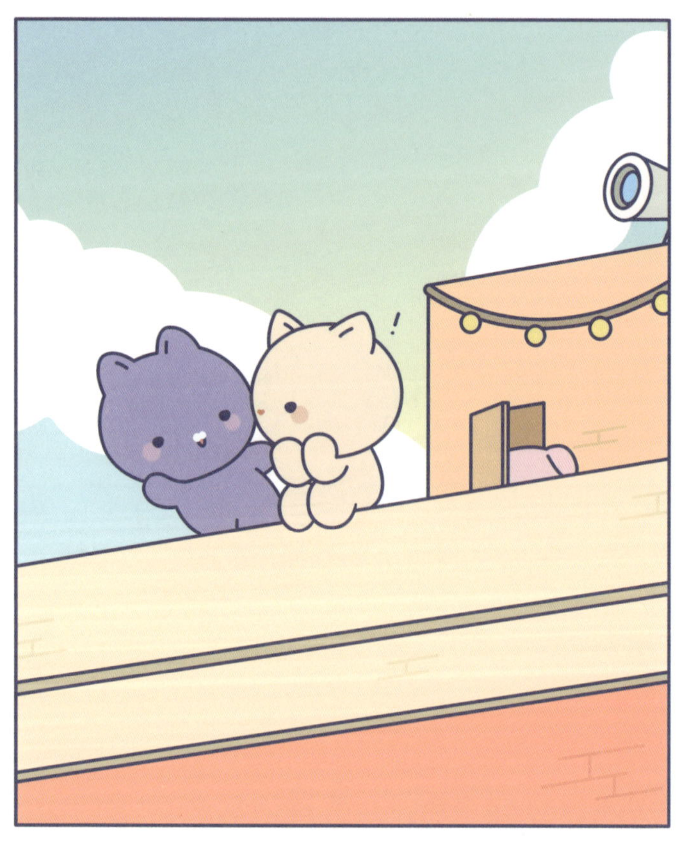

꼭 무슨 일이 있어서 그런 건 아니야.
그냥 오늘 열심히 살아가는 너를,
마음으로 응원하고 있다는 걸
전해주고 싶었어.

아무 말 없어도 느껴지지?
우리, 그렇게 서로를 응원하고 있어.

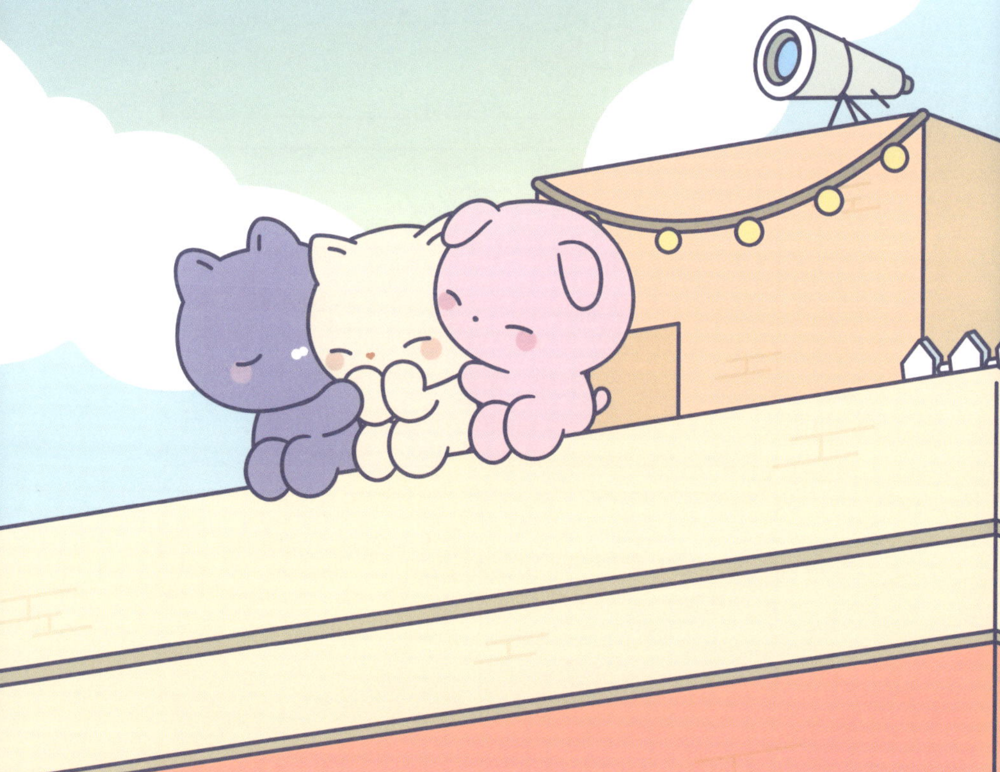

08 그 말, 조금 서운했어

말 한마디가 오래 마음에 머물러.

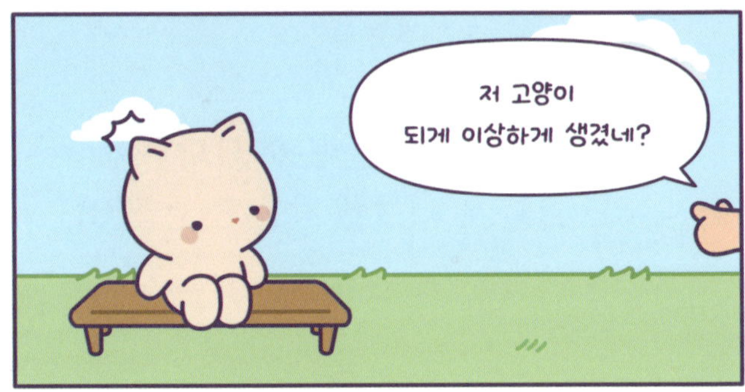

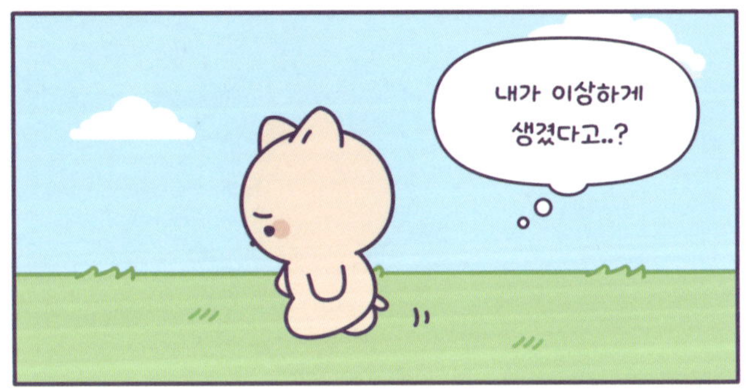

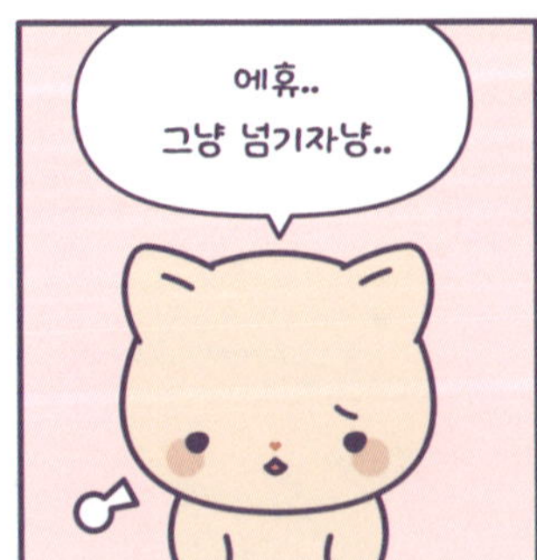

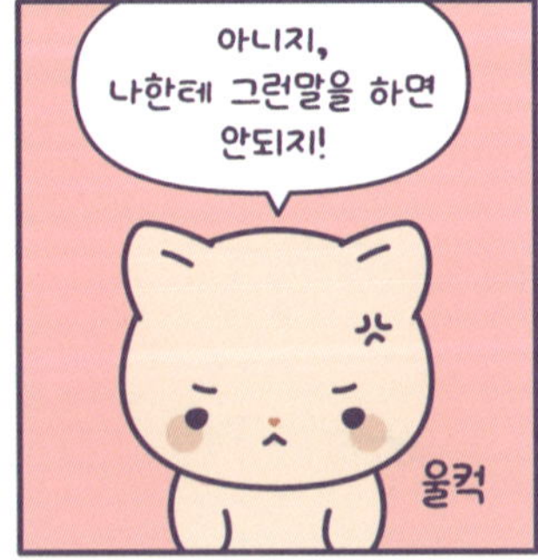

그냥 넘기면 될 줄 알았는데,
자꾸 생각나고 마음이 무거워졌어.
아무도 몰라도 괜찮지만,
나만큼은 내 마음을 알아줘야 했나 봐.

서운했던 마음도, 내게 소중한 감정이야.
그냥 넘기지 말고, 다정하게 잘 다독여주자.

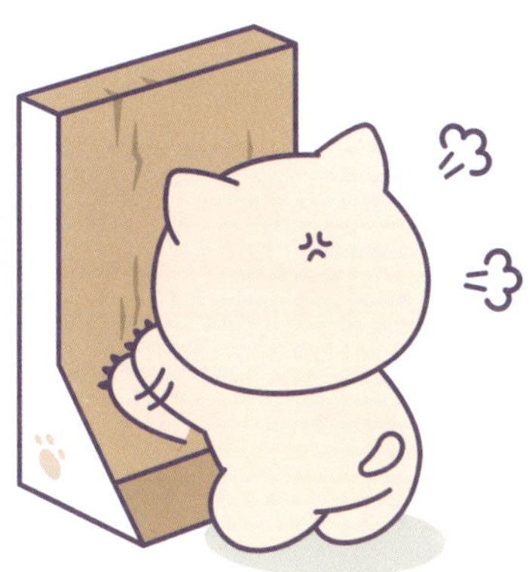

09 넘겨짚었나 봐

혼자 만든 걱정.

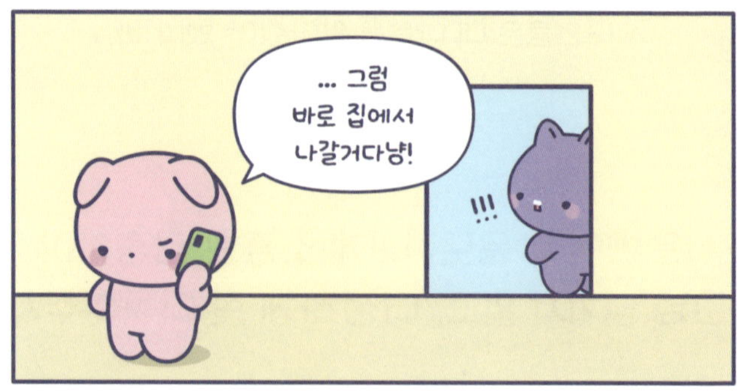

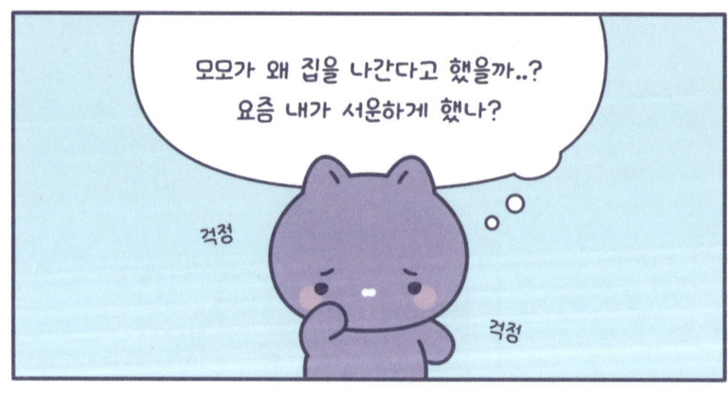

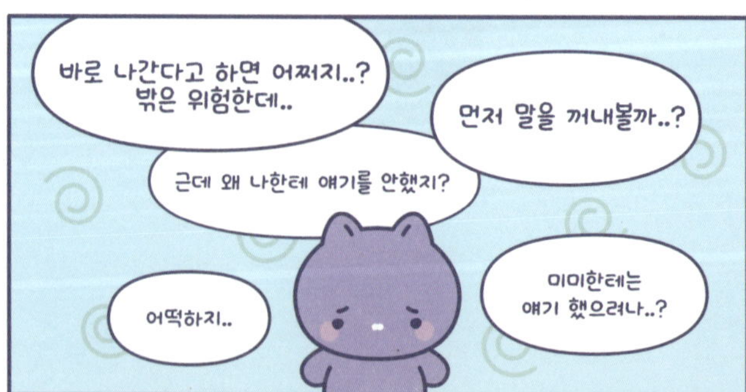

괜히 혼자 오해하고,
혼자 속상해하고, 혼자 걱정했었지.
근데 알고 보니 그런 의도가 아니더라.

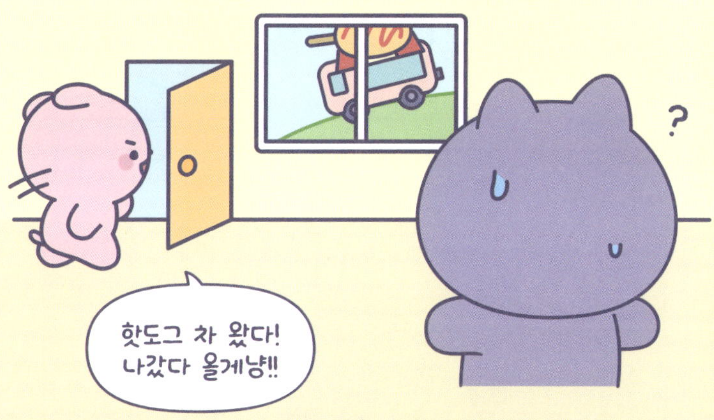

오해는 때로, 내 마음이 예민하다는 신호야.
괜찮아, 서로의 진심을 다시 바라보면 돼.

10 나를 위한 편지

마음을 전하는 건, 또 다른 언어가 돼.

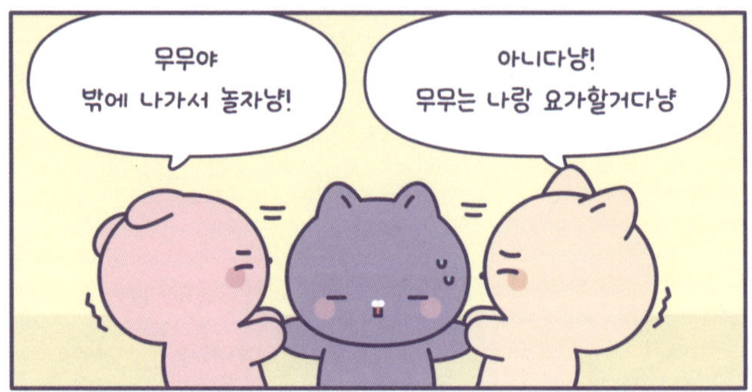

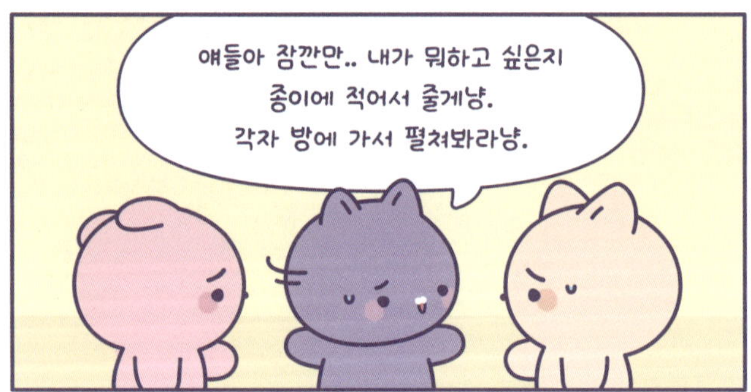

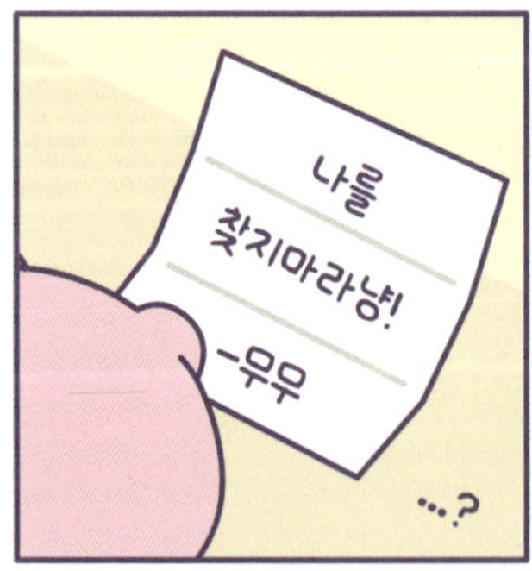

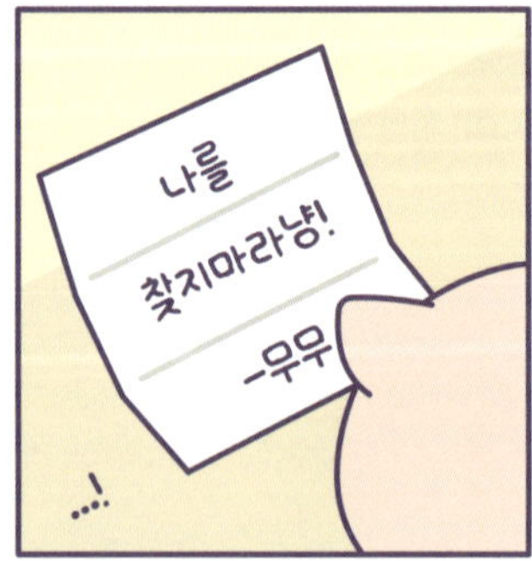

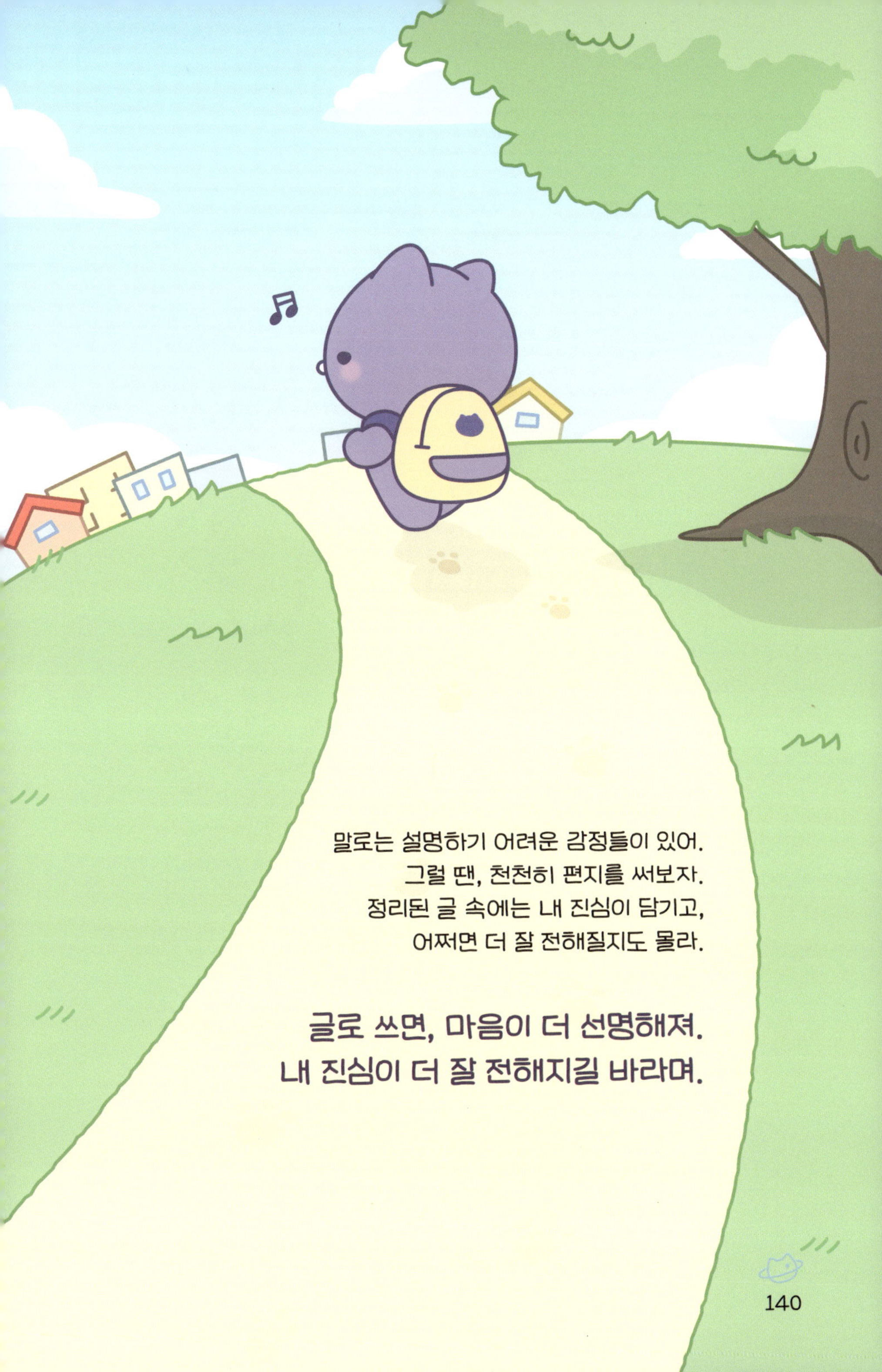
말로는 설명하기 어려운 감정들이 있어.
그럴 땐, 천천히 편지를 써보자.
정리된 글 속에는 내 진심이 담기고,
어쩌면 더 잘 전해질지도 몰라.

글로 쓰면, 마음이 더 선명해져.
내 진심이 더 잘 전해지길 바라며.

11 그래도 이해해보자

한 걸음 뒤에서 바라보는 마음.

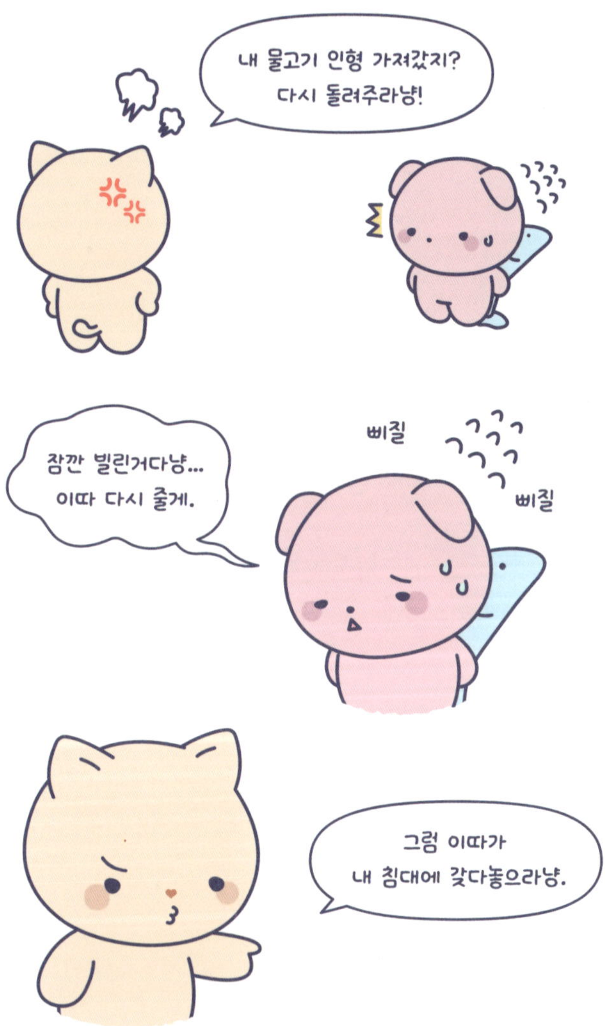

화가 날 땐, 눈앞이 캄캄해지지만
한 발 물러서면 보이는 게 있어.
그 사람이 왜 그랬는지 생각하다 보면,
풀릴 수 있는 작은 실마리가 생기기도 해.

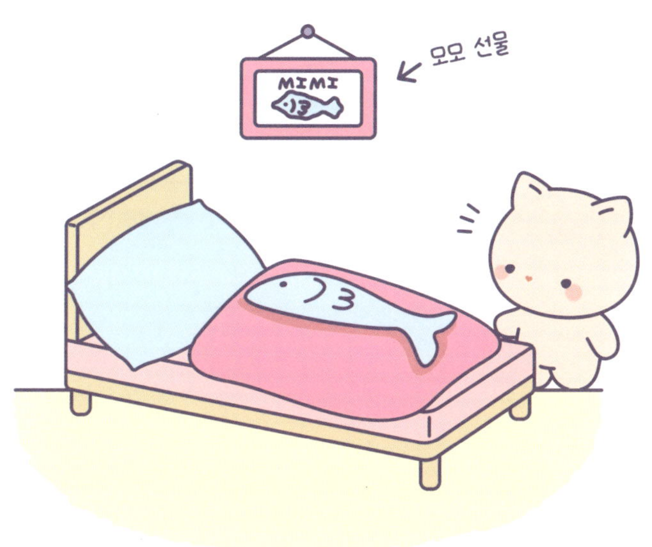

이해하려는 마음이, 갈등을 넘는 다리가 돼.
잠시 숨을 고르고, 천천히 바라보자.

12 누구나 실수할 수 있어

완벽하지 않아도 괜찮아.

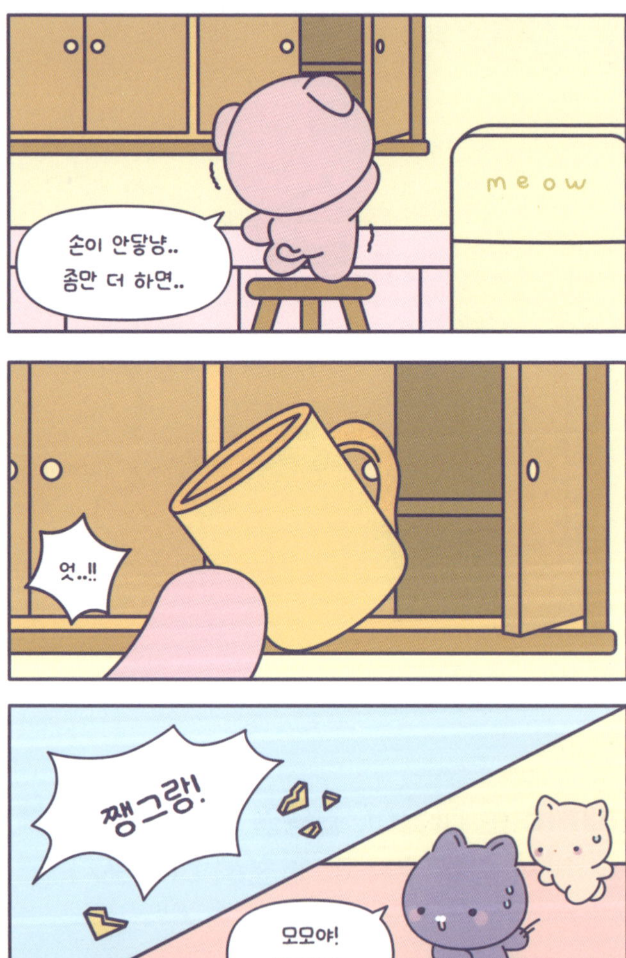

실수한 내 모습이 너무 창피했어.
하지만 돌이켜보면, 누구나 실수하며 배우더라.
그렇게 조금씩 자라는 거니까,
그 일로 나 자신을 너무 미워하지 말자.

실수는 별거 아니야.
다시 일어서는 용기가 더 소중해.

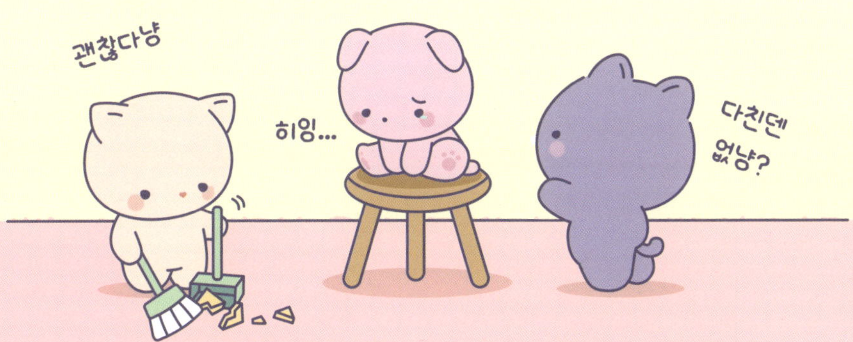

13 눈을 감고 생각해봐

내 안의 파도는, 내가 다독일수록 고요해져.

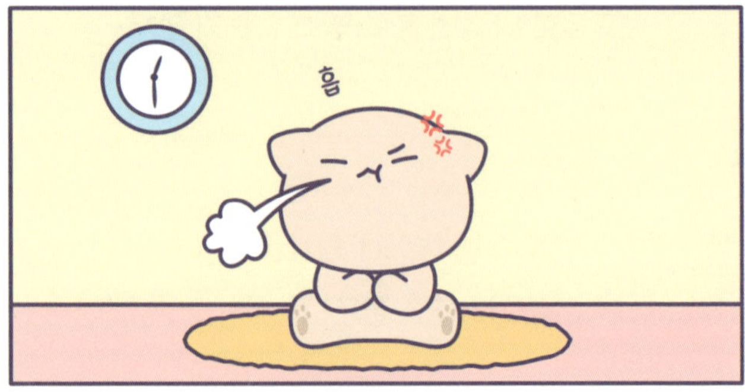

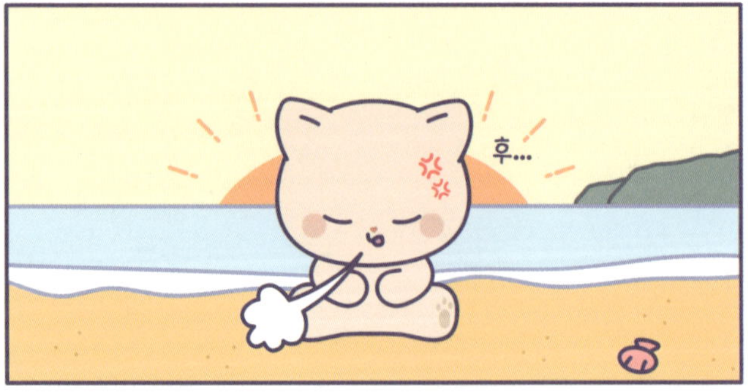

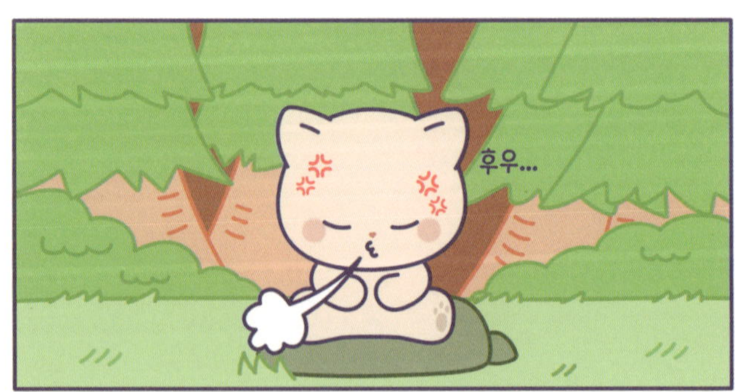

마음이 복잡할 땐, 그냥 눈을 감아봐.
그리고 숨을 크게, 천천히 쉬어봐.

머릿속이 조금씩 가라앉으면,
감정도 서서히 정리되기 시작하니까.

잠깐 멈추는 것도 괜찮아.
고요한 마음에서 해답이 피어날지도 몰라.

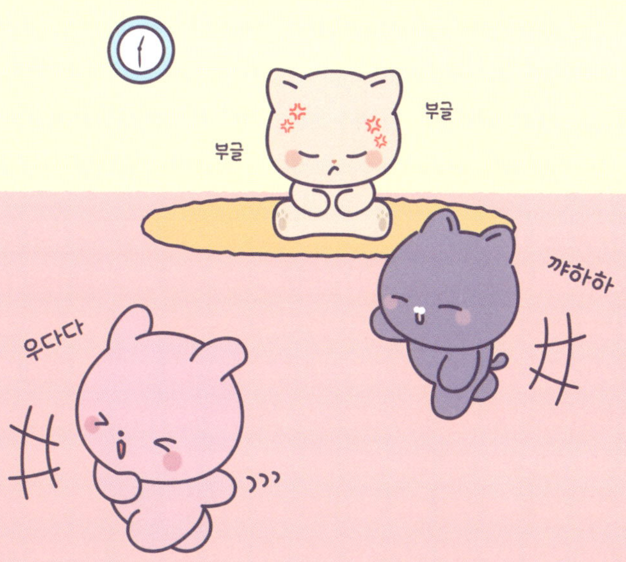

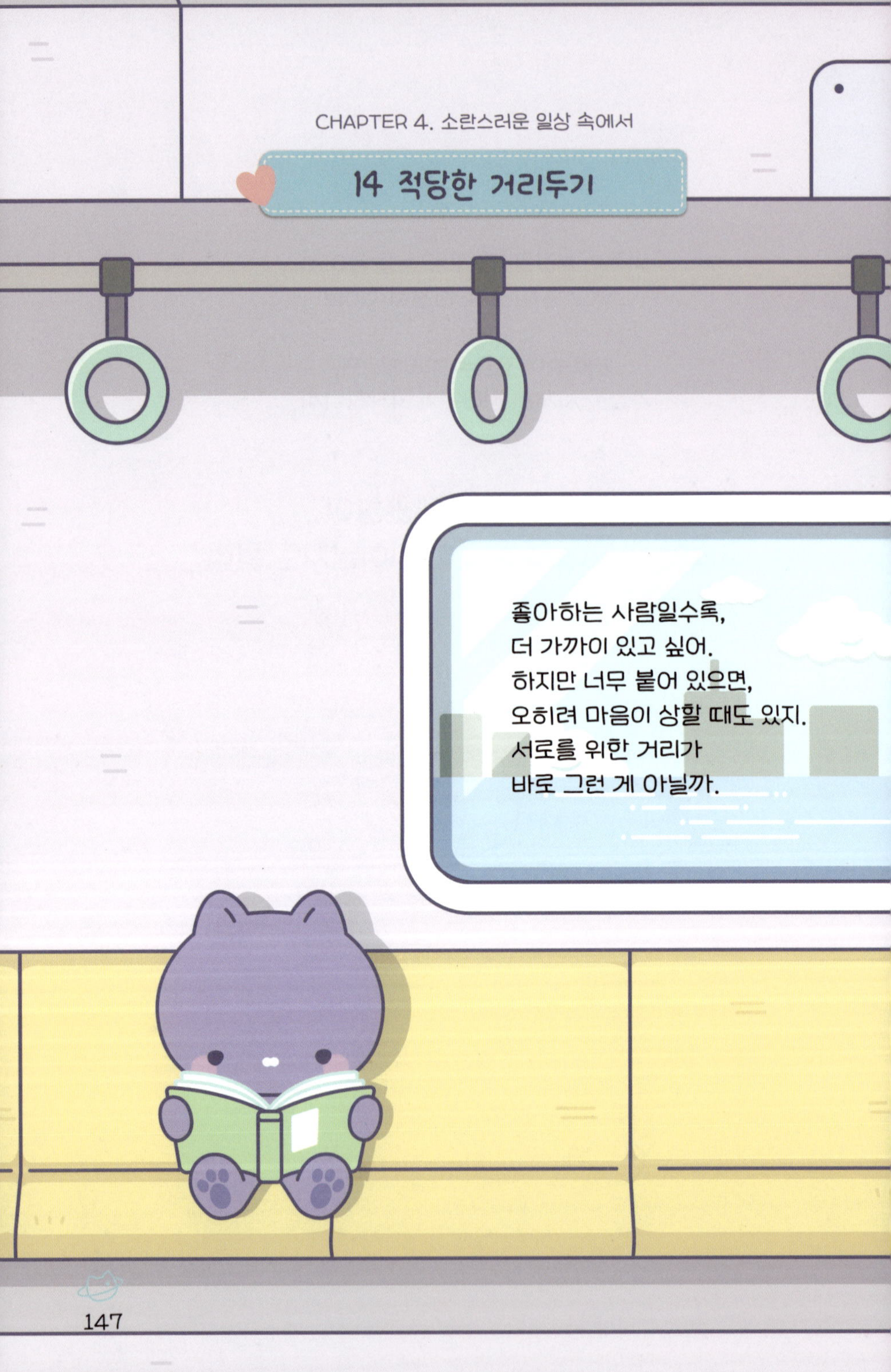

14 적당한 거리두기

좋아하는 사람일수록,
더 가까이 있고 싶어.
하지만 너무 붙어 있으면,
오히려 마음이 상할 때도 있지.
서로를 위한 거리가
바로 그런 게 아닐까.

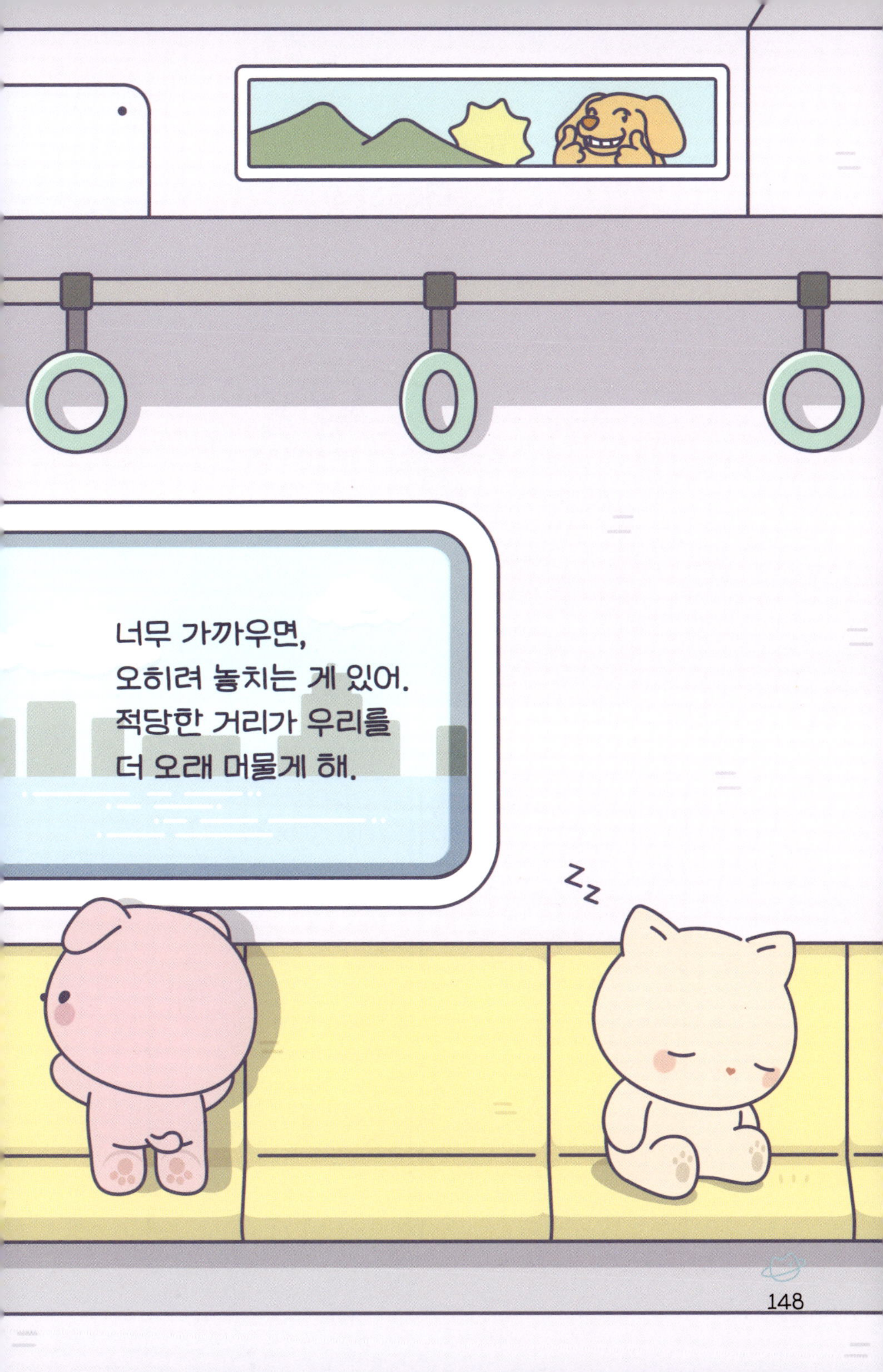

너무 가까우면,
오히려 놓치는 게 있어.
적당한 거리가 우리를
더 오래 머물게 해.

15 한마디의 힘

따뜻한 말 한마디가, 가장 큰 용기가 돼.

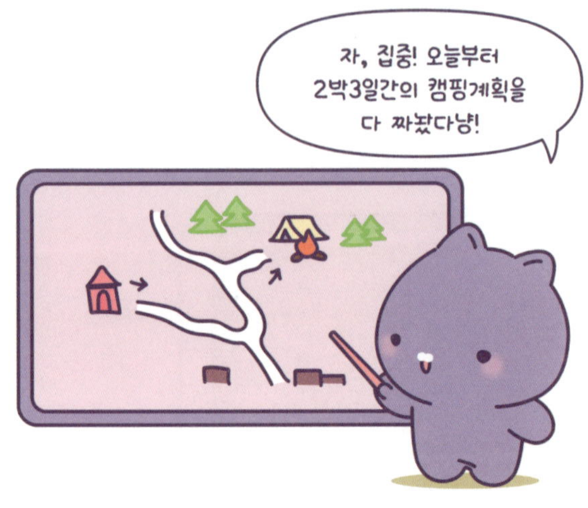

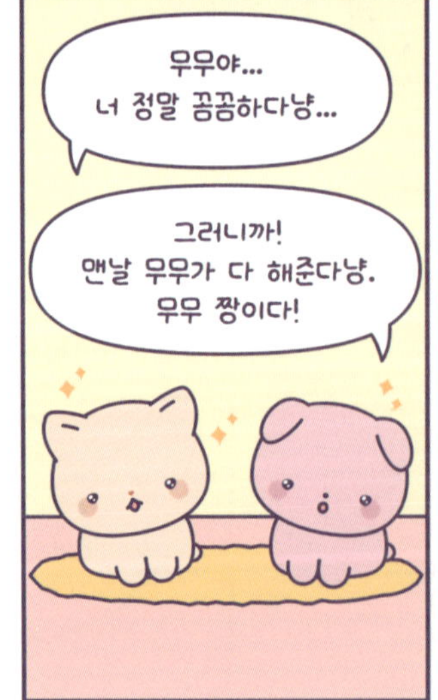

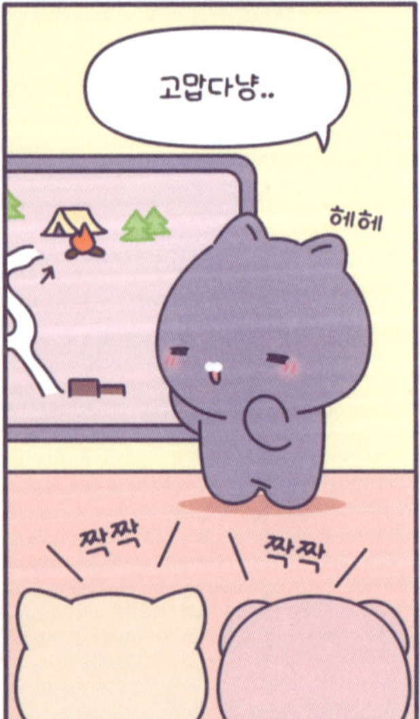

지칠 때, 누군가의 한마디가
날 붙잡아준 적이 있어.
나도 언젠가 누군가에게
그런 한마디를 건네는 사람이 되고 싶어.

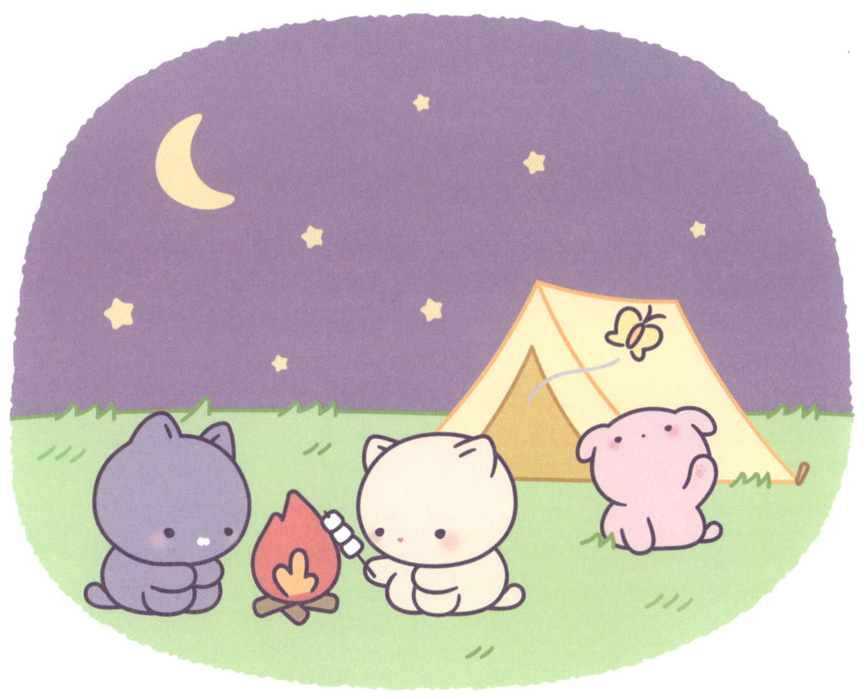

어떤 말은 마음속에 오래 남아 힘이 돼.
오늘은 나도 누군가에게 그런 말을 건네보자.

16 그래 기분이다

좋은 마음은, 돌아와 내 안을 더 따뜻하게 해.

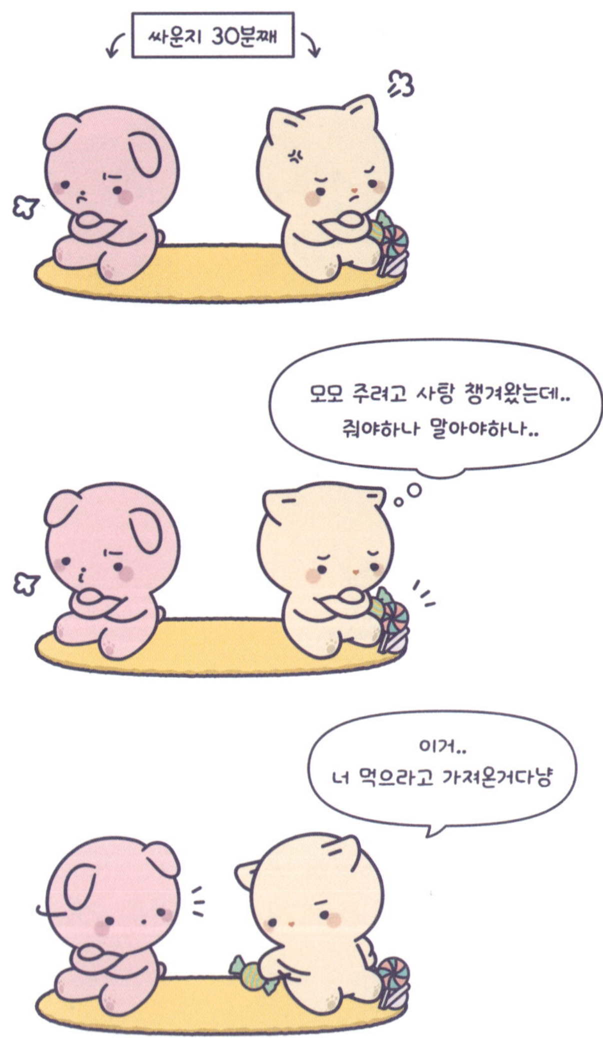

사이가 좋지 않았던 그 사람에게
조심스레 사탕 하나를 건넸어.
괜히 쪼잔한 사람 되고 싶지 않았는데,
왠지 내 마음이 먼저 가벼워졌어.

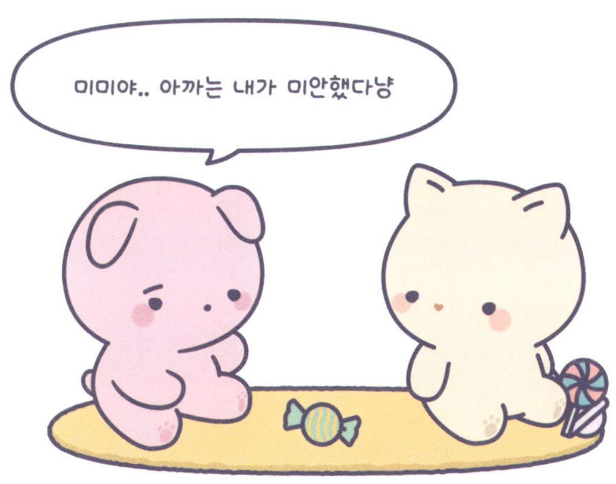

상처엔 굳이 상처로 답하지 않아도 돼.
내 기분을 지키는 게 더 소중하니까.

17 다를 수도 있어

불안한 생각은 생각일 뿐이야.

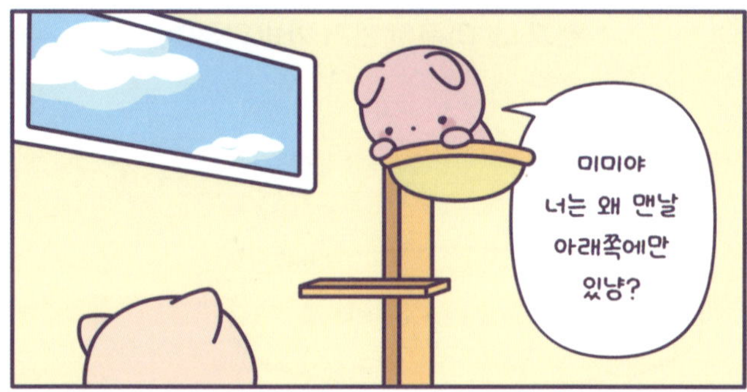

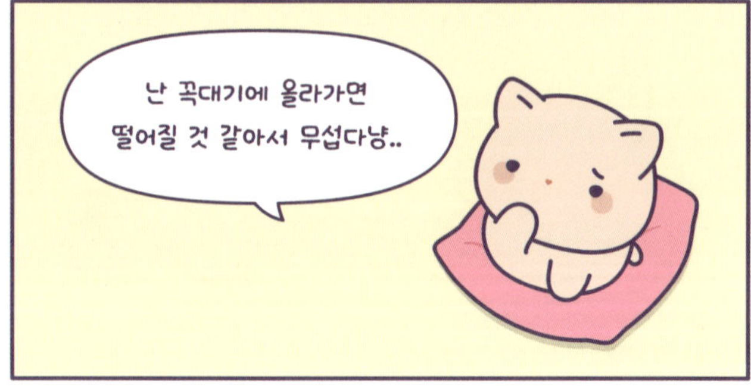

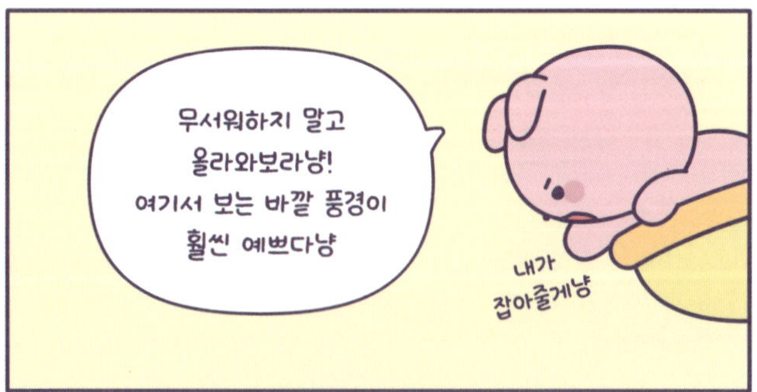

시작도 전에 실패부터 떠올리는 버릇이 있어.
근데 막상 해보면, 생각보다 괜찮을 때가 많더라.
두려움은 늘 크게만 보이지만,
너무 겁먹지 말고 먼저 한 걸음 움직여보자.

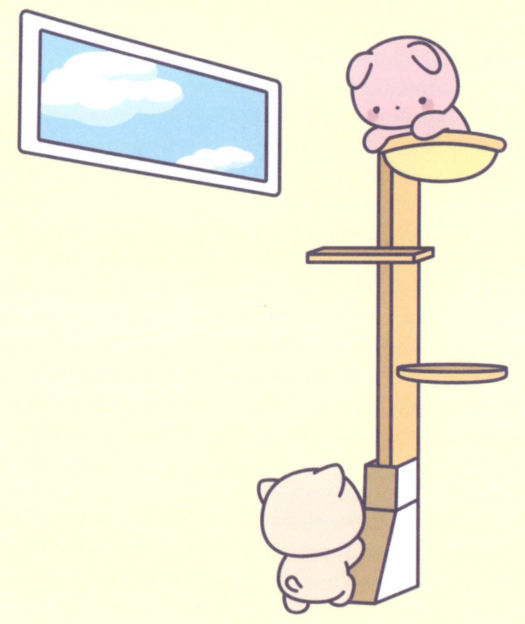

걱정은 늘 실제보다 앞서 있어.
부딪혀보면, 생각보다 별거 아닐 거야.

18 좋은 사람이고 싶었는데

나는 나에게도 좋은 사람일까?

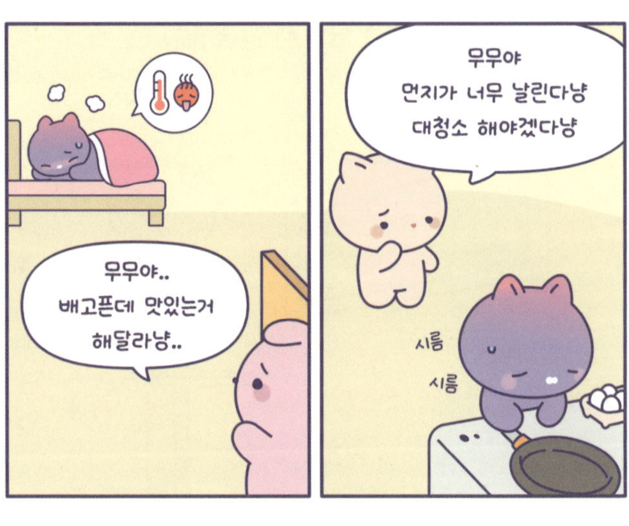

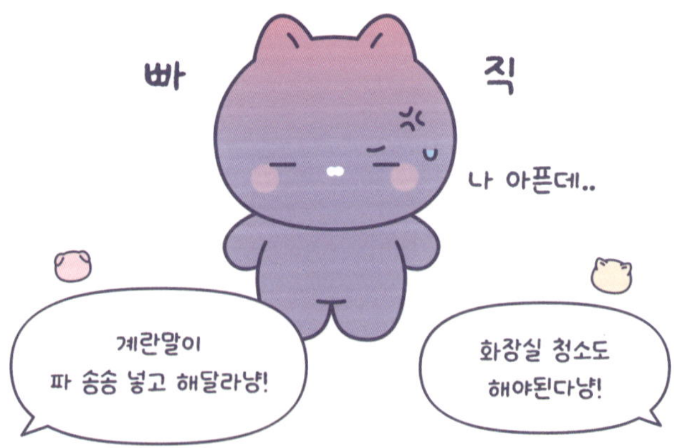

누군가에게 좋은 사람이 되려고
애쓰다 보니,
내 마음은 늘 뒷전이었던 것 같아.
이젠 나를 먼저 챙겨도 괜찮아.

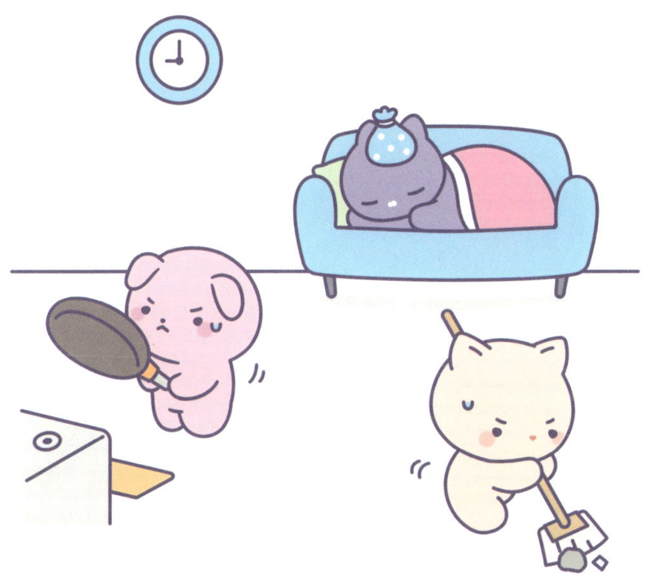

항상 좋은 사람일 필요는 없어.
모두에게 친절하느라, 나를 잊지는 말자.

19 손바닥 내밀기

함께하려면 모두의 노력이 필요해.

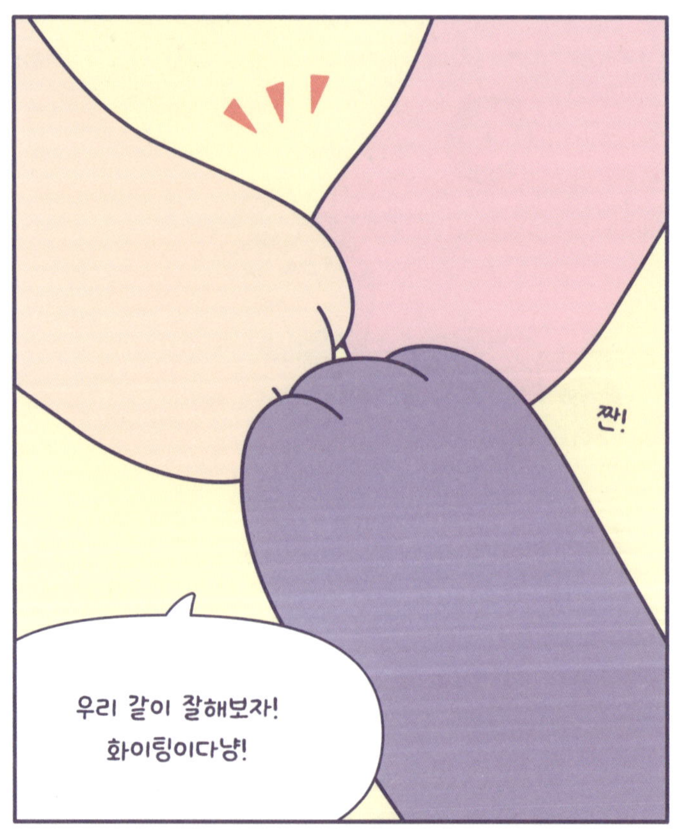

박수를 치려면 두 손이 마주쳐야 하듯,
어떤 관계든 한쪽의 노력만으로는 완성되지 않아.
서로의 마음이 닿을 수 있도록,
조금 더 다가가 보자.

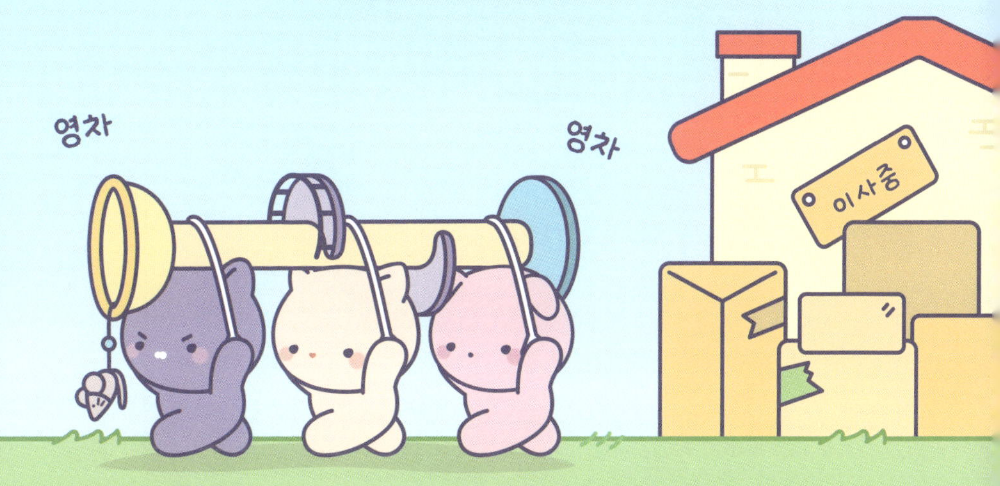

하나, 둘, 셋!

20 피할 수 없으면 즐기자

버텨야 한다면, 웃으며 버티자.

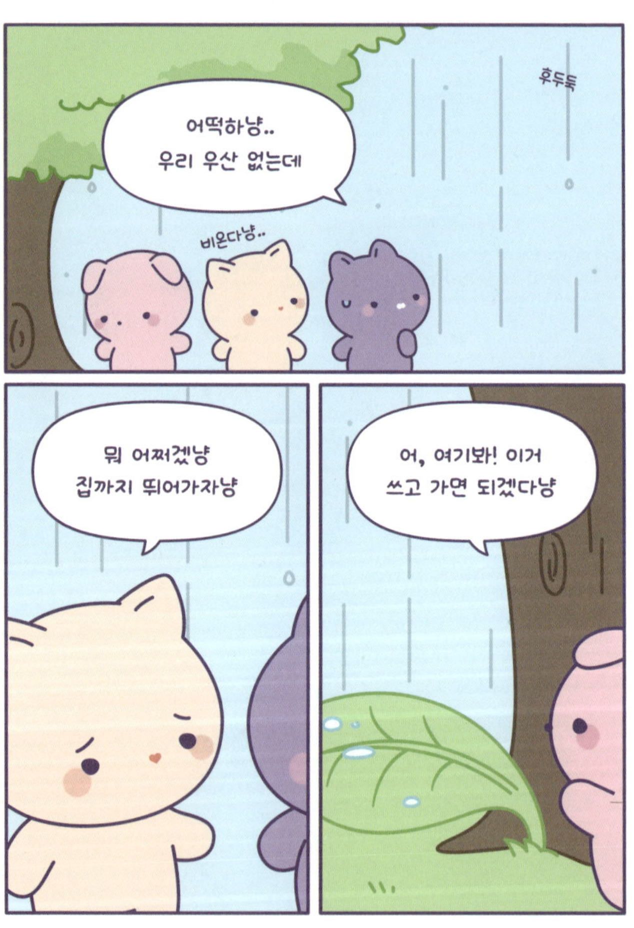

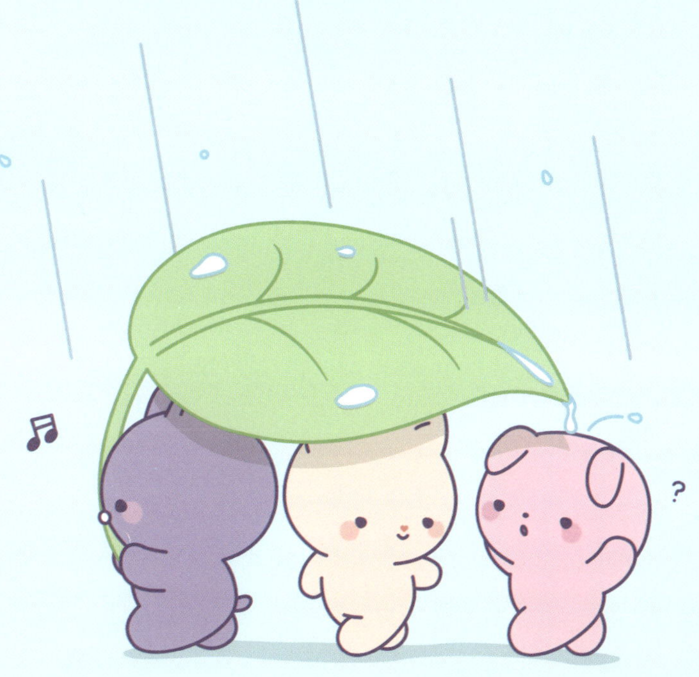

계속 피할 수 없는 일이 반복될 땐,
그 상황 속에서 나만의 여유를 찾아보자.
힘든 와중에도,
웃을 수 있는 순간이 있을지도 몰라.

어차피 해야 할 일이라면, 춤추듯 즐겨보자.
결과는 생각보다 괜찮을 거야.

마음을 글로 적어보는 건,
나에게 다정해지는 가장 쉬운 방법이에요.

My
Love,

With all my love,

Love Me

TO YOU, MY LOVE

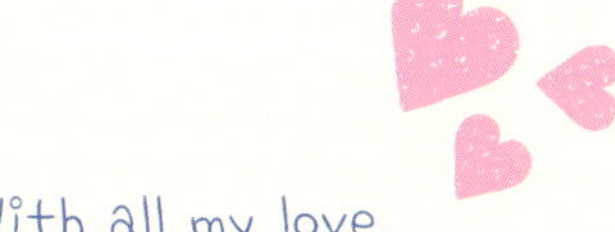

사랑하는 나에게,

오늘 이렇게 나에게 편지를 쓰면서, 참 대단하다는 생각이 들어.
작은 일에도 포기하지 않고 꾸준히 해내는 나의 모습이 참 자랑스러워.
가끔은 스스로를 부족하다고 느끼지만, 사실 나는 이미 많은 걸 잘 해내고 있어.

내가 보여준 용기와 노력은 누구보다 빛나.
힘든 순간에도 스스로를 일으켜 세우고,
웃음을 잃지 않으려는 나의 모습이 참 고마워.
덕분에 매일 조금씩 더 나은 내가 될 수 있는 것 같아.

앞으로도 내가 어떤 길을 걷든, 나는 늘 내 편이고, 나를 응원할 거야.
오늘의 너에게, 그리고 내일의 너에게도 진심으로 말해주고 싶어.

정말 잘하고 있어, 참 예쁘게 잘 살고 있어.
사랑해, 나의 소중한 나에게.

오늘도
나를 사랑해줘서 고마워

With all my love,

Love me

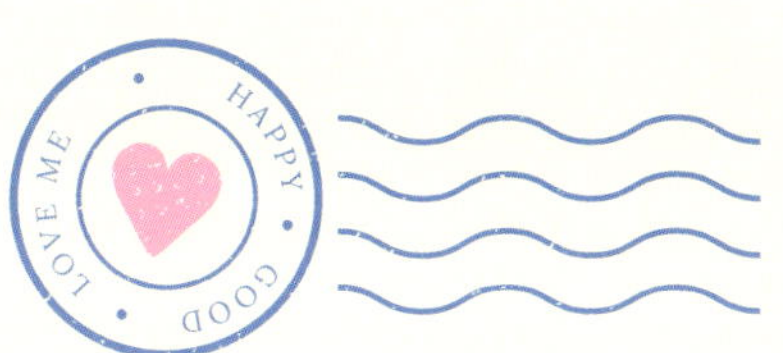

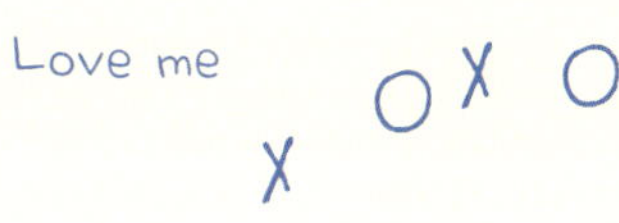

Bucket List

이뤄야만 하는 건 아니야.
그냥, 마음이 가는 것들을 하나씩 적어봐.
그걸로도 충분히 멋진 하루니까!

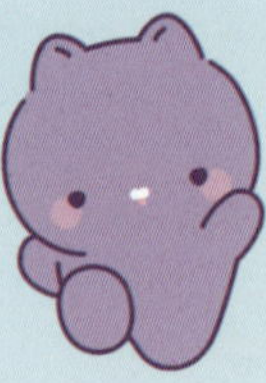

NEVER HAVE I EVER

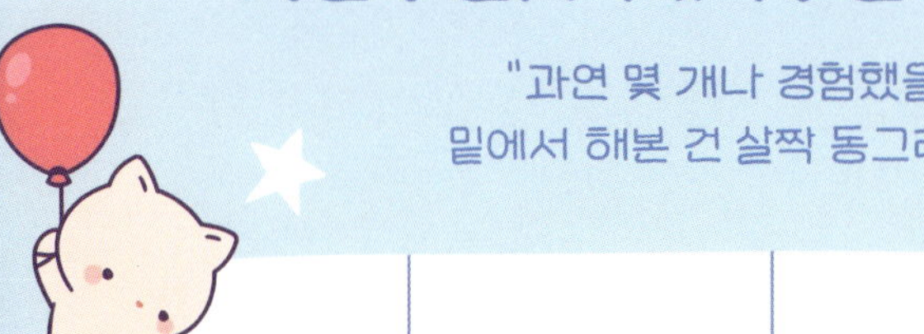

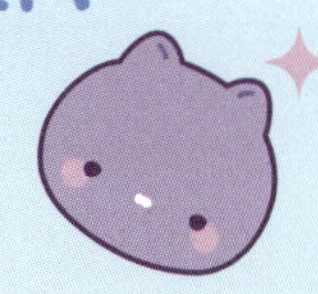

"과연 몇 개나 경험했을까?
밑에서 해본 건 살짝 동그라미 쳐봐

별 보면서 소원 빈 적 있다	양말을 짝짝이로 신어본 적 있다	혼자 케이크 한 판 다 먹어본 적 있다	비 오는 날 우산 없이 걸어본 적 있다
웃다가 음료 뿜은 적 있다	알람 꺼놓고 다시 잔 적 있다	사진 찍다가 나도 모르게 웃은 적 있다	잔디밭에 누워 하늘만 본 적 있다
친구한테 "잘 지내?" 먼저 연락해본 적 있다	혼자서 아이스크림 다 먹어본 적 있다	혼자 영화관에서 영화 관람해봤다	내가 좋아하는 향기를 맡고 기분 좋아진 적 있다
구름 모양 보고 상상의 동물 만들어봤다	첫 눈 오는 날 하얀 세상 위로 발자국 남겨봤다	지나가는 개미를 구경해본 적 있다	마음을 안정시켜주는 애착인형이 있다

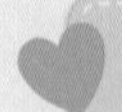

조금 더 다정하게, 나를 꼭 안아주는 연습

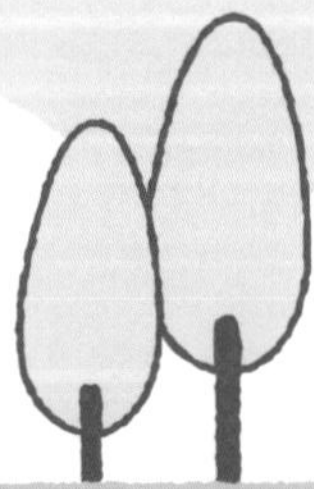

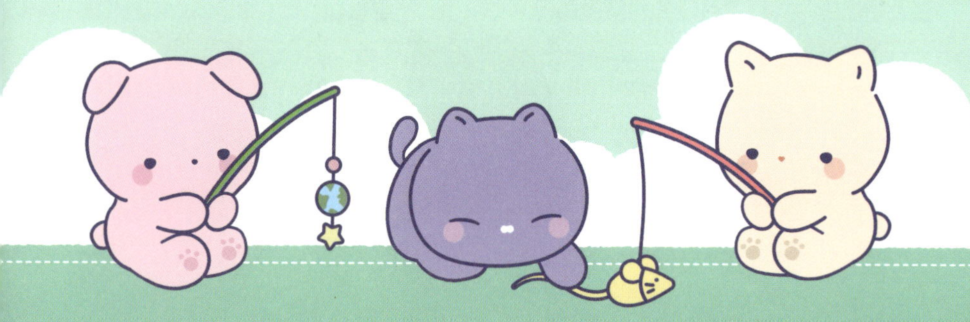

이 오늘도 잘 버텼어

오늘 하루, 나 스스로를 토닥여주고 싶었어.

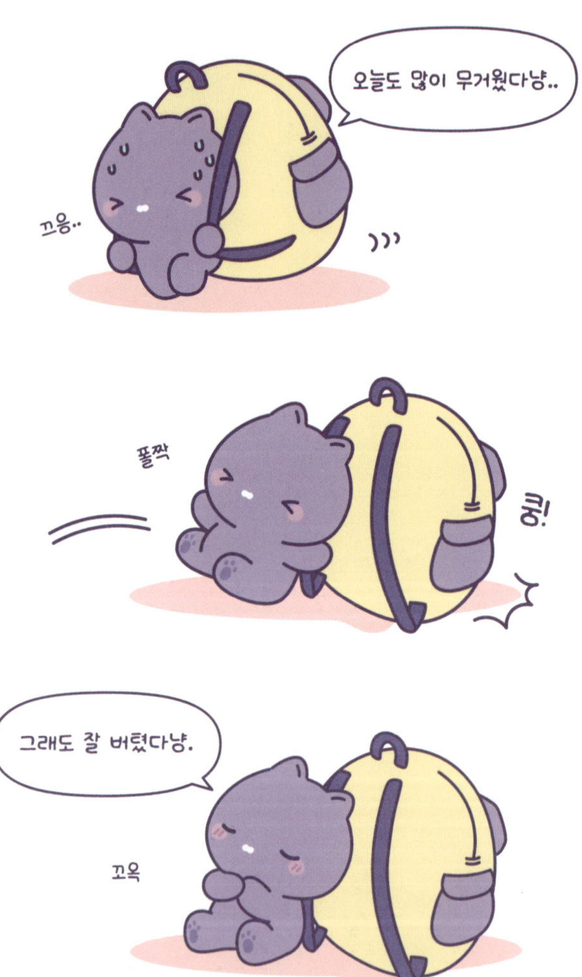

그 누구의 위로보다
가장 다정한 건 스스로를
안아주는 마음일지도 몰라.

오늘의 나를 꼭 안아줘.

**가장 오래 함께할 나에게
가장 먼저 다정해지기로 했어.**

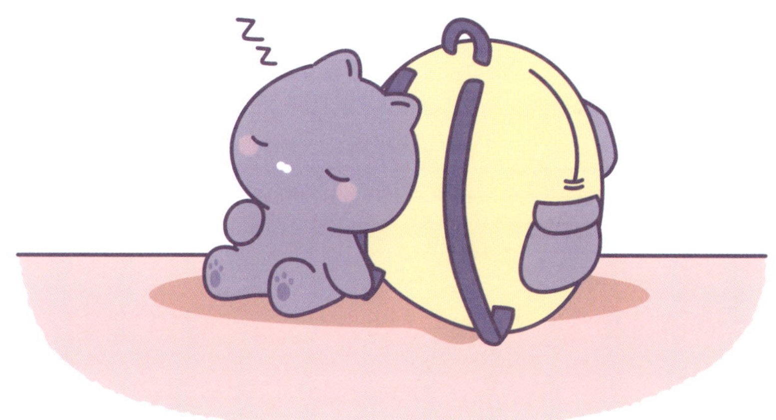

02 나도 참 괜찮은 사람

스스로를 칭찬할 수 있는 나, 그게 이미 괜찮은 사람이야.

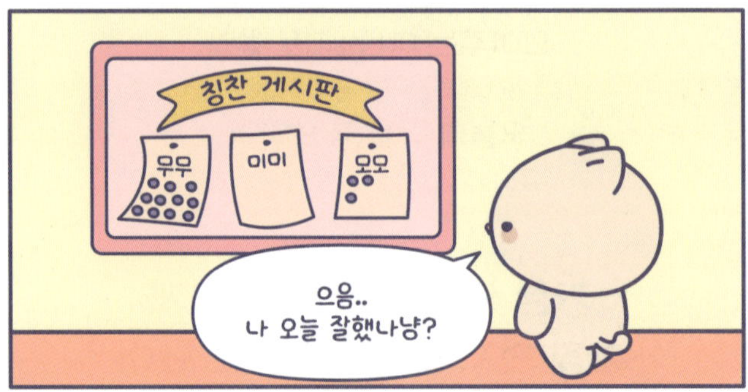

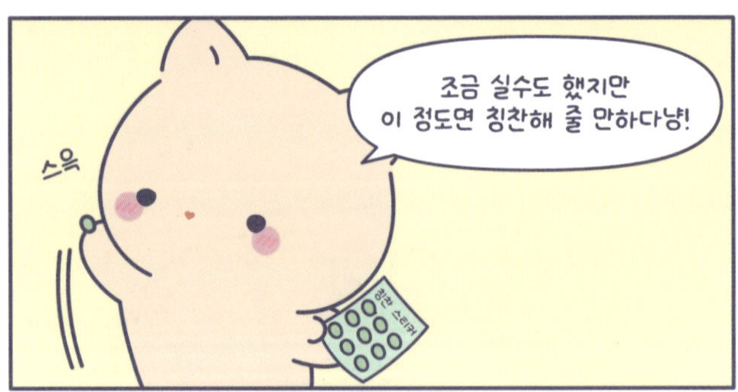

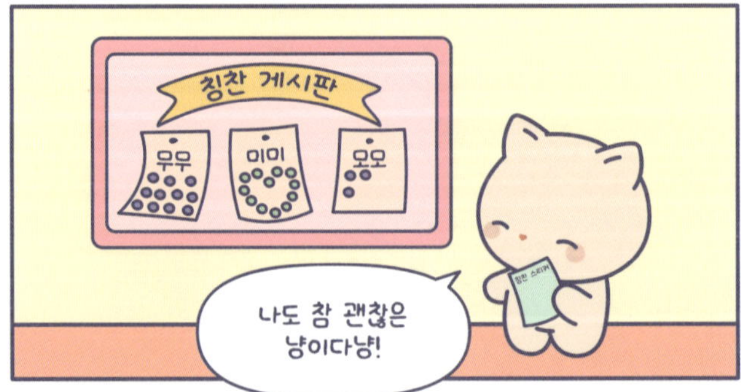

누구한테 잘했다는 말
못 들어도,

오늘의 나는 스스로 토닥여 줄 만큼
충분히 괜찮은 사람이었어.

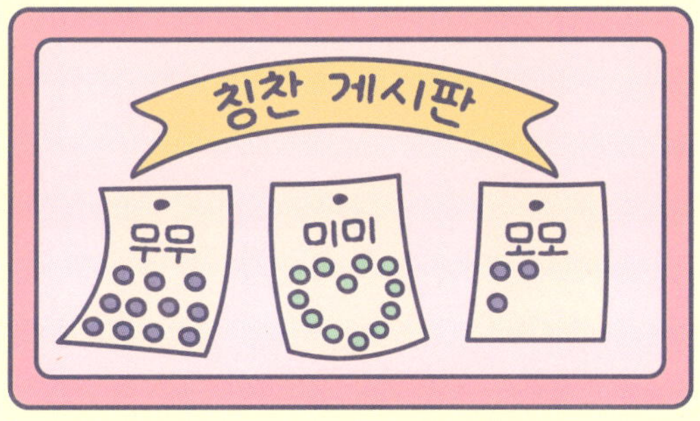

나를 칭찬하는 연습,
생각보다 큰 힘이 돼.

03 말없이 안아주는 마음

말 한마디 없이도,
마음이 안아지는 순간이 있어.

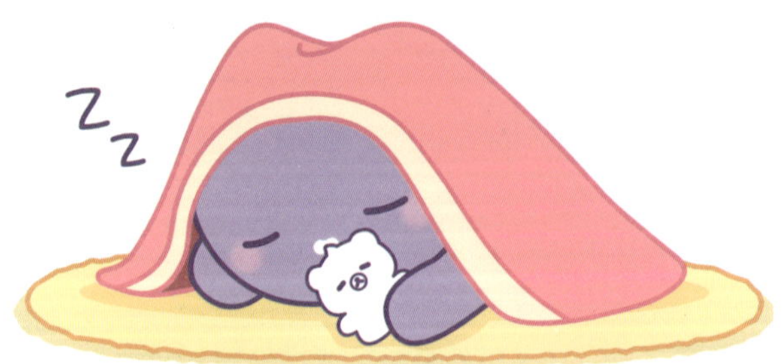

어떤 날은
그저 말없이 안아주는 존재가
모든 감정을 대신 품어줘.

그 조용한 품이 고마운 밤이야.

내 마음을 꺼내지 않아도
안아주는 순간이 있어.

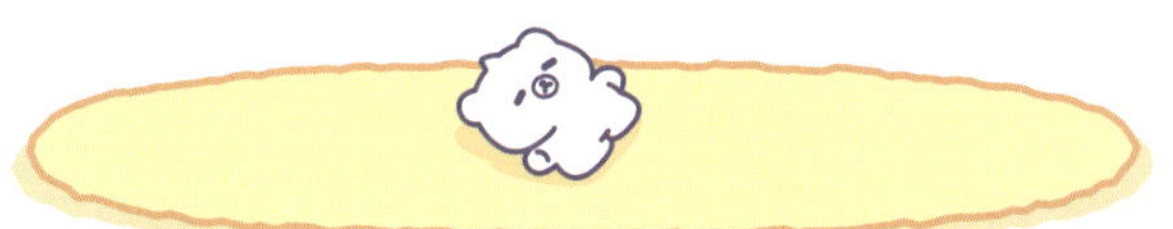

04 나를 이해해줘

남이 몰라도 돼, 내가 나를 알아주는 순간이 있으니까.

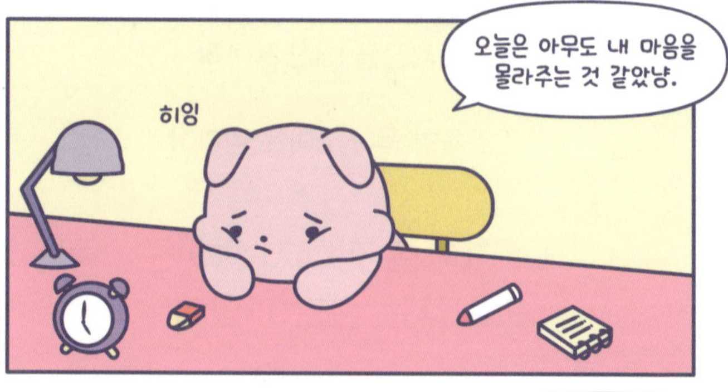

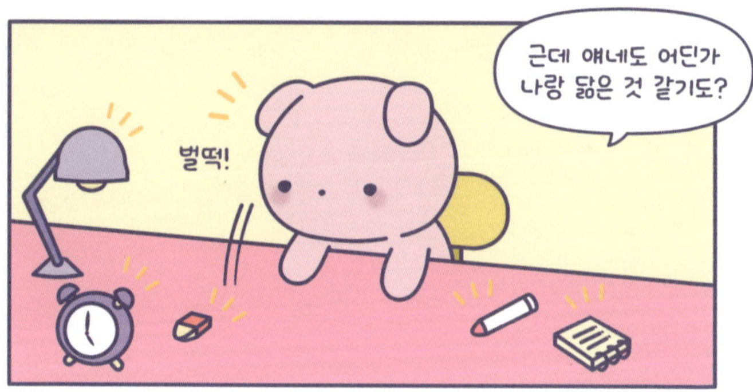

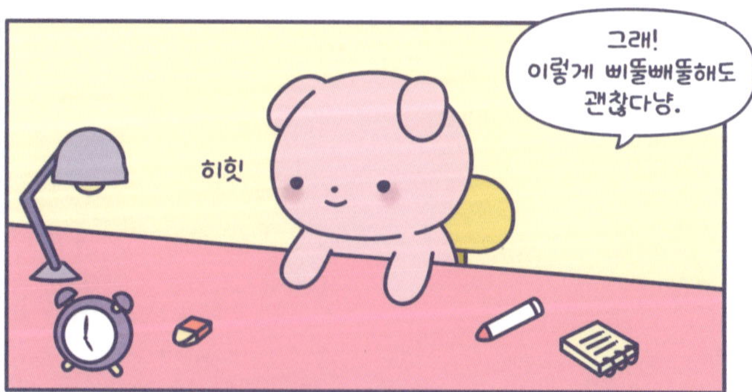

세상에 똑바로만 살아야 할 이유는 없어.
어설프고 모난 나를
귀엽다고 말해주는 마음,

그게 가장 깊은 이해일지도 몰라.

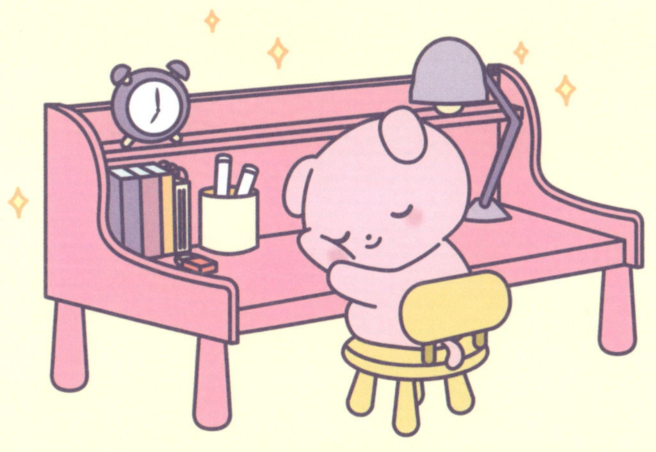

내가 나를 이해해 주면
마음이 조금씩 풀리기 시작해.

05 충분히 애썼어

충분히 애썼어, 그걸로도 괜찮아.

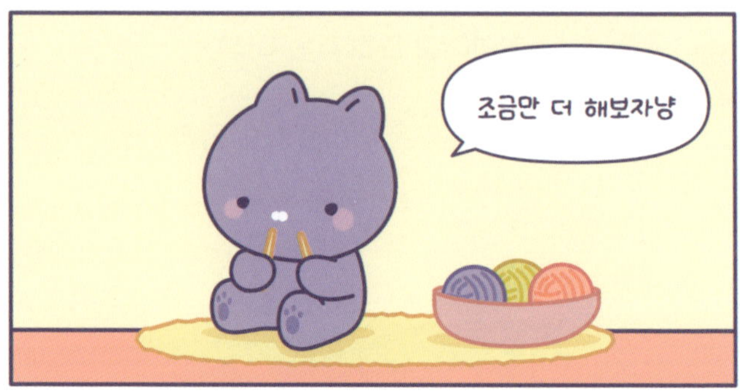

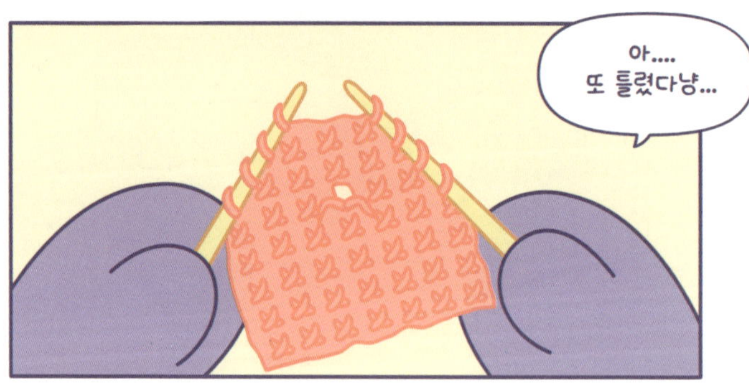

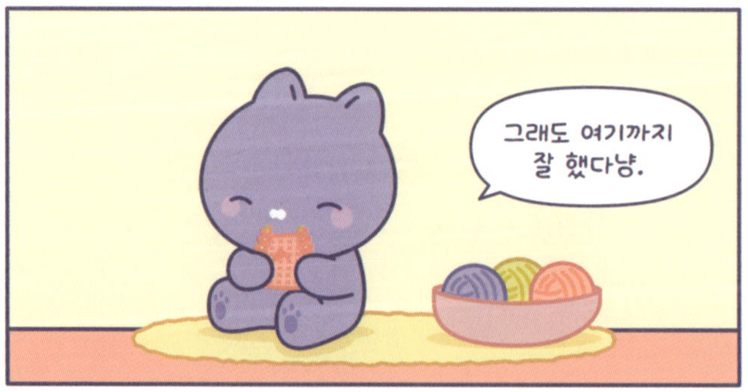

어설픈 모양일지라도
엉킨 실밥일지라도
애쓴 마음은 분명히 남아
다시 시작할 힘이 되어줘.

**완벽하지 않아도
애쓴 그 마음이 충분해.**

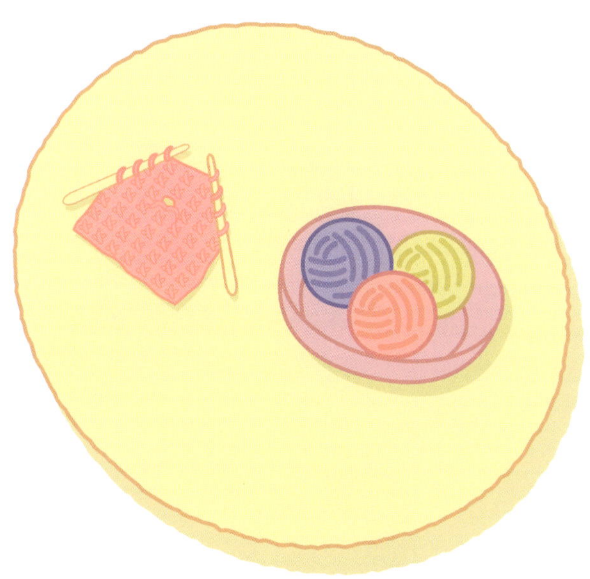

06 이만하면 잘한 거야

서툴러도 괜찮아, 애쓴 마음은 분명히 예뻐.

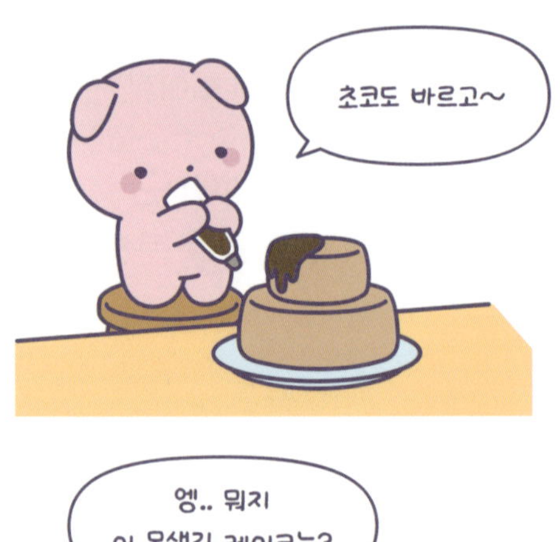

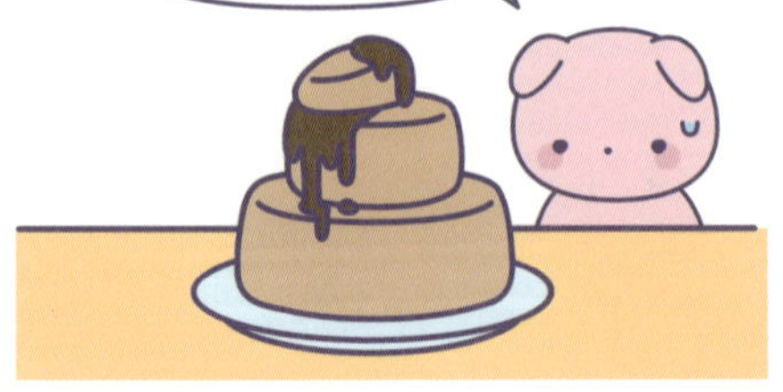

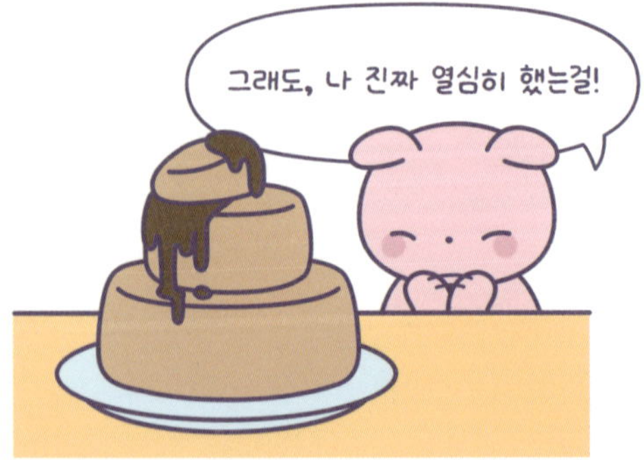

완벽한 모양이 아니어도
엉망진창일지라도
최선을 다한 마음은
그 자체로 박수받아야 해.

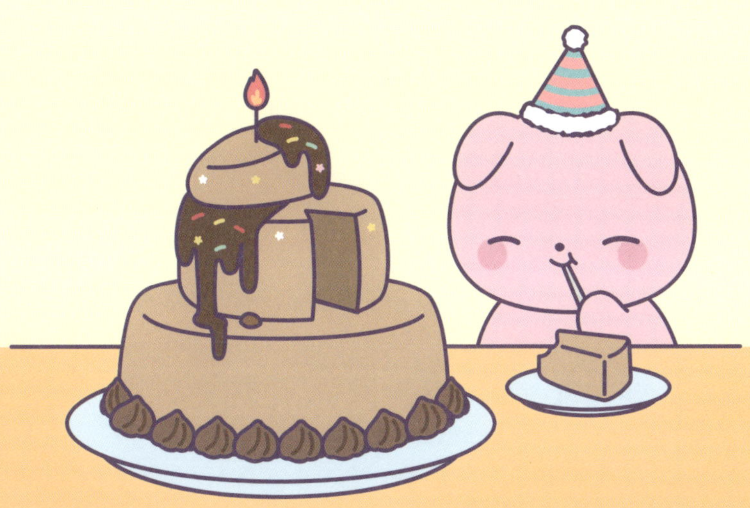

잘했어, 서툴러도
그 마음이 예쁘니까

07 조금만 더 내 편

가끔은,
나 대신 "하나, 둘, 셋, 넷!" 해 주는 누군가가 필요해.

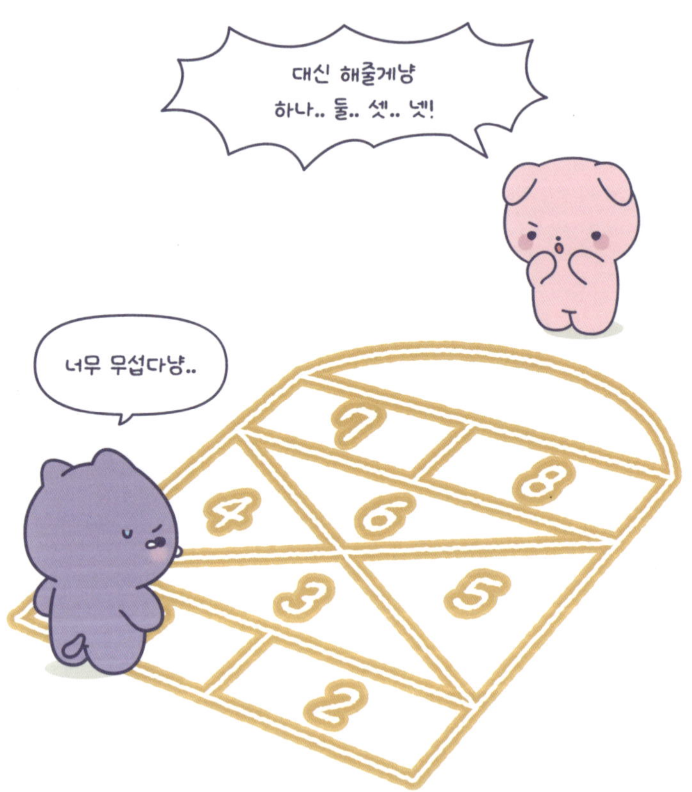

내가 멈춰 버린 순간
누군가가 조용히
내 편이 되어 주는 일은
생각보다 큰 위로가 돼.

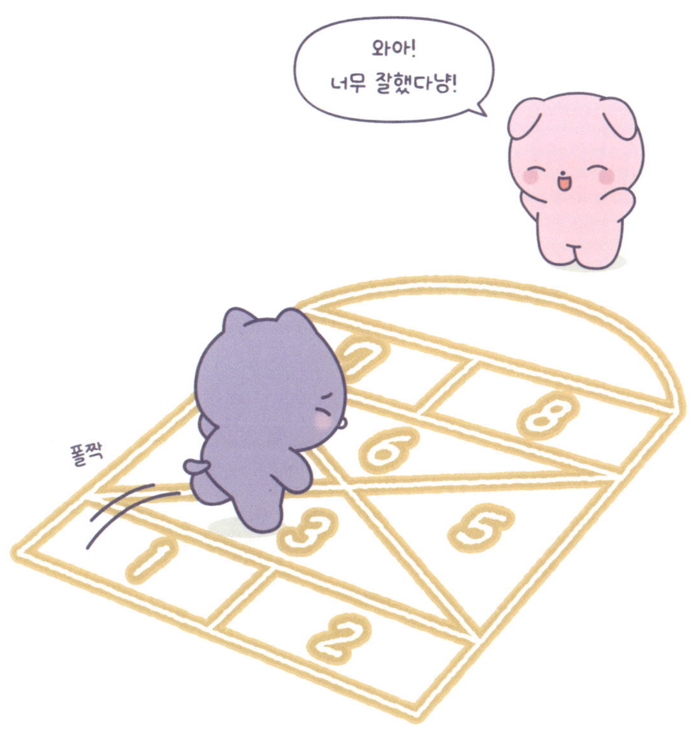

너무 힘들 땐 조금만 더, 내 편이 되어 줘.

08 기특해, 오늘의 나

오늘의 나는, 정말 기특해.

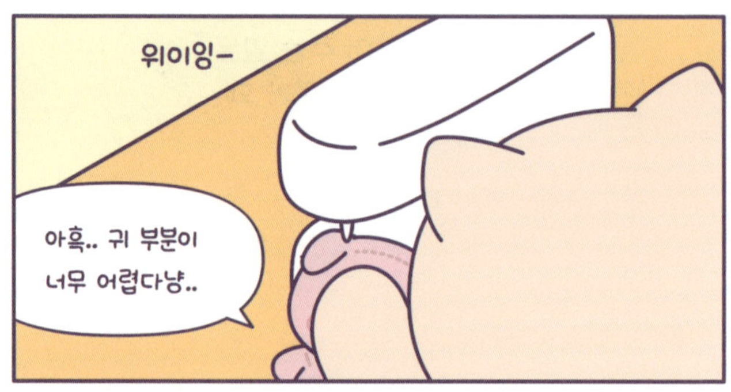

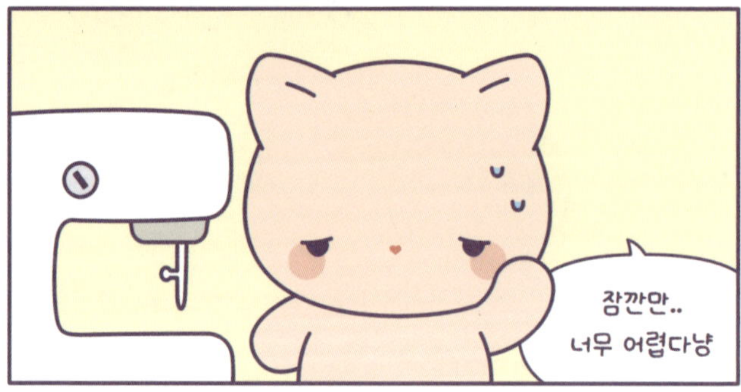

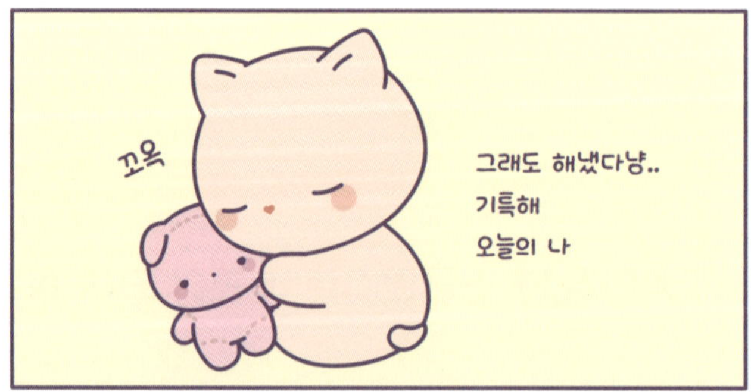

서툰 손으로라도
끝까지 해낸 오늘의 나에게

그 어떤 칭찬보다
진심 어린 쓰다듬음을 건네고 싶어.

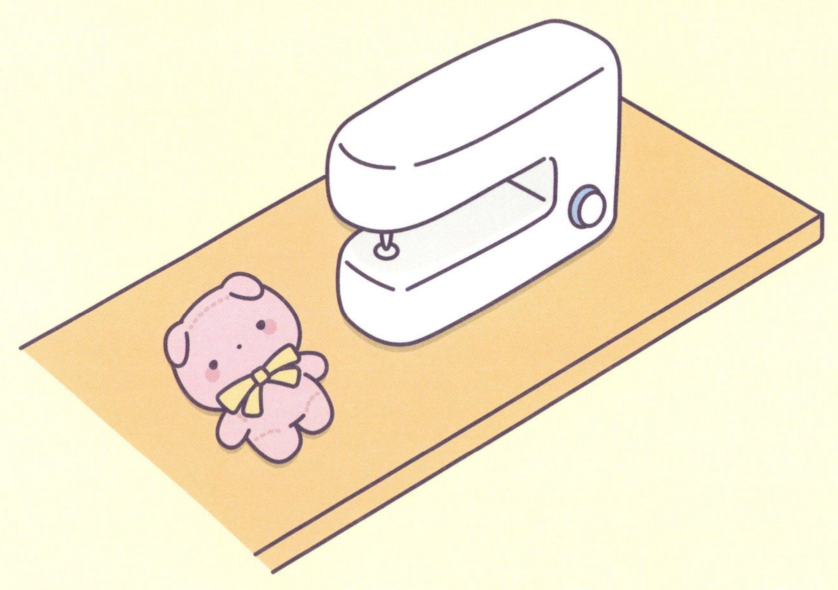

참 기특해,
오늘 하루 진짜 잘 살아낸 나.

09 고맙다는 말은 나에게

아무도 몰라도, 나는 내가 얼마나 애썼는지 알아.

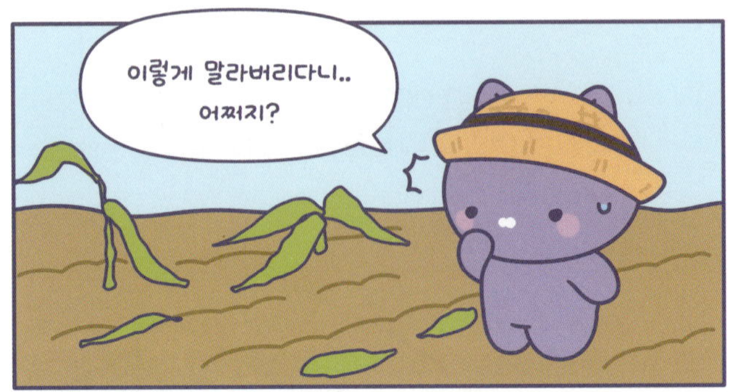

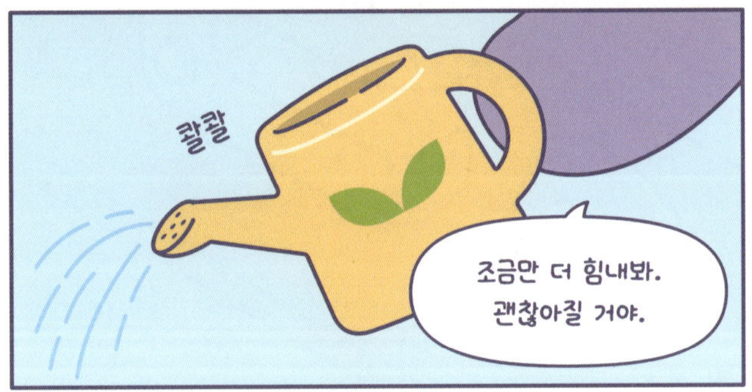

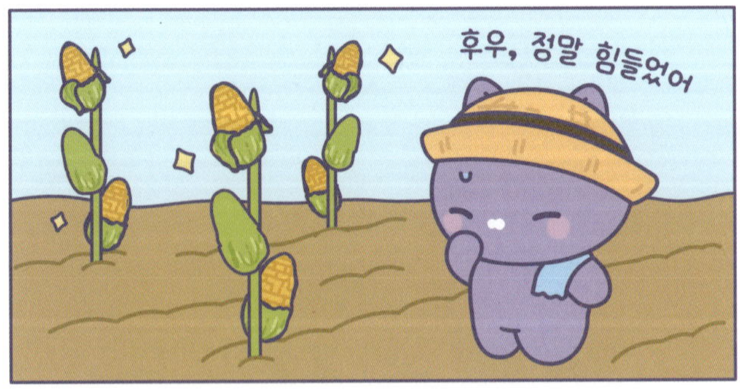

조용히 물 주고
말없이 돌본 시간들,

결국 나만 알고 있던 애씀은
누군가의 기쁨이 되어 돌아왔어.

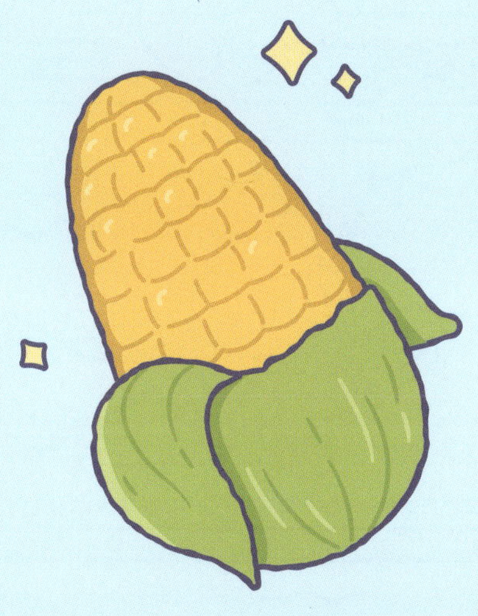

수고했어, 나.
정말 잘해냈어.

10 나를 좋아해주기로 했어

나를 사랑하는 게 조금은 서툰 것 같아.

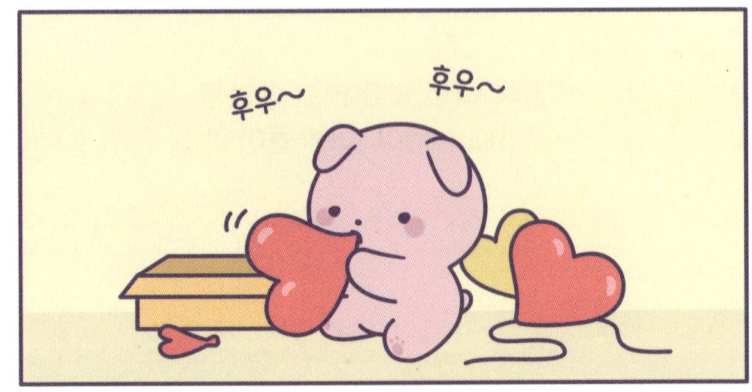

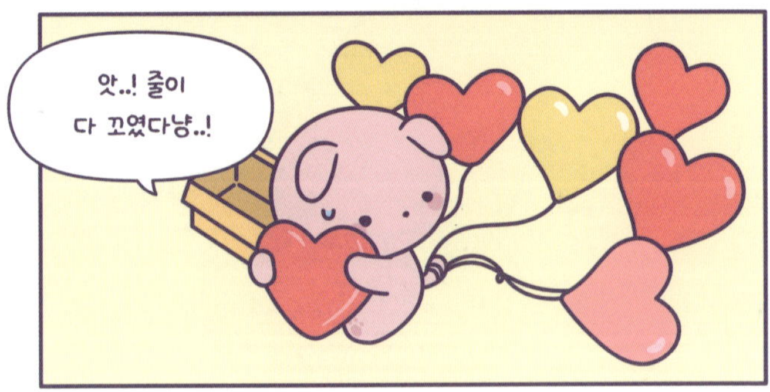

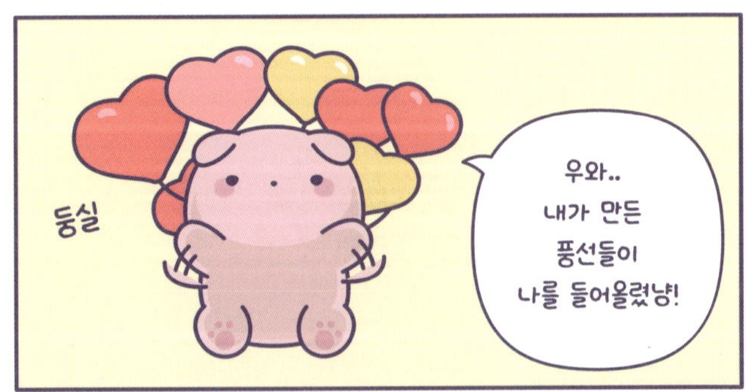

내게 사랑을 준다는 건
아직은 좀 어색하지만

그래도 괜찮아
내 마음이 빵빵해질 때까지
조금씩 연습하면 돼.

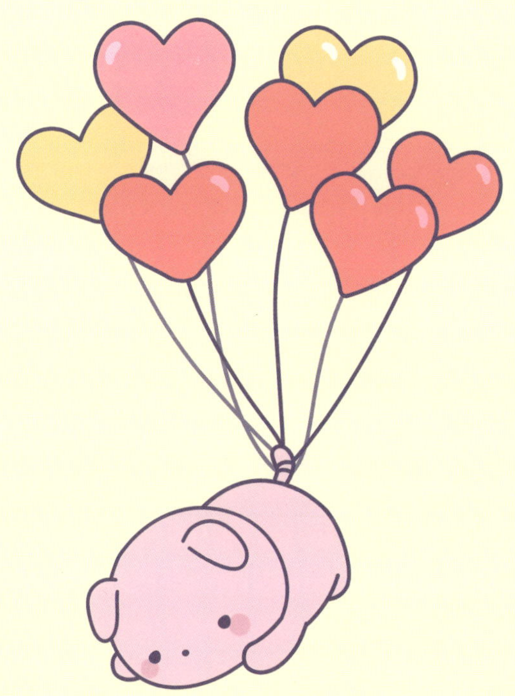

이제는 나를 좋아해주기로 했으니까.

11 수고했어, 진심으로

말 대신 쉼으로,
나를 가장 깊이 안아주는 순간.

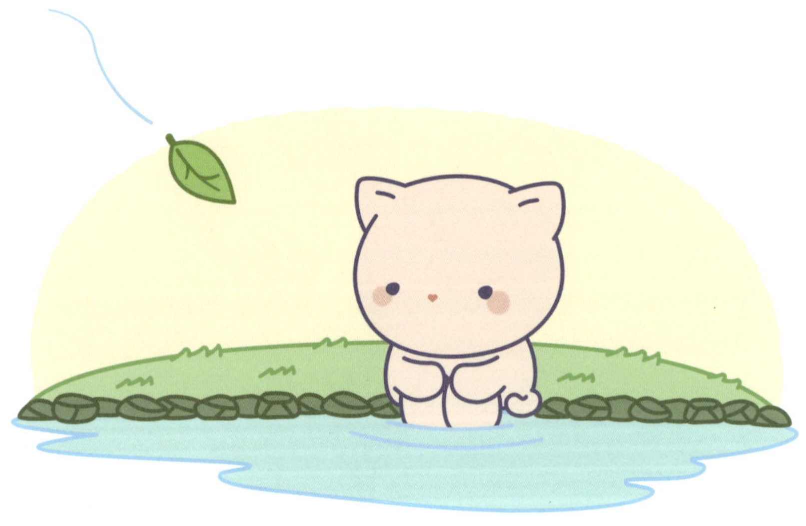

어떤 위로도 지금의 나만큼
나를 깊이 안아 줄 순 없다는 걸
오늘 비로소 알게 되었어.

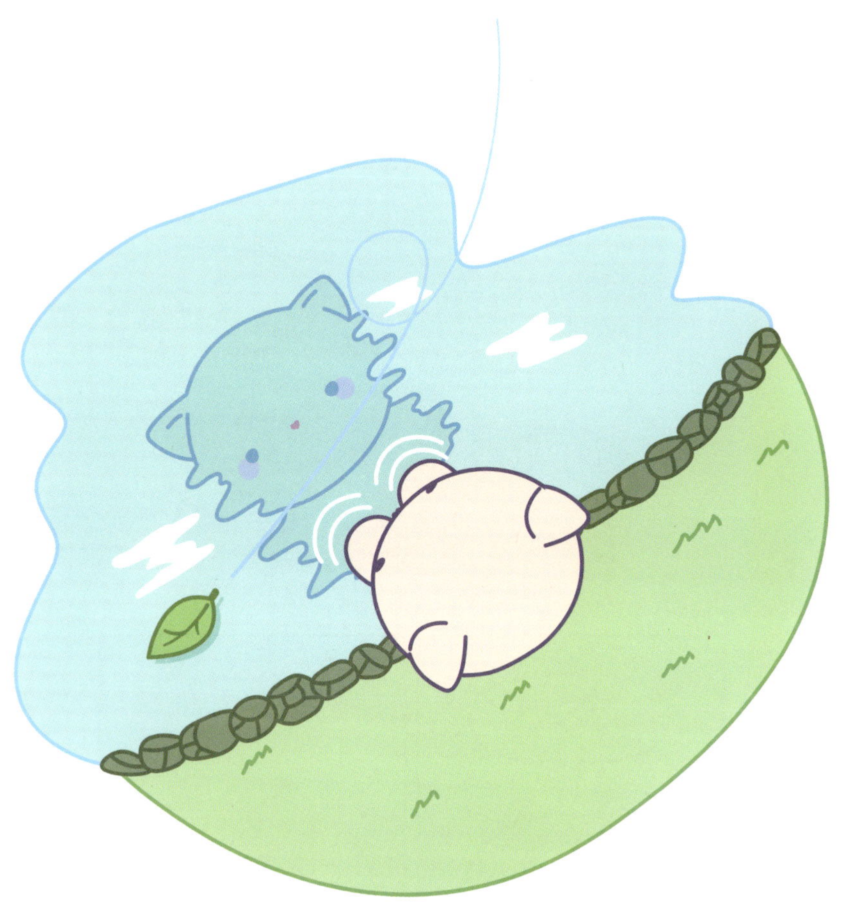

고마워, 오늘의 나.

12 내가 나를 지켜줄게

넘어졌던 나를, 내가 다시 일으켜.

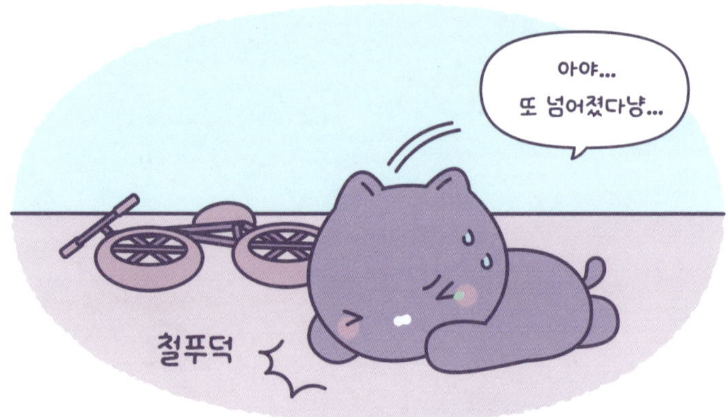

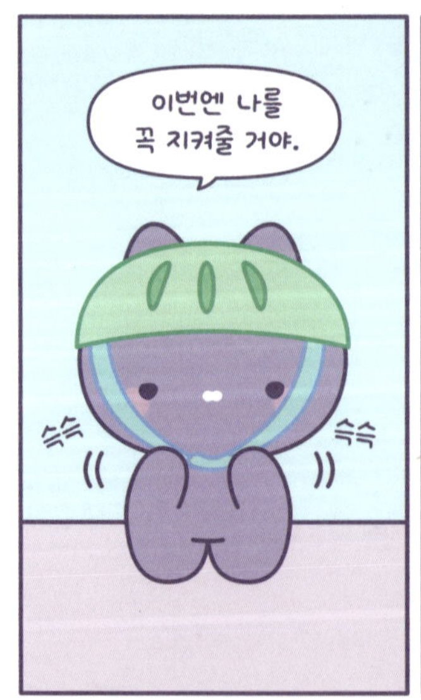

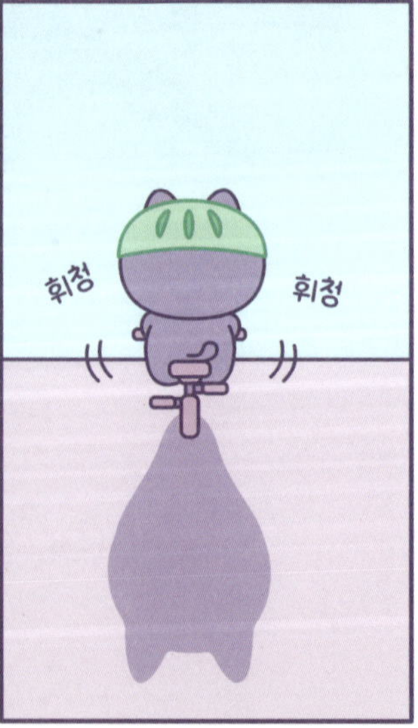

다치고 나서야 알았어.
내 몸 하나 돌보는 게
생각보다 훨씬
소중하고 따뜻한 일이란 걸.

이제는 내가
나를 지켜 줄 거야.

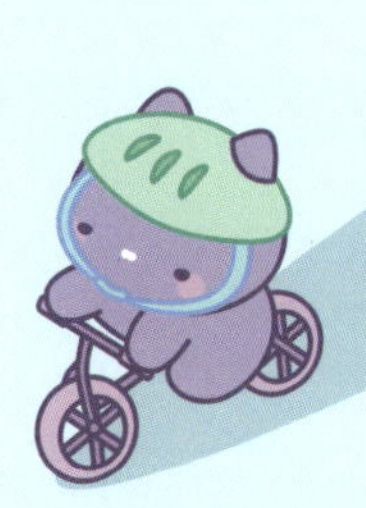

13 마음은 결국 나를 따라와

마음은 항상 조금 늦지만, 결국 나를 따라와.

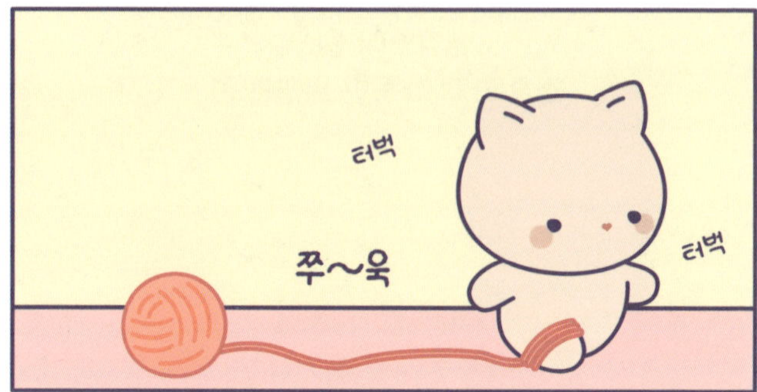

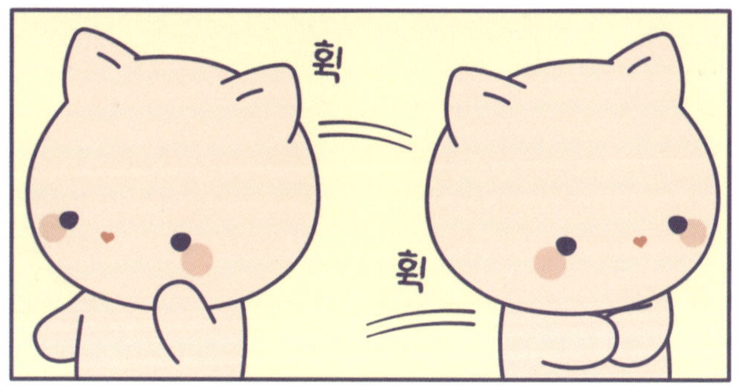

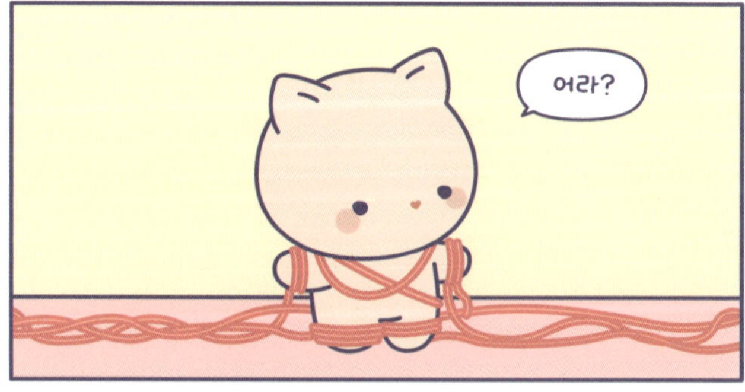

헤매던 발끝을 따라
조금씩 걸어온 마음은
내가 멈춘 자리 위에
살며시 내려앉았어.

내 마음이 느려도
곁에서 기다려 주는 내가 있어 괜찮아.

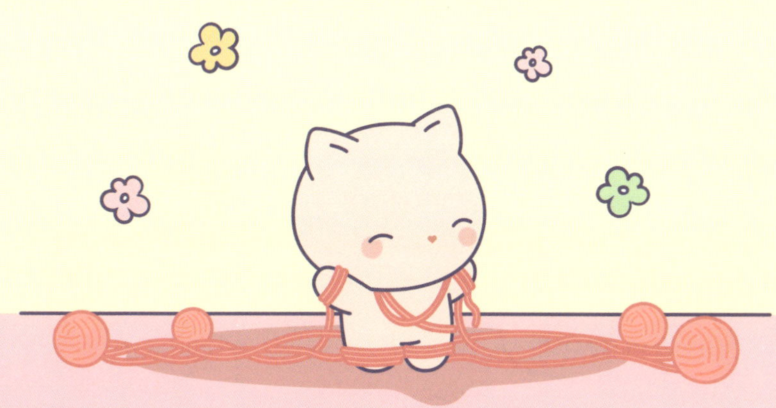

14 비교하지 않기로

다르다는 건 서로를 따뜻하게 채워 주는 거야.

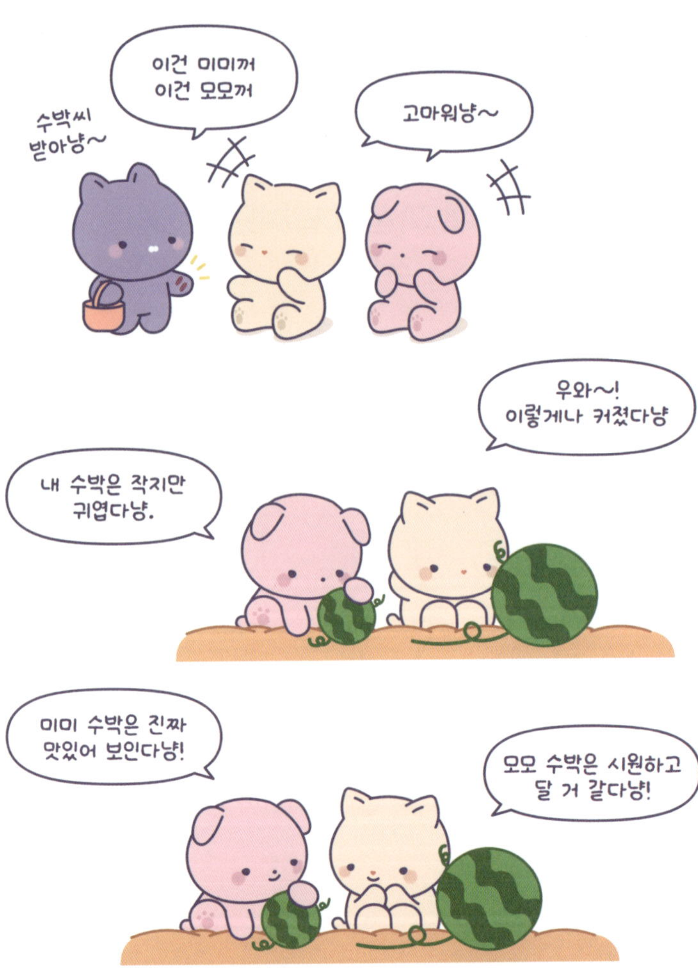

똑같이 키워도
열매는 서로 달랐지만
그 다름이 우리를 더 웃게 했고
비교할 수 없는 소중함이 되었어.

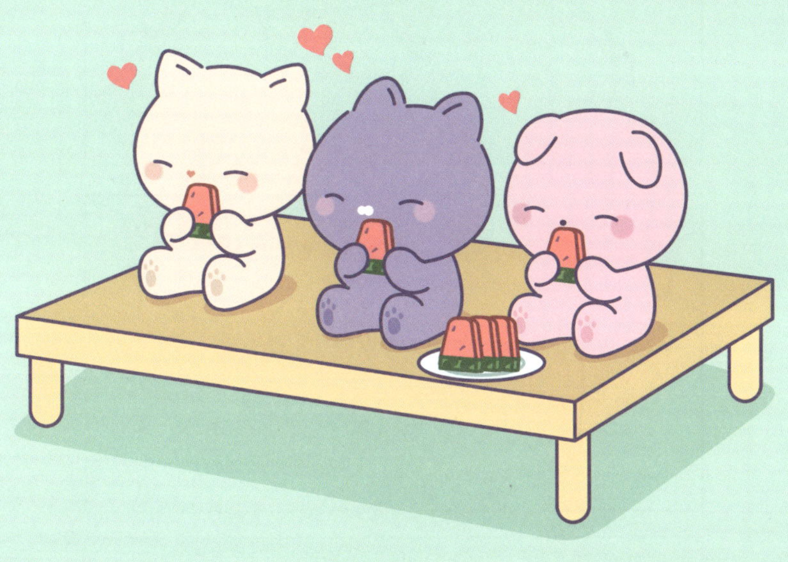

있는 모습 그대로도,
충분히 빛나는 열매야.

15 오늘은 나를 위한 하루

오늘 하루만큼은, 세상 속 주인공은 나야.

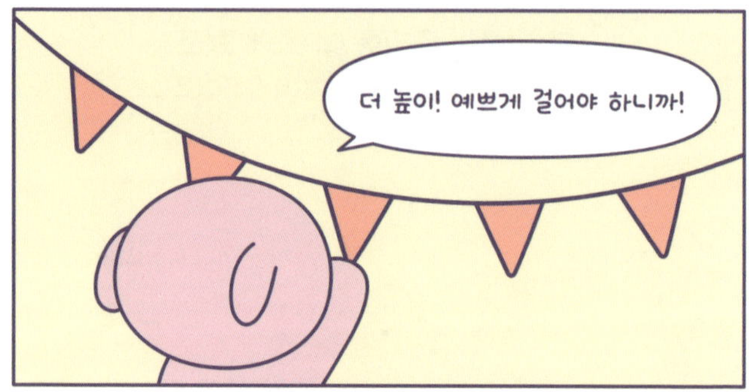

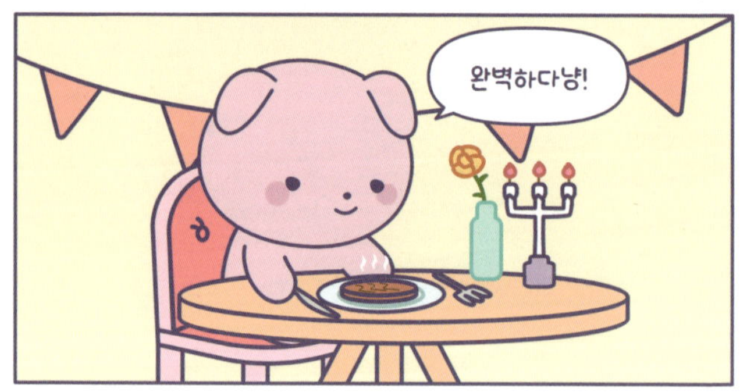

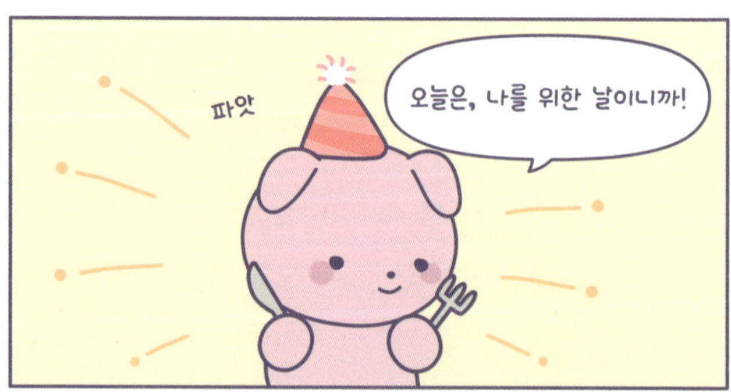

누군가의 초대가 아니어도
누군가의 축하가 없어도
이 하루만큼은
내가 나를 위해 준비했어.

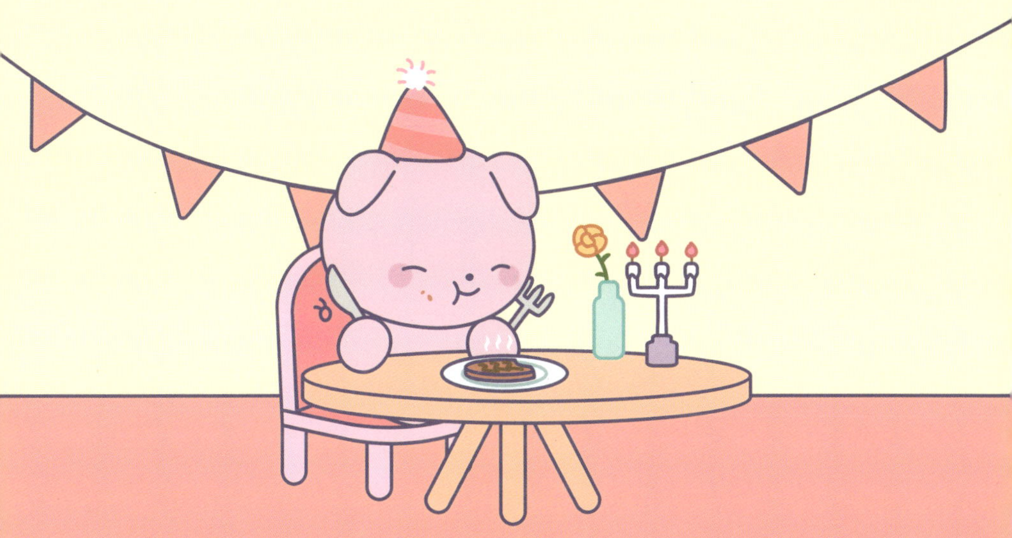

오롯이 나를 위한 순간이
세상에서 가장 빛나는 파티야.

16 흔들려도 여전히 나

흔들림 속에서도
나는 나답게 서 있었어.

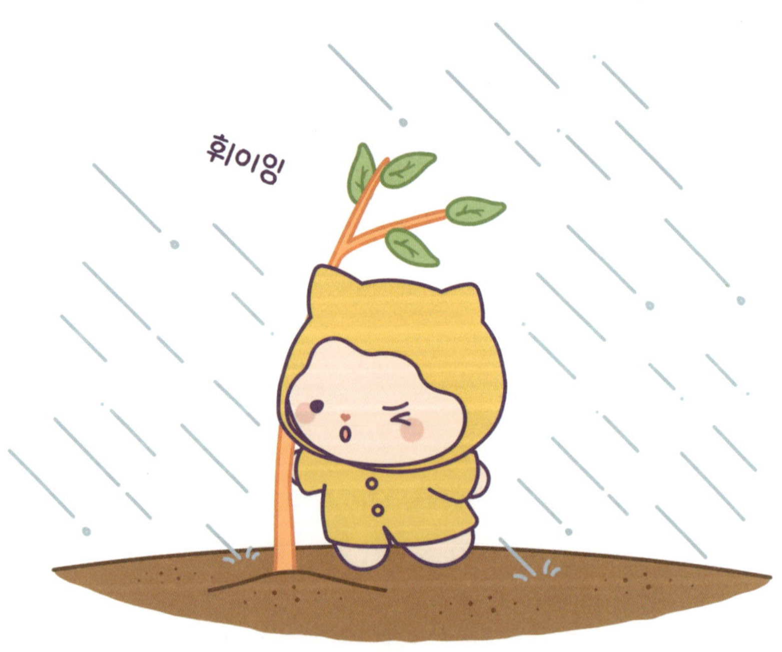

꾹 참아 낸 날들이
흔들리던 순간들이
조용히 나를 지켜 주어
끝내 단단한 내가 되었어.

흔들려도 여전히 나,
그게 가장 단단한 나야.

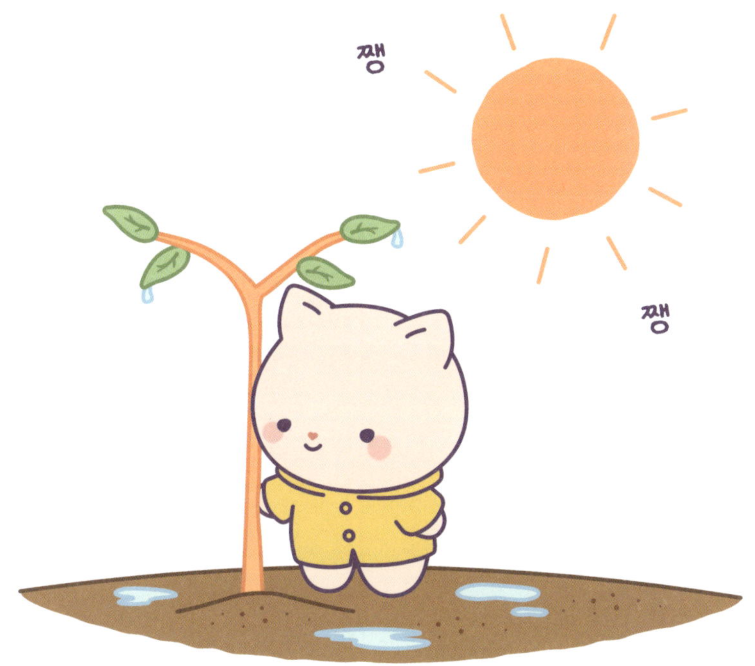

17 기분이 좋아지는 방법

기분이 안 좋을 땐, 그냥 따라 해보는 것도 좋아.

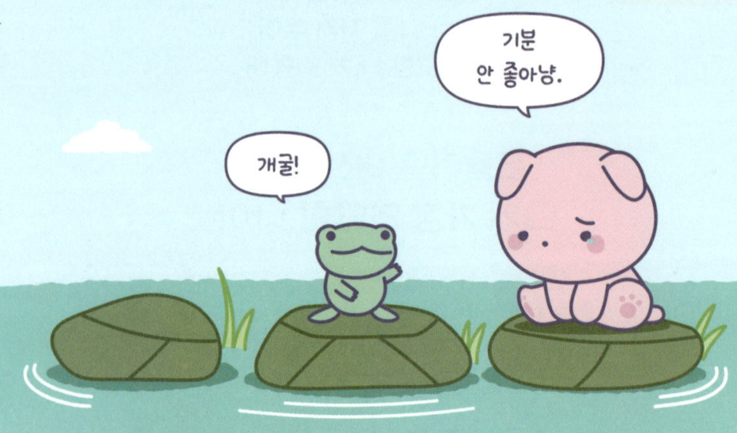

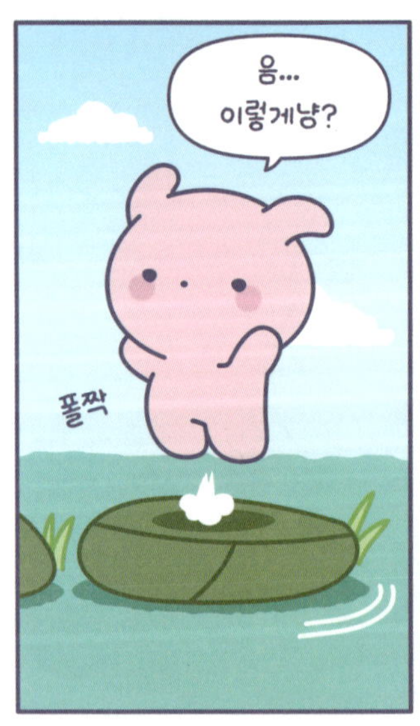

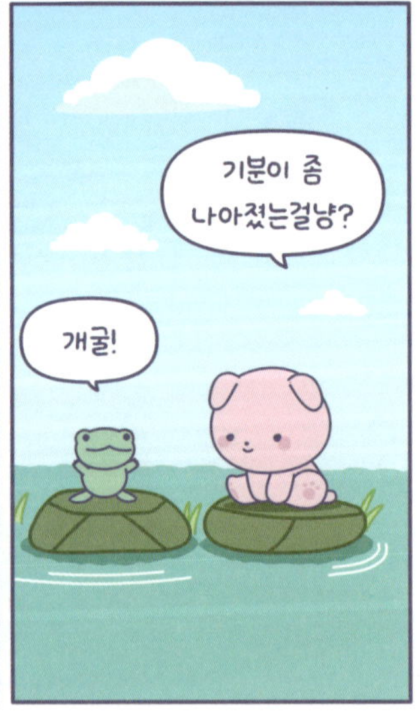

마음이 가라앉을 땐
억지로 웃으려 애쓰지 않아도 돼.
그저 누군가의 작은 걸음을
살짝 따라 해 보는 것만으로 충분해.

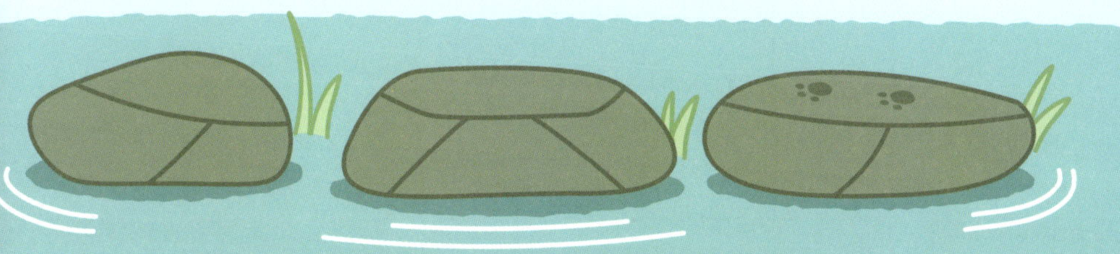

기분은 가끔
무언갈 따라 하다 보면 스르륵 좋아져.

18 나를 토닥이는 밤

말 없는 불빛 속에서, 나는 나를 다독여.

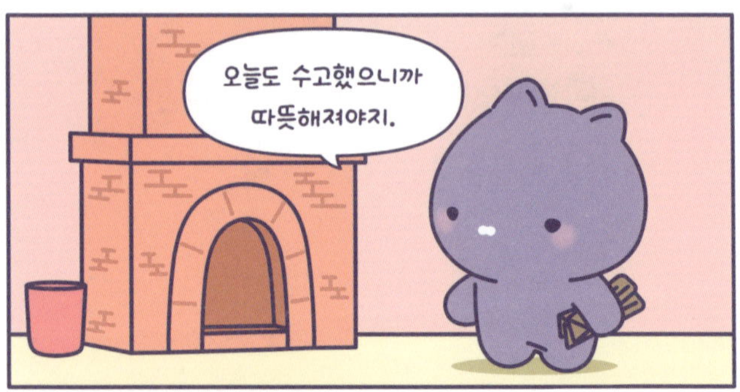

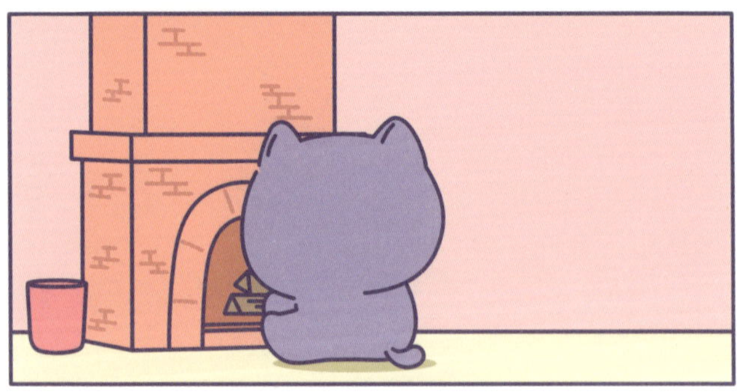

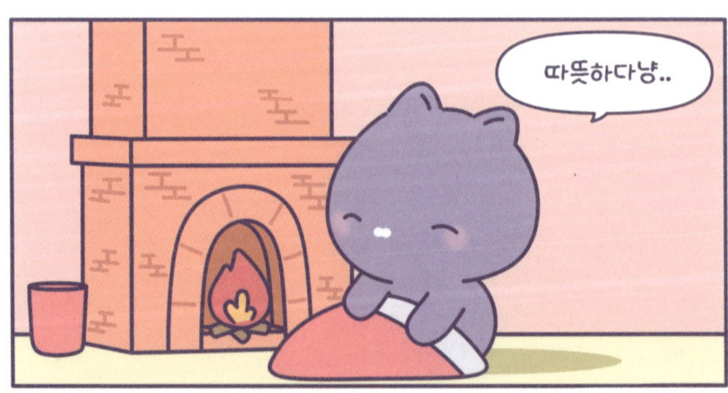

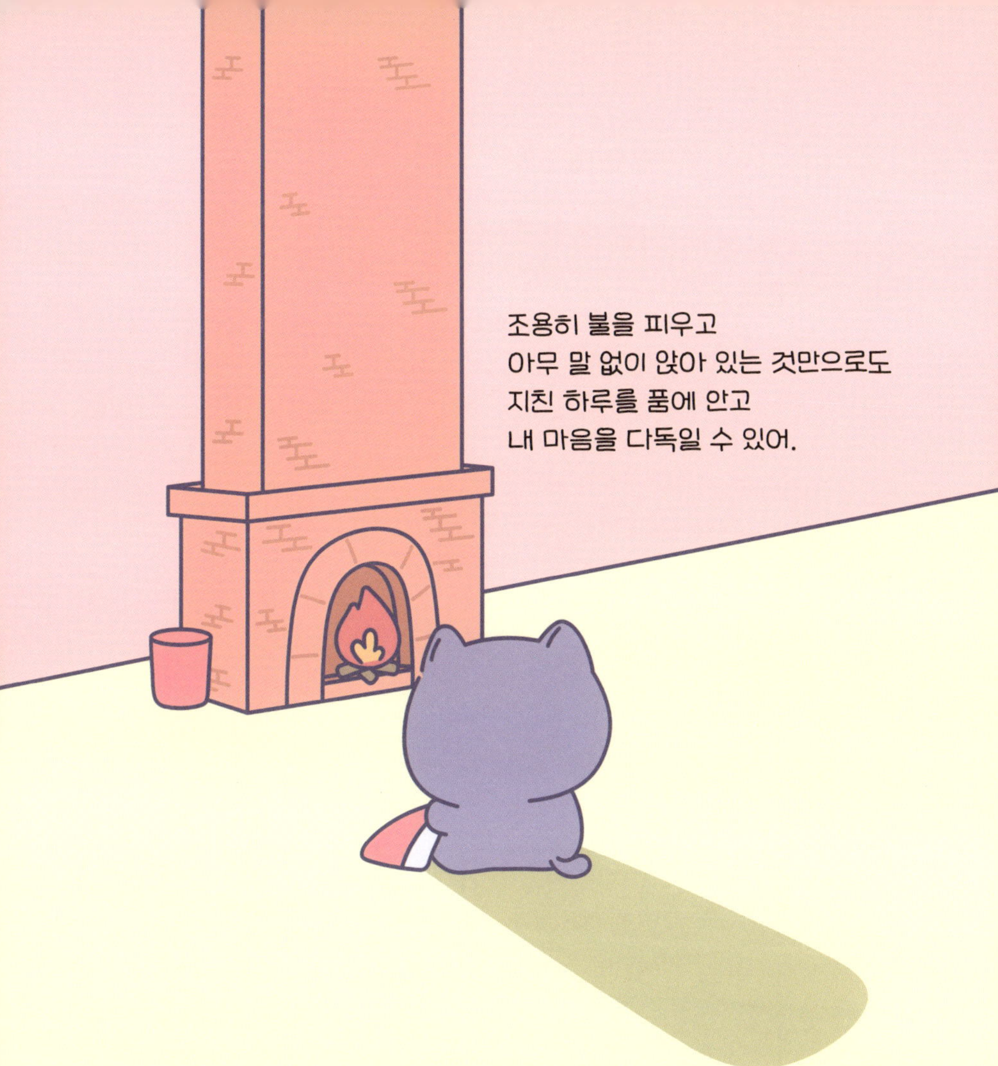

오늘도 잘 견뎠어,
이제 내가 나를 안아줄게.

19 스스로에게 다정할 것

내가 나에게
가장 따뜻한 말을 건넬 수 있는 사람이 되기로 했어.

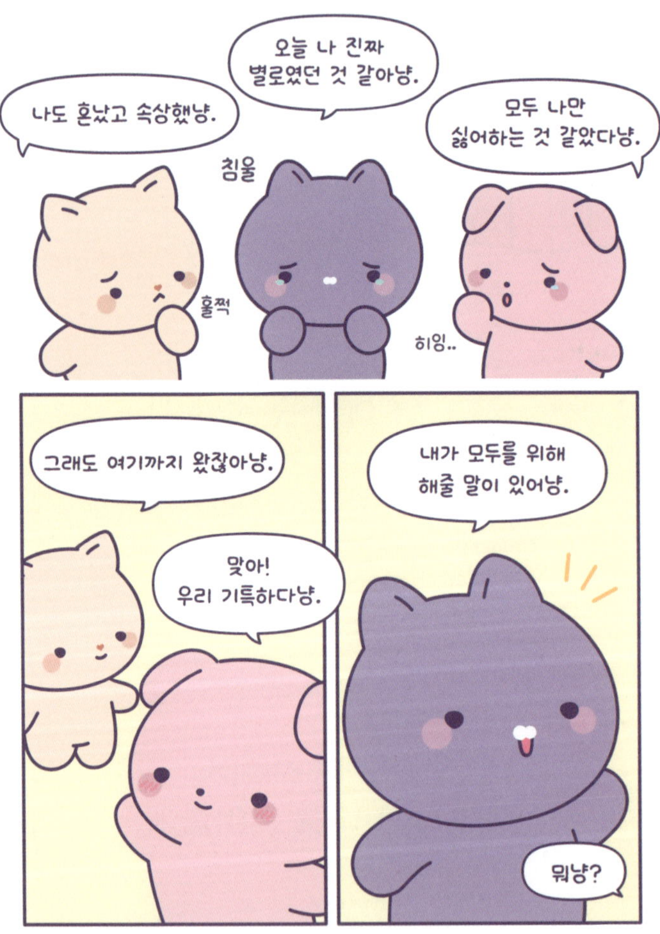

세상에서 가장 가까운 건 나,
가장 차갑게 상처 준 것도 나였지.

그런데
오늘, 가장 따뜻한 말은 내가 나에게 건넸어.

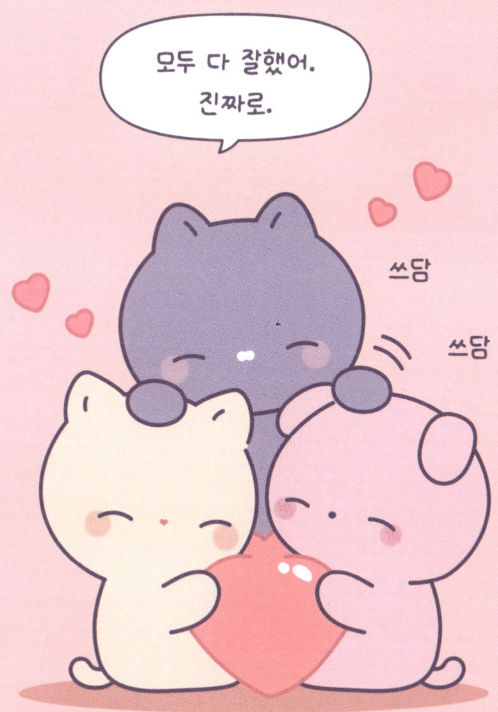

이제는 나를 혼내기보다 토닥여 주기로 했어.

20 여전히 나를 배우는 중

있는 그대로의 내가,
참 괜찮은 존재라는 걸 알았어.

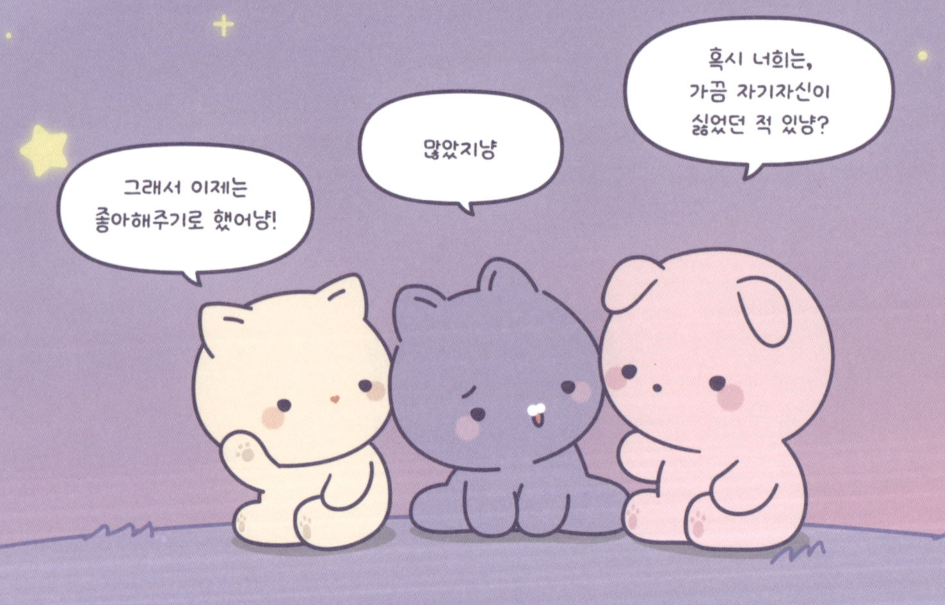

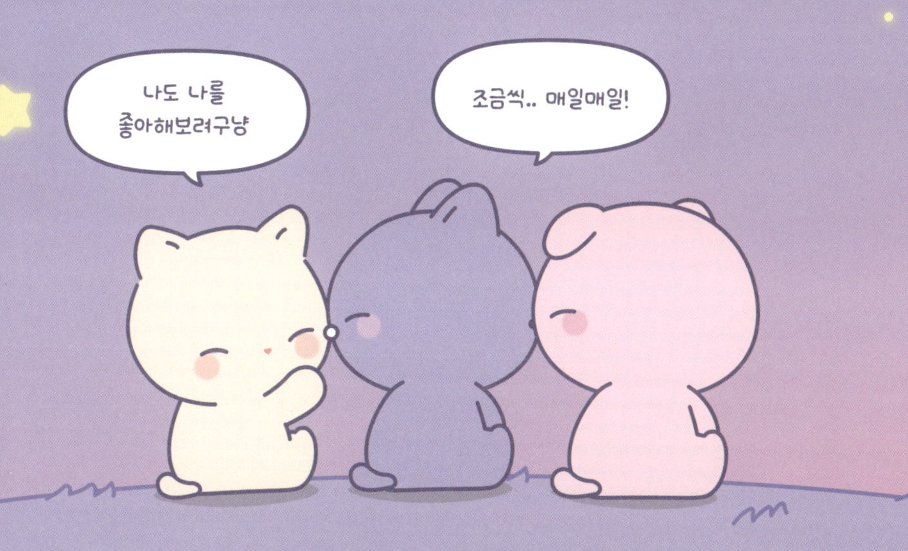

세상은 끝없이 비교하고 평가했지만
나는 알게 되었어.
내가 나를 사랑해 주는 순간부터
비로소 진짜 내가 된다는 걸.

이제는 나를 사랑하기로 했어,
온 세상에 하나뿐인 나니까.

이 책을 마무리하면서, 앞으로의 나와 꼭 지킬 약속을 적어봐.
그 약속은 누구보다 소중한, 나 자신에게 하는 서약이야.

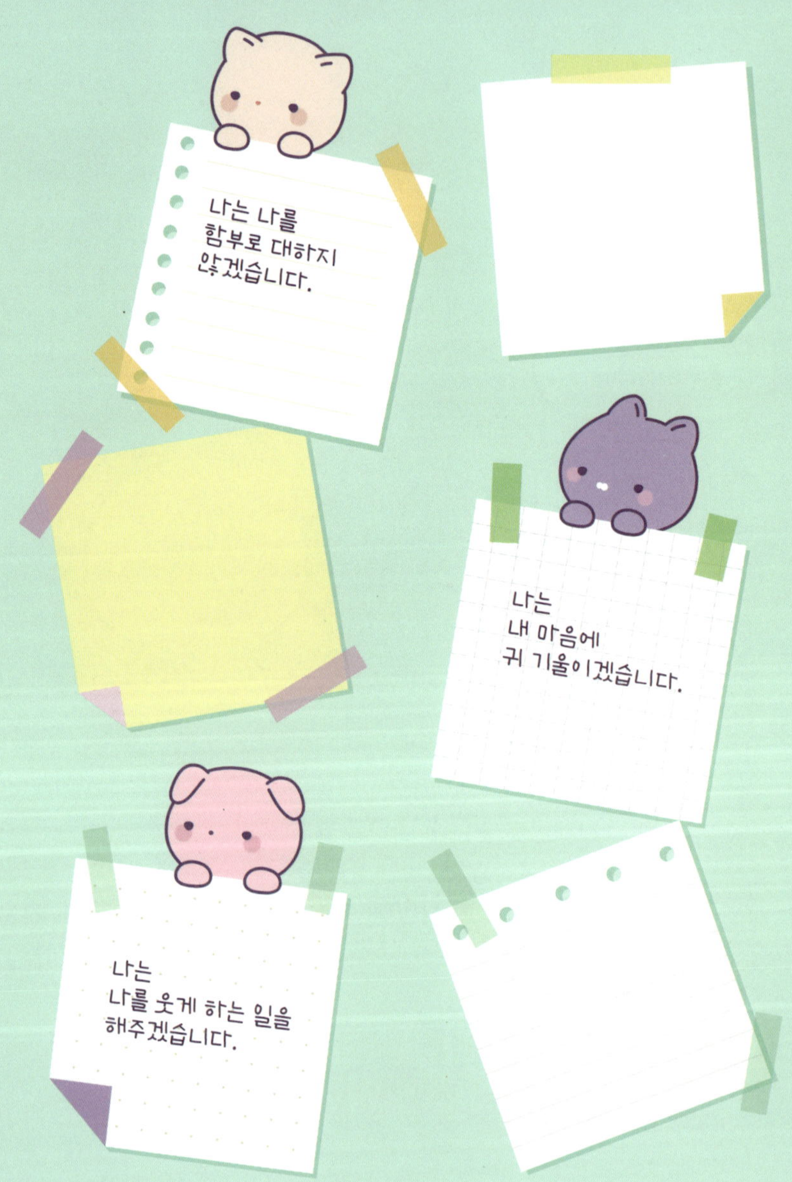

Certificate
of Achievement

세상에서 가장 멋진 당신께, 이 증서를 바칩니다!

이 증서를 당신에게 드립니다.
끝까지 이 책을 읽은 당신에게,
바쁜 하루 속에서도 나를 위한 시간을 보내고,
마음을 잠시 쉬게 하고 따뜻함을 느낀 당신에게,
작은 기쁨과 조용한 미소를 소중히 한 당신에게,
우리는 부드럽게 축하하며 이 증서를 전합니다.

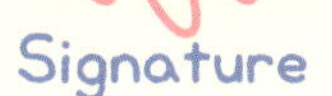

Date

Signature

이 책을 읽은 너에게

여기까지 와 준 너, 고마워.
사실 이 글들은 모두 네 안에 있던 말이었어.
누구에게도 털어놓지 못한 마음,
받지 못했던 위로와 칭찬을
이제는 스스로에게 건네도 괜찮아.

세상은 늘 평가하고 비교하지만
끝내 여기까지 버텨낸 건 너였지.
그 사실 하나만으로도
너는 이미 충분히 괜찮은 사람이야.

가끔은 나조차 나를 소중히 여기지 못해
작아지곤 했을 거야.
하지만 알아줘.
네가 견뎌낸 하루들이 쌓여
너를 단단하게 만들었다는 걸.

이제는 기억해 줘.
"나는 꽤 괜찮은 아이였구나,
아니, 지금도 여전히 좋은 사람이구나."

언제나 네 곁에 있는,
너로부터.

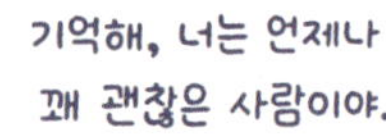

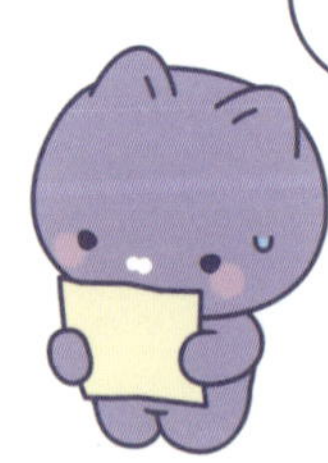

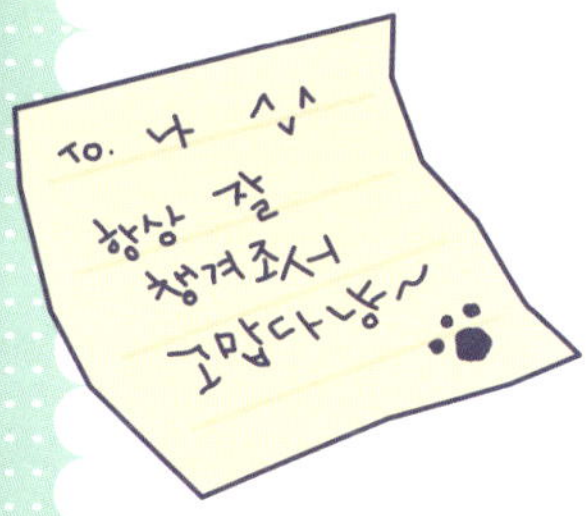

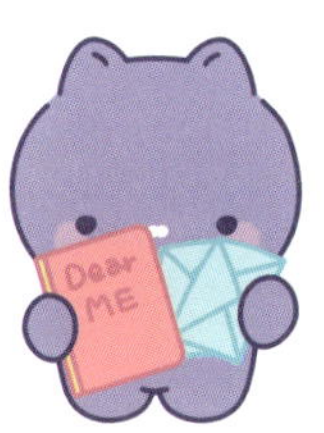

마지막 장을 넘기며, 살짝 미소 지을 수 있는 순간이 너에게 있길 바란다냥~

이 책을 만들며 가장 먼저 떠올린 장면은
"내가 나를 안아주는 순간"이었습니다.

누군가의 말보다,
작고 서툰 나의 행동이
오히려 더 큰 위로가 될 때가 있으니까요.

『나는 꽤 귀여우니까』라는 제목처럼,
이 책을 펼치는 동안
당신이 스스로를 다정하게 바라봐 주기를 바랍니다.

아무리 흔들려도
우리는 결국, 다시 일어설 힘을 가진 존재이니까요.

사랑스러운 고양이들과 함께한 이 시간이
당신 마음 깊은 곳에
작은 불빛으로 오래 머물기를 바랍니다.

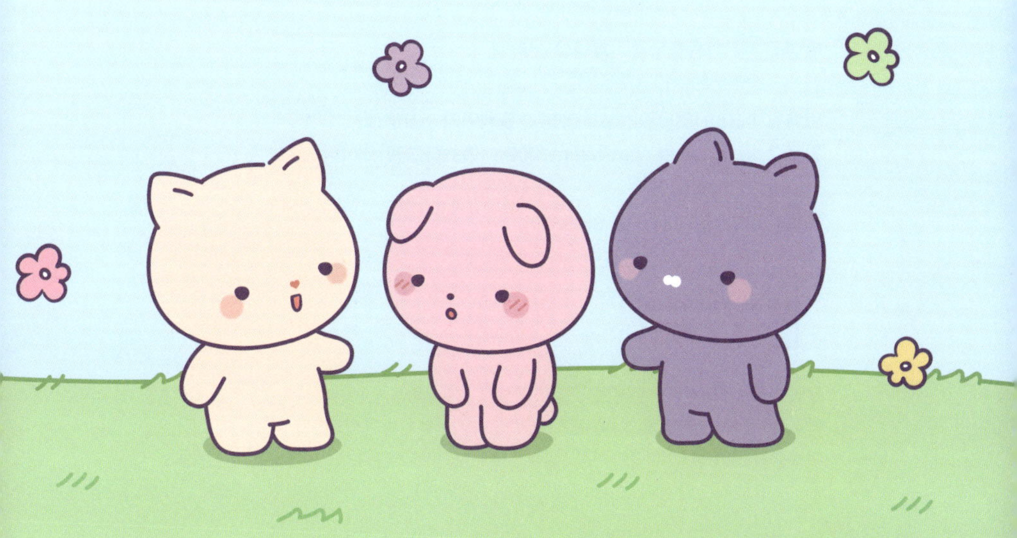

나는 꽤 귀여우니까

1판 1쇄 발행 2025년 10월 24일

글·그림 메리버스스튜디오

펴낸곳 (주)하움출판사   **펴낸이** 문현광

이메일 haum1000@naver.com   **홈페이지** haum.kr
블로그 blog. naver.com/haum1000   **인스타그램** @haum1007

ISBN 979-11-7374-208-8(03810)

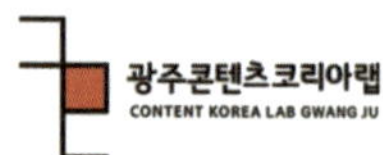

본 콘텐츠는 문화체육관광부, 한국콘텐츠진흥원, 광주광역시,
광주정보문화산업진흥원, 광주콘텐츠코리아랩의 지원을 받아 제작되었습니다.

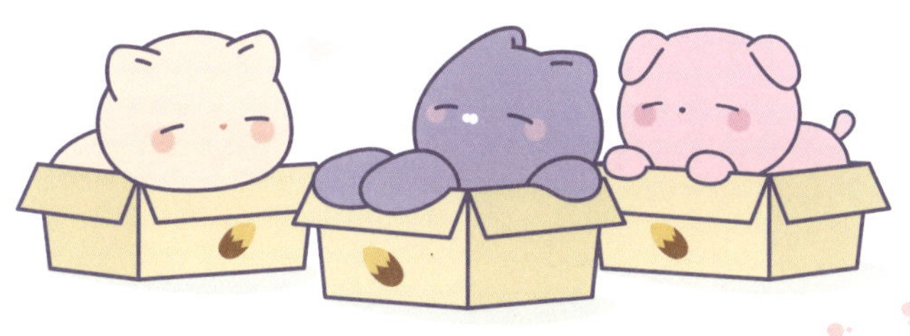

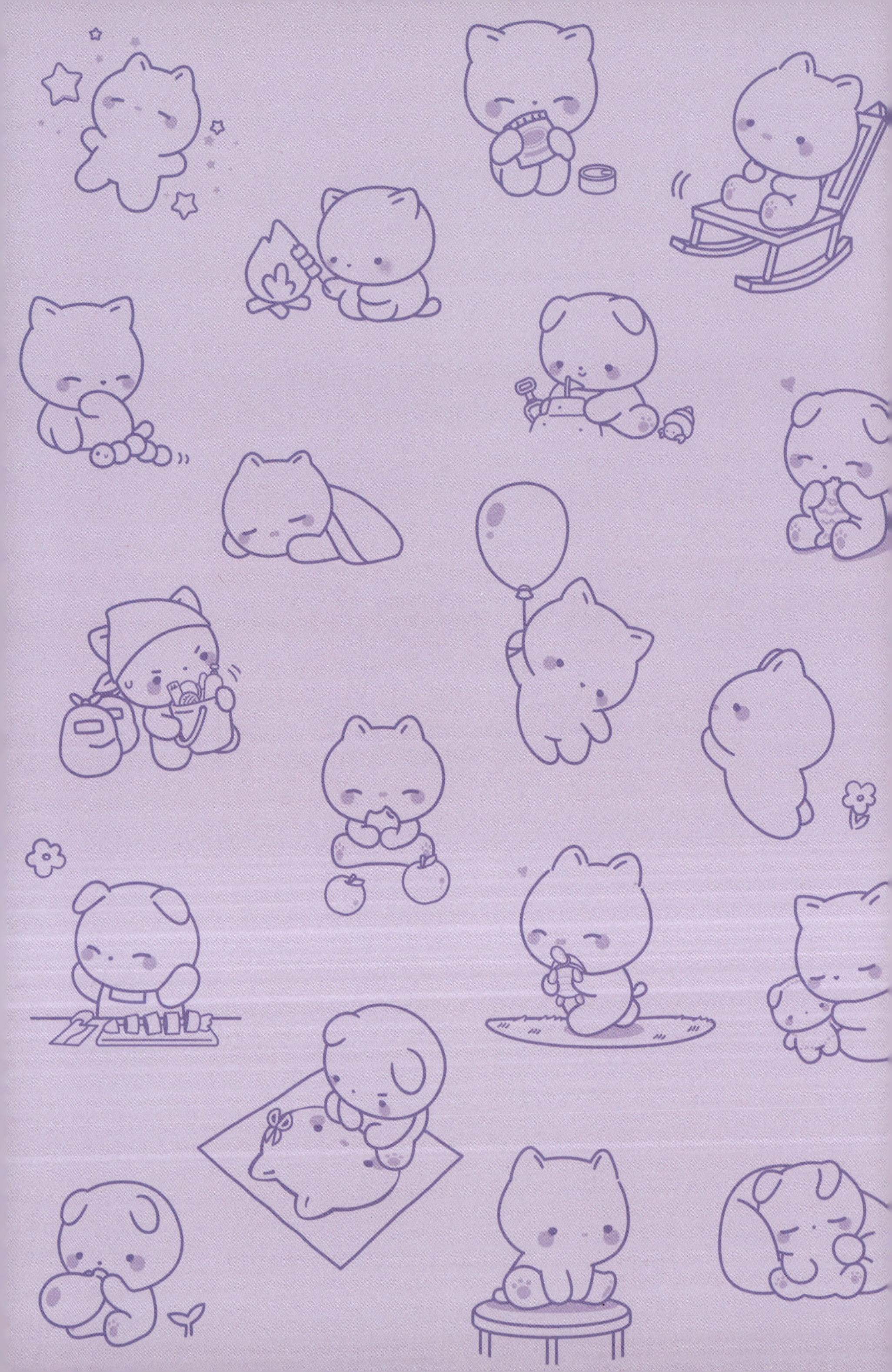

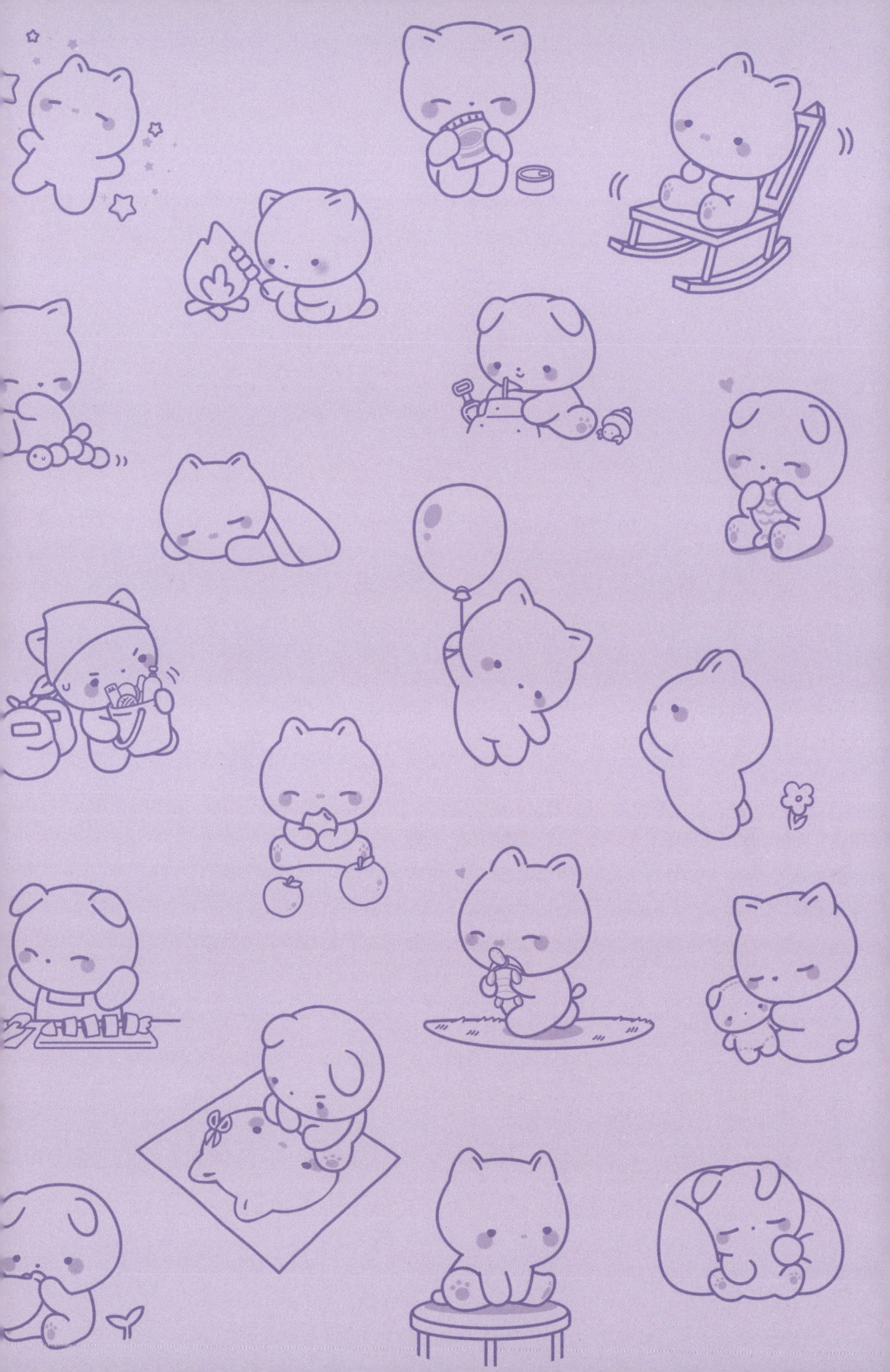

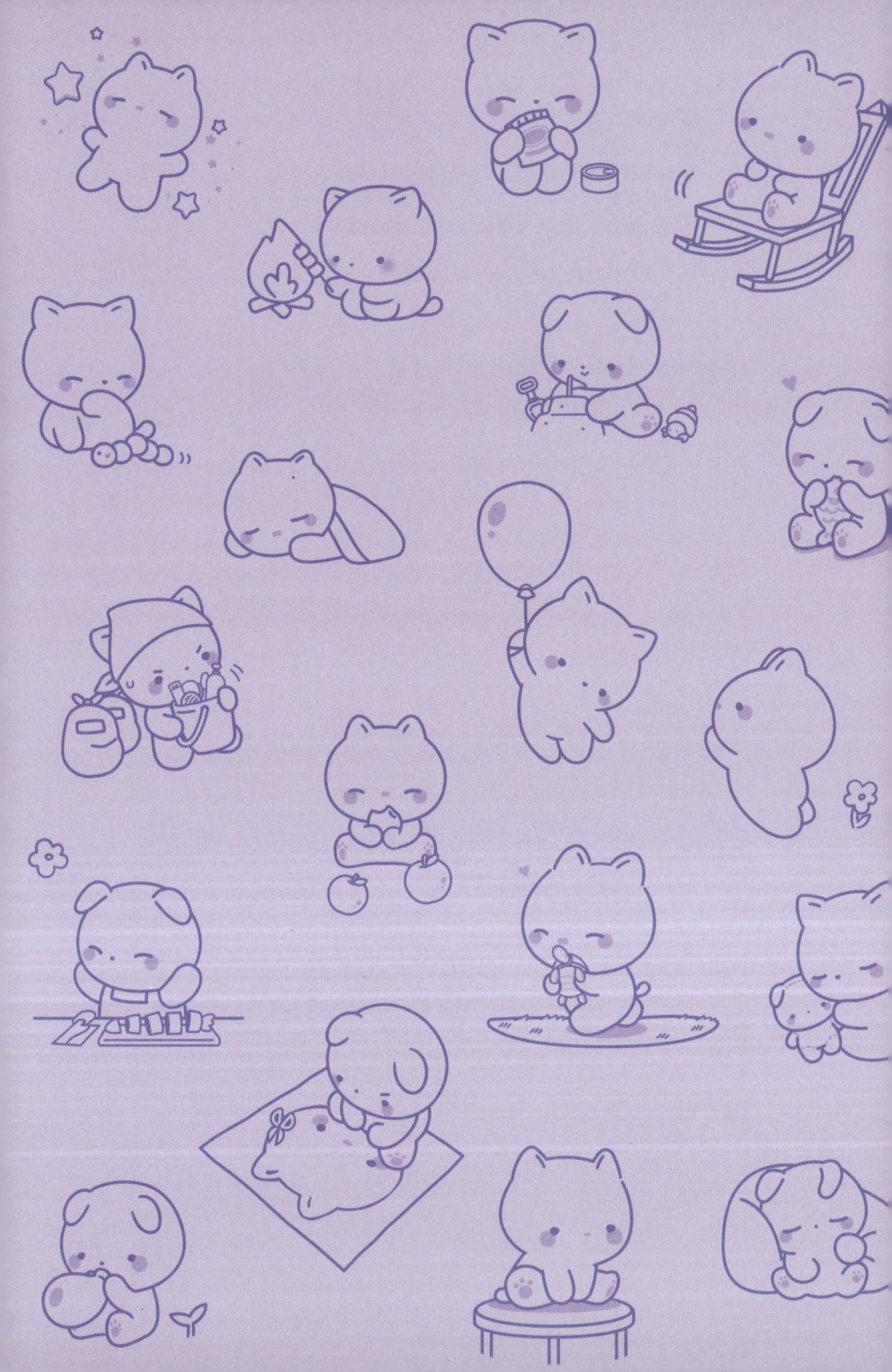